Walter Brants

Ein Freund für alle Fälle

Walter Brants

Ein Freund für alle Fälle

Kriminalroman

Oertel+Spörer

Martin Wagenschein lehrte von 1956 bis 1978 als Honorarprofessor in Tübingen.
Alle anderen Personen in diesem Buch sowie Philipp Weinbrenners Penthouse-Wohnung in Pliezhausen und die Schule in Reutlingen, an der er unterrichtete, sind frei erfunden.
Eine Ähnlichkeit mit lebenden Personen und vorhandenen Gebäuden wäre rein zufällig und ist nicht beabsichtigt.

Titelbild: Ein Freund für alle Fälle (Foto: Niethammer)

Bibliografische Information Der Deutschen Bibliothek

Die Deutsche Bibliothek verzeichnet diese Publikation in der Deutschen Nationalbibliografie; detaillierte bibliografische Daten sind im Internet über http://dnb.ddb.de abrufbar.

Postfach 16 42 · 72706 Reutlingen

Schrift: 10/12 p Stempel Garamond
DTP: Raff digital GmbH, Riederich
Druck und Bindung: Oertel+Spörer Druck und Medien-GmbH+Co., Riederich
Printed in Germany
ISBN 3-88627-277-X

1

Als ich nach einem anstrengenden Vormittag um halb zwei von der Schule nach Hause kam und meine Wohnung aufschließen wollte, steckte der gelbe Türschlüssel zu meiner Verwunderung schon im Schloss. Ich stutzte, denn bei all meiner Schusseligkeit war mir so etwas noch nie passiert. Zudem war ich ein vorsichtiger Mann und eher ängstlich darauf bedacht, meine Wohnung im Penthouse eines elfstöckigen Hochhauses abzuschließen. Zwei Einbrüche in unserem Viertel hatten mich veranlasst, noch sorgfältiger als bisher darauf zu achten, dass die Tür auch wirklich verriegelt war und nicht bloß ins Schloss geworfen wurde. War ich jetzt dran oder hatte ich doch gedankenlos den Schlüssel stecken lassen? Ich zweifelte einen Augenblick und ließ die Bilder dieses Morgens wie einen schnellen Film durch meinen plötzlich hellwachen Kopf laufen: Am Ende war ich sicher, dass ich die Tür geschlossen und den Schlüssel abgezogen hatte. Ich war spät dran gewesen und erinnerte mich, in der Eile den Schlüsselbund fallen gelassen zu haben. Beim Aufheben war mir ein leichter Schmerz ins Kreuz geschossen, der sich erst im Laufe des Vormittags verflüchtigt hatte. Danach war ich mit dem Aufzug nach unten gefahren. Ich sah dieses Bild deshalb noch so genau vor mir, weil ich mit dem Schlüsselbund in der Hand gespielt und mich gefragt hatte, was wohl der gelbe Wohnungsschlüssel, den ich ab und zu an einen guten Freund auslieh, wenn ich nachmittags Unterricht hatte, erzählen würde, wenn er könnte. Ich hatte ihn am Morgen nicht aus dem Bund herausgenommen und ihn im Schloss stecken lassen. Dessen war ich mir ganz sicher. Wozu auch?

Wie aber kam dann der Schlüssel ohne mein Dazutun in das Schloss meiner Wohnungstür? Hatte irgendjemand aus der Schule ihn mir in der großen Pause geklaut und war damit in meine Wohnung eingedrungen? Mein Herz fing bei diesem Gedanken an zu rasen und in den Knien fühlte ich plötzlich eine ungewohnte lähmende Schwäche. Die Vorstellung, in meiner Wohnung auf einen mir vielleicht aus der Schule bekannten Menschen zu treffen, trieb mir kalten Angstschweiß ins Gesicht. Ich drückte mein Ohr gegen die Tür und horchte. Nichts! Kein Laut war zu hören! Ich wich, gepeinigt von Angst, einen Schritt zurück. Sollte ich nicht lieber bei einem

meiner Nachbarn klingeln und von dort aus die Polizei benachrichtigen? Musste ich denn unbedingt den Helden spielen? Und wenn der Einbrecher bewaffnet war und mir die Pistole auf die Brust setzte? Was dann?
Ich war nur einen Augenblick lang unschlüssig, dann breitete sich urplötzlich in mir eine grenzenlose Wut aus; die Angst verflog und ich sagte mir: Philipp Weinbrenner, du bist doch auch sonst kein Feigling! Du bist körperlich topfit, dazu noch einen Kopf größer als die meisten Männer und nimmst es mit deinen erst siebenundvierzig Jahren mit noch so manch Jüngerem auf! Wehr dich! Ich zauderte noch einen Moment, streifte dann aber entschlossen die Schuhe von den Füßen und drehte den Schlüssel langsam und lautlos im Schloss herum. Ich öffnete die Tür und trat leise, aufs Äußerste gespannt, in meine Diele hinein. Die Hände zu Fäusten geballt, schlich ich auf Socken voran, wild entschlossen, mich auf den Einbrecher zu stürzen und ihn zu Boden zu schlagen. Ich blieb immer wieder stehen, horchte wie ein sicherndes Wild nach allen Seiten, um nicht plötzlich von hinten überrascht zu werden. Im Wohnzimmer war niemand, auch in der Küche nicht. Aus Leas Zimmer gähnte mich, wie immer, die Leere an, seit sie mich verlassen hatte. Auch in meinem Zimmer und auf der Terrasse war nichts. Warum sollte auch da draußen jemand im prasselnden Regen auf mich warten? Nirgends auch nur die Spur eines Einbrechers! Keine Schublade, kein Schrank war ausgeräumt. Ich öffnete den Safe hinter dem Picasso-Druck *Die Liebenden* und war beruhigt, dass alles noch an seinem Platz lag: Die Bankpapiere und vor allem Leas wertvoller Schmuck, den sie aus unerfindlichen Gründen vor mehr als drei Jahren nicht in ihr neues Leben mitgenommen hatte und der für mich deshalb immer noch ein Stück Hoffnung darstellte, dass sie eines Tages zurückkehren würde.
Als ich mich auf den Fußboden legte, um mich zu vergewissern, dass sich niemand unter meinem Bett versteckte, hörte ich auf einmal von der Diele her kurze, schnelle Schritte, die sich auf dem harten Parkettboden davonbewegten. Die bekannten Geräusche verrieten mir, dass jemand die Wohnungstür abschloss und wahrscheinlich auch den Schlüssel mitgenommen hatte. Ich sprang auf und rüttelte vehement an der

Klinke. Aber es war nur der verzweifelte Ausdruck meiner grenzenlosen Wut. Ich ließ mich kraftlos in den Dielensessel fallen und von einem hysterischen Lachanfall durchschütteln. Ich, Philipp Weinbrenner, ein angesehener und von seinen Schülern geliebter Lehrer, war möglicherweise von einem Schüler in seiner Wohnung gefangen gesetzt worden. Dieser Verdacht kam mir deshalb zuerst in den Sinn, weil ich meinen Schlüsselbund auch in der großen Pause meistens in meinem Schreibtischschloss stecken ließ.

„Verdammt noch mal!“, schrie ich. Das half aber auch nicht. Der Einbrecher konnte jetzt in aller Ruhe mit dem Fahrstuhl oder über die Treppe nach draußen gelangen, um danach unerkannt das Weite zu suchen.

Dann sah ich, dass die Toilettentür offen stand. Warum bloß hatte ich bei meiner Suche nach dem Einbrecher Bad und Toilette vergessen? Weil es dort nichts zu stehlen gab? Die Flüche, die ich jetzt, gar nicht standesgemäß, ausstieß, hätten meine Mutter, die mich christlich erzogen hatte, sicher verzweifeln lassen.

Ich ließ mich im Schneidersitz auf den Teppich sinken und überdachte die ärgerliche Situation, in der ich mich befand. Zur Panik gab es eigentlich keinen Anlass mehr, da ich ja Gefangener in meiner eigenen Wohnung war und den Zeitpunkt der Befreiung selbst bestimmen konnte. Ich musste nur meine Flurnachbarn, die alten Techner, anrufen. Sie hatten meinen Ersatzschlüssel für den Fall, dass ich mich selber einmal aussperren würde. Auf der anderen Seite wohnte meine neue Nachbarin. Aber ihr Name fiel mir nicht ein. Ich hätte sie anrufen und ihr meinen Autoschlüssel über die eiserne Tür werfen können, die ihren Terrassenteil von meinem trennte. Im Auto hatte ich nämlich einen weiteren Ersatzschlüssel versteckt. Es war jetzt Viertel vor zwei. Techners hielten um diese Zeit ihren Mittagsschlaf. Sollte ich sie wecken, obwohl der Einbrecher längst über alle Berge war?

Ich ging auf die Terrasse hinaus, stellte mich zum Schutz vor dem prasselnden Regen unter den Dachvorsprung und sah auf die Straße hinunter. Kein Mensch zu sehen! Lediglich ein weißer Golf fuhr überaus vorsichtig, wahrscheinlich von einer Frau gelenkt, aus einer Parkbucht heraus auf die Straße, um dann schnell hinter der nächsten Kurve zu verschwinden.

Ich machte noch einmal einen Gang durch meine Wohnung, öffnete alle Schränke und Schubladen und freute mich am Ende wenigstens darüber, dass nichts gestohlen worden war. Ich hatte den Einbrecher vermutlich sehr früh gestört. Glück gehabt, sagte ich mir. Ich beschloss deshalb, die Polizei aus dem Spiel zu lassen.

Ich setzte mich wieder in meinen Dielensessel und grübelte, wer denn wusste, dass nur der gelbe Schlüssel in die Wohnungstür passte und man auf den roten verzichten konnte, weil die Außentür unseres Hochhauses tagsüber sowieso immer offen stand? Mein Kollege Jakob Stein wusste es. Aber er war mein bester Freund seit der gemeinsamen Sandkastenzeit. Ein solcher Streich passte auch nicht zu ihm. Ludmilla fiel mir ein, eine Kollegin, mit der ich vor drei Jahren, als sie noch nicht an unserer Schule tätig war, auf einer Studienreise in London ein nur wenige Tage dauerndes intensives Verhältnis gehabt hatte.

Vor einigen Tagen, als ich nach dem Unterricht im Lehrerzimmer nervös mit meinem Schlüsselbund spielte, hatte sie sich für die farbigen Punkte interessiert, die meine Schlüsselgriffe verzierten. Ich hatte versucht, ihr anhand der verschiedenen Farben das dahinter steckende Ordnungsprinzip ganz genau zu erklären. Sie hatte zunächst zwar großes Interesse gezeigt, mich dann aber ausgelacht und das Ganze als Farbenlehre eines pedantischen Lehrers bezeichnet. Ihr Unverständnis lag sicher daran, dass sie auch sonst nur wenig Sinn für logische Systeme hatte. Sie unterrichtete Deutsch und Biologie und war eine Lehrerin, die häufig lustlos und schlecht vorbereitet war und sich Tag um Tag in der großen Pause aufs Neue über gelangweilte und undisziplinierte Schüler beklagte. Warum hätte Ludmilla bei mir einbrechen sollen? Ein absurder Gedanke!

Dann fiel mir plötzlich der braune Umschlag ein, den Jakob mir vor einigen Tagen mit der Bitte überreicht hatte, ihn in meinem Safe einzuschließen. Wo war der braune Umschlag? Ich hatte ihn doch aufs Fensterbrett gelegt! Es seien Papiere darin, von denen Erika, seine Frau, nicht wissen dürfte, hatte Jakob mir anvertraut. Vielleicht hatte er Aktien gekauft. Aus verschiedenen Besuchen bei Jakob hatte ich zuletzt den Eindruck gewonnen, dass in seiner Ehe sozusagen auch ein wenig der Wurm drin war. Da war es ohnehin besser, keine Fragen zu stellen. Ich vermutete schon seit einiger Zeit, dass Jakob seiner Frau nicht mehr treu war. Er hat mich nämlich in den vergangenen Wochen jeden Donnerstagnachmittag, wenn ich Unterricht hatte, um meinen Wohnungsschlüssel gebeten, den ich ihm auch selbstverständlich überließ. Einmal hat er mir augenzwinkernd gesagt, auf meiner Terrasse mit dem unvergleichlich schönen Blick auf die Schwäbische Alb bereiteten ihm selbst langwierige Heftkorrekturen noch Vergnügen. Geruchsspuren von Parfüm und Lippenstiftfarbe auf Papiertaschentüchern sowie andere Hinterlassenschaften im Mülleimer zeigten mir allerdings, dass er an diesen Nachmittagen nicht allein in meiner Wohnung gewesen war. Einzelheiten haben mich nie interessiert. Einen guten Freund wie Jakob fragte man nicht. Was soll's, dachte ich. Es ist seine Sache, wenn er seine Frau betrügt. Die Rolle eines Moralapostels stand mir auch nicht zu. Jakob musste selbst wissen, was er tat. Und wenn er fremdging, hatte das wahrscheinlich auch einen Grund.

Der braune Umschlag! Wo war der bloß? Ich hatte jetzt alles durchsucht, die Zeitungen, Zeitschriften und andere Papiere, die auf dem Boden lagen und sich auf dem Schreibtisch türmten. Ich hatte ihn doch aufs Fensterbrett gelegt. Oder doch nicht? Warum hatte ich ihn nicht gleich eingeschlossen? Ich suchte weiter, fand aber den verdammten Umschlag nicht. Er war weg! Immer wieder dasselbe, schimpfte ich mich; du schiebst vieles vor dir her, bis du es vergisst oder die Dinge irgendwohin verschwinden. *Was du heute kannst besorgen ...*

„Ja, Mama", sagte ich laut. Ich hatte diese Predigt jeden Tag von ihr zu hören bekommen. Sie war vor vier Jahren gestorben und hatte mir ein beträchtliches Vermögen hinterlassen, das es mir erlaubte, unter anderem diese schöne Penthousewohnung in dem am Pliezhäuser Ortsrand gelegenen Hochhaus zu kaufen. Die übertriebene Ordnungsliebe meiner Mutter hatte mich immer abgestoßen.

Ich fand den Umschlag nicht. Hatte der Einbrecher ihn mitgenommen? Aber warum? Er hätte sich doch viel besser Geld aus der Schreibtischschublade oder einen teuren Fotoapparat

nehmen können! Mir wurde immer flauer zumute, wenn ich mir überlegte, wie ich Jakob den Verlust seines Umschlages beichten sollte. Ich war immer sein vertrauenswürdiger Freund gewesen. Und jetzt das! Er hatte sich bisher ganz und gar auf mich verlassen können. Ich war nämlich auf eine bedingungslose Weise sein Freund gewesen, so lange ich denken konnte. *Ein Freund für alle Fälle* hatte Lea, meine von mir geschiedene Frau, so oft gespottet, wenn sie den Eindruck hatte, dass ich mich zuweilen von Jakob auch ausnutzen ließ.
Warum auch hatte er mir diesen verfluchten Umschlag mit dem Inhalt in der Stärke von etwa hundert DIN-A4-Blättern zur Aufbewahrung gegeben? Natürlich wollte Jakob ihn ganz sicher in meinem Safe verwahrt wissen. Aber warum hat er mir nicht gesagt, was drin war? Warum so geheimnisvoll? Wir würden uns am Nachmittag in der Lehrerkonferenz sehen. Danach erging es mir sicher schlecht, wenn ich mir die mögliche Reaktion auf den Verlust seines Umschlags vorstellte.
Der Hunger meldete sich. Ich hatte Appetit auf Spagetti mit Tomatensoße nach einem Rezept, das mir meine Mutter nebst vielen anderen Rezepten in einem kleinen Büchlein überreichte, nachdem ich Lea geheiratet hatte. Sie hatte wahrscheinlich geahnt, dass Lea nicht kochen konnte oder wollte. Beides traf zu. Lea war zuerst ein viel beschäftigtes Model und danach eine karrierebewusste Modedesignerin gewesen und hatte, wenn sie oft spät abends nach Hause kam, selbstverständlich keine Lust und wohl auch keine Kraft mehr zum Kochen gehabt. Ich habe ihr das nie vorgeworfen und den Haushalt immer alleine besorgt. Was tut man nicht alles für eine schöne Frau, wenn man selbst nicht gerade ein besonders gut aussehender Typ und dazu noch fünfzehn Jahre älter ist als die Angebetete? Wie oft hatte mir Lea gesagt, wie faszinierend sie meine Hässlichkeit fand! Bis sie eines Tages einem attraktiven Mann in die Hände fiel und die Scheidung einreichte.
Ich war gerade dabei, die Tomatensoße mit einem Schuss Sahne zu veredeln, als das Telefon schellte und danach, während ich aß, noch dreimal. Wenn ich den Hörer abnahm, hörte ich jedes Mal nur ein leises Stöhnen, bevor der Anrufer wieder auflegte. War der Einbrecher dieser geheimnisvolle Anrufer, der, jetzt im Besitze meines Wohnungsschlüssels, auskund-

schaften wollte, ob die Luft für einen erneuten Besuch bei mir sauber war? Oder war es ein Schüler, der mir meine Mittagspause verderben wollte? Eigentlich gehörte ich nicht zu den Lehrern, die unter Telefonterror zu leiden hatten. Der Lange, so nannten sie mich wegen meiner Ehrfurcht gebietenden Körpergröße von einsdreiundneunzig, war in allen Klassen gut gelitten und hatte nur selten Probleme mit seinen Schülern.

Als das Prasseln der dicken Regentropfen gegen die Fensterscheiben für einen Augenblick verstummte, hörte ich das Gebläse meines Computers. Hatte ich am Abend zuvor vergessen, den Rechner herunterzufahren? Ich bückte mich und sah das kleine grüne Licht leuchten. Das Gerät war tatsächlich eingeschaltet. Aber warum war dann der Bildschirm schwarz? Ich drückte auf den Ein-Aus-Knopf und vor mir erstand das helle Fenster meines Schreibprogramms. Ich erschrak heftig, denn quer über den Bildschirm hinweg zog sich in der Mitte eine Schriftzeile in einer unübersehbaren Größe. Ich las: „Sag Jakob, dass Kajetan sich sein Eigentum zurückgeholt hat."

Kajetan? Eigentum? Ich begann am ganzen Körper zu zittern und musste mich setzen. Kajetan? Wer war das? Das klang nach Mafia oder irgendeiner anderen Verschwörung. Kajetan? „Sag Jakob ..." War Kajetan mit mir per du, kannte ich ihn also oder duzte man in Ganovenkreisen ohnehin jeden Menschen? Und was war das für ein Eigentum? Ich druckte die Zeile zweimal aus, speicherte dann den Text und fuhr den Computer herunter.

Jakob musste mir erklären, wer Kajetan war und was es mit dem „Eigentum" auf sich hatte. Ich empfand seine Bitte, den Umschlag zu verwahren, plötzlich als eine unglaubliche Zumutung. Er hatte mich in eine Geschichte hineingezogen, der ich nicht gewachsen war, weil mir weder die Sache, um die es hier ging, noch die Person Kajetans bekannt war. So konnte man auch nicht mit seinem besten Freund umgehen. Eine unerklärliche Unruhe überfiel mich. War es Angst oder Wut, die mich am ganzen Körper zittern ließ? 15 Minuten nach zwei Uhr rief ich meinen Nachbarn Techner an, schilderte ihm meine verzwickte Lage und bat ihn, mit dem von ihm verwahrten Zweitschlüssel meine Wohnungstür von außen aufzuschlie-

ßen, wenn mein gelber Schlüssel nicht steckte. Er steckte nicht. Der Einbrecher hatte ihn mitgenommen.
Als ich dem alten Mann schilderte, wie es dazu kam, zum Gefangenen in meiner eigenen Wohnung zu werden, mich aber jetzt nicht um ein neues Schloss kümmern konnte, weil ich zu einer Lehrerkonferenz musste, reagierte er sachlich wie immer und sagte ruhig: „Ich gehe zum Hausmeister und bitte ihn, das Schloss sofort auszuwechseln. Sie erhalten dann heute Abend neue Schlüssel. Und wenn der Einbrecher zurückkommen sollte, stellen wir ihn." Im Weggehen drehte er sich noch einmal um und lächelte verschmitzt: „Verlassen Sie sich darauf!"
Ich wünschte ihm dabei viel Glück, klemmte meine Mappe unter den Arm und fuhr mit dem Aufzug nach unten. Draußen spannte ich meinen Schirm auf, weil es noch immer in Strömen regnete, und eilte zu meinem Wagen. Zur gleichen Zeit rannte ein klatschnasser junger Mann, der mir hier noch nie begegnet war, an mir vorbei dem Hochhaus entgegen. Kajetan? Ich lächelte in mich hinein und sagte mir: „Jetzt fängst du auch noch an, Gespenster zu sehen!" Ich setzte mich ins Auto und fuhr nach Reutlingen in die Lehrerkonferenz – ohne Jakob. Er hatte mich nicht angerufen, um mich zu bitten, ihn in Orschel-Hagen abzuholen. Das war ungewöhnlich und kam sehr selten vor.

2 Ich stand in Rommelsbach schon über eine Viertelstunde im Stau auf einer vom Regen überfluteten Straße und trommelte ungeduldig den Rhythmus einer aus dem Autoradio dröhnenden Musik aufs Lenkrad. Es war halb drei. Um drei begann die Konferenz.

Seit Stunden schüttete es wie aus Kübeln. Die Wischer schafften es schon lange nicht mehr, die Windschutzscheibe von den prasselnden Wassermassen frei zu halten. Ich kann mich nicht erinnern, jemals ein solches Unwetter erlebt zu haben. Nach einer Reihe von warmen Frühlingstagen war am Vormittag gegen neun Uhr im Westen eine schwarze Wolkenwand aufgezogen, die sich rasch genähert und den Tag zur Nacht gemacht hatte. Ein heulender Sturm mit Blitz und Donner war, Staubwolken aufwirbelnd, über das Land gerast und hatte Bäume umgeknickt und Dächer abgedeckt. In heftigen Schauern klatschte seitdem, von Windböen gepeitscht, sintflutartiger Regen auf die Erde nieder.

Regenwetter schlug mir von jeher aufs Gemüt. Lustlos starrte ich ins Leere. Dazu kam dann noch dieser merkwürdige Einbruch in meine Wohnung. Kajetan! Meine Wut auf Jakob stieg mit jedem Meter, der mich der Schule näherbrachte. Woher kannte er Kajetan? Er hatte mir gegenüber diesen Namen nie erwähnt. Nachdem ich zunächst einen mächtigen Bammel vor Jakob wegen meiner Beichte über den gestohlenen Umschlag gehabt hatte, schwor ich mir jetzt, ihm den Rost einmal so richtig herunterzutun. Ich mochte gar nicht daran denken, was hätte passieren können, wenn es infolge einer Überreaktion zwischen mir und Kajetan zu einem Handgemenge gekommen wäre. Der Eindruck, dass Jakob mich rücksichtslos für seine Interessen instrumentierte, wenn er es für nötig hielt, hatte mich in letzter Zeit hin und wieder beschlichen. Und jetzt war das Maß voll! Jetzt war Schluss mit dem Freund für alle Fälle.

Dieses unterlegene Gefühl ihm gegenüber hatte eine lange Geschichte, die bis in meine frühe Kindheit reichte. Jakob war ein Leben lang mein einziger Freund gewesen. Ich hatte nie das Bedürfnis gehabt, neben ihm noch einen anderen zu haben. Ich war mein Leben lang von ihm abhängig gewesen wie von einer Droge. Ich fürchtete, dass er das wusste und mich deshalb zuweilen ausnutzte. Wenn ich in den Ferien weit weg war von ihm, nahm ich mir immer wieder vor, dieses schlappe und oft hilflose Gefühl der Unterordnung endlich loszuwerden. Aber Auge in Auge mit ihm verließ mich dann wieder der Mut.

Meine Abhängigkeit von Jakob hatte schon im Kindergarten begonnen. Ihm, dem hübschen, dunkelhaarigen, kleinen Jungen mit den Grübchen in den Wangen war von den Erzieherinnen immer mehr Aufmerksamkeit entgegengebracht worden als mir, dem schüchternen, kleinen Buben mit den Sommersprossen im bleichen Gesicht. Mein Name verführte sie zudem dazu, mich Zappelphilipp zu nennen, wenn ich auch einmal versuchte, so lebhaft wie Jakob zu sein. Kupferdächle riefen die anderen Kinder mich wegen meiner roten Haare. Guck doch mal, wie schön Jakob das macht, hatte es immer wieder geheißen. Diesen Satz haben auch meine Eltern schließlich in ihr Erziehungskonzept übernommen und ihn mir in den folgenden Jahren so oft um die Ohren geschlagen, bis mir in meinem kindlichen Verstand der Gedanke kam, von nun an alles von Jakob abzugucken. Weil ich dies aber nur in unbeobachteten Augenblicken tat und ich verständnislos lächelte, wenn mich die Kindergärtnerin auf die Ähnlichkeit meiner Ergebnisse mit Jakobs Erzeugnissen hinwies, konnte mir niemand meine Plagiate so richtig nachweisen, zumal ich sie schon sehr früh recht raffiniert in einigen Details verändert hatte. Da Jakob und ich Nachbarskinder im selben Haus waren, setzte sich bei mir das Kopieren von Einfällen natürlich auch im Sandkasten und im Spielzimmer fort. Meine Eltern haben das wahrscheinlich nicht gerade mit Wohlwollen beobachtet, aber äußerten sich meiner Erinnerung nach nie dazu. Für sie war der sichtbare Erfolg wichtig, der zeigte, dass ich den Anschluss an Jakob gefunden hatte. Sie haben mich für meine Konstruktionen und Werke aus dem Baukasten mit viel falschem Lob versehen, ohne sich Gedanken über ihr Zustandekommen gemacht zu haben. Und weil der kräftige Jakob den schwächlichen Philipp schon sehr früh gegenüber anderen Kindern beschützte und sich sogar für ihn schlug, fing der an, ihn richtig lieb zu haben, um dann umso williger alles zu tun, was er von ihm verlangt hatte.

Hinter mir hupte jemand. Ich schreckte auf und sah, dass die Kolonne vor mir sich schon wieder in Bewegung gesetzt hatte. Mit hocherhobener Hand entschuldigte ich mich bei meinem Hintermann, um nach fünfzig Metern wieder anzuhalten, weil ich den Stau wieder erreicht hatte.
Ich hatte sehr früh gelernt, dass Jakob alles besser, schöner und schneller konnte, ohne dass mir diese Überlegenheit lästig geworden wäre. Denn Jakob beschützte mich nicht nur vor allen möglichen verbalen und tätlichen Angriffen meiner Mitschüler, was mir ein sorgloses und unbekümmertes kindliches Lebensgefühl verschaffte. Er ließ mich auch abschreiben, in der Schule und vor allem bei den Hausaufgaben, die wir meistens zusammen in seinem Kinderzimmer gemacht haben. Da er schneller lernte als ich, ermunterte er mich sogar dazu, weil er dann nicht auf mich warten musste und wir mehr Zeit zum Spielen hatten. Das war für mich sehr komfortabel. Das Abschreiben setzte sich im Gymnasium und später im Studium fort. Ohne Jakobs Hilfe hätte ich das Abitur nicht geschafft. Seine klaglose, immerwährende Verfügbarkeit in dieser Zeit hatte bei mir eine Dankbarkeit ihm gegenüber erzeugt, die bis heute angehalten hat. Ich gehöre nun einmal nicht zu den Menschen, die ihren Wohltätern aus dem Weg gehen. Ich hatte Jakob, der im Gegensatz zu mir in seiner Studienzeit von seinen Eltern nur wenig unterstützt worden war, dafür immer wieder mit Geld ausgeholfen, wenn er, wie so oft, in finanziellen Nöten gewesen war. Ich habe auf eine Rückzahlung verzichtet, obwohl er sie mir immer in Aussicht gestellt hatte. Zwar hatte ich von meinen Eltern gelernt, dass man über ausgeliehene Geldsummen sorgfältig Buch führen sollte, aber ich wusste auch, dass ich ohne Jakobs geduldige Hilfe mein Studienziel nicht erreicht hätte.
So war zwischen uns eine gegenseitige Abhängigkeit entstanden. Ohne Jakob wäre ich nur ein halber Philipp gewesen. Und ohne Philipp hätte Jakob kein Geld gehabt. Nur in meinem Unterricht brauchte ich Jakobs Hilfe nicht mehr, wenn ich auch seinen Rat zuweilen sehr schätzte.
Der Gegenverkehr schob sich schleichend vorwärts. Wie Puppen aus Madame Tussauds Wachsfigurenkabinett, mit starr nach vorne gerichtetem Blick, glitten die Gesichter in ihren

Blechkisten an mir vorbei, ein faszinierendes Defilee von Männer- und Frauenprofilen. Auf einmal tauchte neben mir ein richtiges Gesicht auf, das sich mir zugewandt hatte nebst einer Hand, die mir aus dem offenen Seitenfenster zuwinkte. Freundliche, braune Augen lachten mich an. Der Mund sagte etwas, was ich nicht verstand. „Ach Gott, meine Nachbarin aus dem Hochhaus“, sagte ich laut. Ich drückte eine Taste, sodass sich mein Seitenfenster, elektrisch gesteuert, ebenfalls nach unten bewegte. „Hallo“, rief ich, „so ein Sauwetter, was?“

„Macht nichts“, rief sie fröhlich zurück, „Ich mag Regenwetter. Sie nicht?“ Da sich die Kolonne wieder in Bewegung gesetzt hatte und ihr Hintermann schon ungeduldig hupte, musste ich ihr eine Antwort schuldig bleiben.

Natürlich war sie nicht so schön wie Lea. Lea! Lea! Lea! Ich konnte sie einfach nicht vergessen. Mit ihr hatte ich fünf Jahre in einem Schlaraffenland der Liebe gelebt. Es war wie verhext: Je mehr ich mich anstrengte, sie aus meinem Gedächtnis zu tilgen, umso deutlicher stand ihr Bild vor mir: einsachtundsiebzig groß, schlank, blauäugig, blond, langhaarig, sonnengebräunt, 30 Jahre alt. Ich war so stolz gewesen, ihr Mann zu sein, auch wenn ich mich immer noch fragte, warum sie gerade auf mich verfallen war. „Bei dir fühle ich mich sicher“, hatte sie oft gesagt. „Du riechst nach Wald und warmem Holz“, hatte sie geflüstert, wenn ich in ihren Armen lag. Oder: „Du hast so liebe Augen.“ „Ich mag deine sensiblen Hände.“ „Ich fühle mich so wohl bei dir.“

Die Hupe meines Hintermannes schreckte mich erneut aus meinen Träumen auf. Die Autoschlange bewegte sich wieder. Es war wie ein Wunder, dass sie nicht mehr ins Stocken geriet und der Stau sich schließlich ganz auflöste.

Nach wenigen Minuten hatte ich mein Ziel erreicht. Beim Ausschalten meines Autoradios drückte ich versehentlich die SWR-2-Stationstaste und erwischte so durch Zufall noch die letzten Takte der Mondscheinsonate, Leas Lieblingsmusik. Das presto agitato. Wütende Kadenzen. Wenn sie ihre Regel hatte, war sie unausstehlich. Bleib doch sachlich, hatte ich sie immer wieder gebeten, wenn sie ihren sinnlosen Aggressionen wieder einmal freien Lauf gewährt hatte. Ein letztes Aufbäumen des Themas. Der Schlussakkord wie zwei Hammerschläge. Lea hatte mir ihre Entscheidung, sich nach fünf Jahren Ehe von mir zu trennen, eines Morgens nach dem Frühstück auf einem Zettel mitgeteilt, den ich mittags auf dem Küchentisch fand. „Lieber Phil", hatte sie geschrieben, „ich bekomme noch einmal eine riesige Chance für einen neuen Lebensabschnitt. Ich will sie mir nicht entgehen lassen. Danke für alles. Such mich nicht. Es hat keinen Zweck. Ich komme nicht zurück. Lea."

Jakob hat mich seinerzeit daran gehindert, mir aus Kummer über Leas Flucht das Leben zu nehmen. Auch dafür hatte ich ihm dankbar zu sein.

Ich parkte wegen des starken Regens neben anderen Autos unmittelbar vor dem Eingang der Schule, zwängte mich mit aufgespanntem Regenschirm aus dem Wagen und rannte auf die Eingangstür zu.

3 Bevor ich zu meinen Kolleginnen und Kollegen ins Konferenzzimmer ging, ließ ich in der Flurgarderobe einen kritischen Blick über mein Spiegelbild gleiten und verharrte dabei gegen meine übliche Gewohnheit eine kleine Weile. Irgendetwas war anders als sonst. Aber was? War es äußerlich oder innerlich? Mein langes, schmales Gesicht, das durch warme, braune Augen und einen gut geformten, kräftigen Mund einen freundlichen Eindruck machte, gefiel mir auf einmal, auch wenn die hässliche Hakennase nach wie vor alles dominierte. So übel sah ich doch eigentlich gar nicht aus, dachte ich, wenn man davon absah, dass meine Stirn in eine große, glänzende Vollglatze überging, die den Eindruck eines weltfernen Gelehrten erweckte.

Dann atmete ich tief durch. Jakob würde mir gleich gegenübersitzen und ich musste bis zum Ende der Konferenz trotz meiner Wut auf ihn eine verträgliche Miene heucheln. Ich drückte die Türklinke hinunter und betrat das Lehrerzimmer. Mein Blick fiel zuerst auf Christina Wiedemeyer, eine Kollegin mit großen, braunen Augen in einem lieben, frechen Gesicht. Es lief ausgerechnet in dem Augenblick, da sie mich sah, dunkelrot an. Ich vermutete, dass mein Kollege Anton Frank, der gerne anzügliche Witze erzählte, der Urheber von Christinas Verlegenheit war. Aber dann grüßte sie mich geradezu auffällig mit einem verlegenen und fast unterwürfigen Kopfnicken, das ich verwirrt erwiderte. Was hatte das denn zu bedeuten? Ich wurde nachdenklich. Wann hatte ich Christina je einmal zum Erröten gebracht?

Etwas irritiert wandte ich mich den übrigen Kolleginnen und Kollegen zu, die schon um den Konferenztisch herumsaßen und den Eindruck erweckten, als hätten sie nur auf mich gewartet. Ich druckste darum an einer Entschuldigung herum und wies zum Fenster hinaus: „Der Regen", murmelte ich. „überall staut sich der Verkehr." Es war mir peinlich, zu spät gekommen zu sein. Dann sah ich, dass Jakob auch noch nicht da war. Etwas erleichtert nahm ich mir deshalb die Zeit, alle mit Handschlag zu begrüßen. Da war zuerst Dös, der Schulleiter oder der „Chef", wie er von allen genannt wurde. Er war etwa Anfang Fünfzig, grauhaarig. Mit dem bleichen, hageren Gesicht eines Magenkranken saß er kerzengerade auf seinem

Stuhl und blätterte missmutig in irgendwelchen Papieren. Ich kannte ihn nur als verdrießlichen Menschen. Dös fiel allein durch seine elegante Kleidung auf. Zu dieser Sitzung trug er einen hellgrauen Anzug mit blauer Seidenkrawatte auf blütenweißem Hemd. Dös war der lebende Beweis dafür, dass Kleider eben doch Leute machten. Wo seine Kolleginnen und Kollegen sich in Jeans und Sweatshirts auf den Stühlen räkelten, wirkte er wie ein Relikt aus einer fernen Zeit. Er war ein einsamer Mann in seinem Kollegium und wollte das anscheinend auch bleiben. Das mürrische Gesicht und die abweisenden kalten grauen Augen signalisierten, dass er jemand war, der sich überlastet fühlte und nur in Ausnahmefällen angesprochen werden wollte. „Morgens um halb acht habe ich schon das zweite Hemd durchgeschwitzt", hatte er vor wenigen Tagen einem Schulbuchvertreter vorgejammert. Ich habe Dös noch nie lachen sehen. Sein harter Händedruck überraschte mich auch diesmal, obwohl ich darauf gefasst war. Er tat mir weh. Danach gab ich Anton Frank, Ingrid Müller, Petra Klein und schließlich Christina Wiedemann die Hand, die mich wiederum so ansah, als habe sie nachher noch etwas Besonderes mit mir vor. Ihr üppiges, kastanienbraunes Haar hatte sie zu einem Pferdeschwanz zusammengebunden. Sie unterrichtete Deutsch, Kunst und Musik. In sie hätte ich mich gerne verliebt. Aber sie hielt auf Distanz. Liebschaften im Kollegium wurden von Dös auch nicht gerne gesehen. Im kleinen Lehrerzimmer, dem so genannten Rauchfang, saß Christina nun schon seit drei Jahren täglich in der großen Pause mir gegenüber, lachte gickernd und blies mir, dem notorischen Nichtraucher, hin und wieder neckisch den Qualm ihrer Zigarette ins Gesicht. Es war mir rätselhaft, warum sie sich in letzter Zeit auffällig oft und anscheinend gerne mit mir unterhielt, was mir sehr schmeichelte, zumal ich ja ganz und gar keine männliche Schönheit war. Sie hatte mich dadurch ermutigt, sie ins Kino oder zum Essen einzuladen, was sie aber bislang stets mit irgendwelchen Ausreden quittiert hatte.
Wo blieb Jakob? Unpünktlichkeit passte gar nicht zu ihm. Eine ungewohnte zunehmende Unruhe regte sich in mir. Christina lächelte mich wieder aus sanften Augen an, als wollte sie sagen: *Wie schön, dass du da bist.*

Plötzlich rief Dös in bösartigem Ton zu mir herüber: „Warum haben Sie den Stein denn nicht mitgebracht? Das tun Sie doch sonst auch!“

Was der nicht alles wusste! Dös, der seine Schüler im Zorn auf gut Schwäbisch oft Duppel schimpfte, was so viel wie Schlafmütze bedeutete, sah mich herausfordernd an. Wahrscheinlich wusste er bis heute nicht, dass die Schüler den Spieß längst umgedreht und ihm den Spitznamen Duppel-Dös verpasst hatten. Wer hätte es ihm auch sagen sollen? Die Lehrerinnen und Lehrer siezten ihn ausnahmslos.

Meine innere Unruhe hatte sich inzwischen zu einem Grad von Gereiztheit gesteigert, der mir bisher fremd war. „Er hat mich nicht darum gebeten“, bellte ich aufsässig in Dös’ Richtung zurück. Der starrte mich einen Augenblick wie entgeistert an. So hatte er mich, den immer beherrschten und sanften Weinbrenner, noch nie erlebt. Ich murmelte darum eine Entschuldigung, die er mit einem Kopfnicken akzeptierte. Dann erhob er sich polternd von seinem Stuhl, langte sich mit der Hand an den Hals, so als ob er keine Luft bekäme, öffnete hastig seinen Hemdkragen, lockerte auch seine Krawatte, was bei diesem korrekt gekleideten Mann ungewöhnlich war, und stellte sich danach, kerzengerade aufgerichtet, ans Fenster, faltete die Hände zuerst vor dem Bauch, dann auf dem Rücken und begann ungeduldig Däumchen zu drehen. Es war mir klar, dass dies der Vorbote einer seiner gefürchteten Wutausbrüche war.

Ich beneidete diesen Mann nur um sein schönes, volles Haar. Was wäre aus mir geworden, wenn mir nicht schon mit 23 Jahren nach einer schweren Krankheit alle Haare ausgegangen wären! Keine meiner vielen teuren Kuren bei allen möglichen Quacksalbern hatte auch nur ein einziges Härchen auf meinem Kopf sprießen lassen. Als ich im vergangenen Jahr in einem Anfall starker Minderwertigkeitsgefühle mir in einem Stuttgarter Institut eine Perücke machen ließ und damit in die Schule gekommen war, haben mich meine Kolleginnen und Kollegen zunächst gar nicht erkannt. Meine Schüler wollten sich totlachen, und ein ganz Kecker hatte mich sogar gefragt, ob denn schon wieder Fasching sei, worauf die ganze Klasse in ein brüllendes Gelächter ausgebrochen war. Seitdem liegt

die Perücke zu Hause unbenutzt in irgendeiner Schublade herum. Wenn meine Glatze nicht auf so einem langen, hageren Körper glänzen würde, wäre ohnehin alles nur halb so schlimm, dachte ich.
Dös starrte beharrlich in den triefenden Tag hinaus. Der Wind jagte noch immer heftige Regenschauer gegen die Fenster. Große, schwere Tropfen zerplatzten in Trommelwirbeln auf dem Glas. Das in Rinnsalen und breiten Fächern nach unten drängende Wasser ließ auf den Scheiben die von draußen durchscheinenden rostroten, grünen und gelben Farben zu immer neuen Aquarellen zusammenfließen. Ich war für Augenblicke so fasziniert von diesem Werden und Vergehen, dass ich heftig zusammenfuhr, als Dös sich vernehmlich räusperte. Gleichzeitig begann er, auf seinen teuren, italienischen Schuhen zunächst kaum merklich, dann immer deutlicher hin und her zu wippen. Wie ein Pendel schwang sein Körper vor und zurück. Die auf seinem Rücken gefalteten Hände lösten sich und begannen ein unruhiges Fingerspiel. Dös befand sich unmittelbar vor einem gewaltigen Ausbruch seines Jähzorns. Natürlich war der heute ausnahmsweise mal unpünktliche Jakob der Grund und deshalb versuchte ich zu retten, was noch zu retten war. Beschwörend rief ich ihm zu: „Herr Dös, Jakob Stein ist Allergiker und hat heute Vormittag sehr unter den Pollen gelitten, die der Sturm mitbrachte. Das dürfen Sie mir glauben. Er ist sicher ..."
Dös unterbrach mich, drehte sich heftig um, sah mir dann mit seinem vor Wut rot angelaufenen Gesicht sekundenlang voller Verachtung in die Augen und schrie dann mit einer sich überschlagenen Stimme: „Es regnet doch schon seit zehn Uhr. Wo sind denn da noch Pollen?" Er atmete tief ein und aus, als bekäme er zu wenig Luft, um dann leiser, aber in schneidendem Tonfall fortzufahren: „Er hätte doch wenigstens anrufen können. Von all den Rücksichtslosigkeiten, die ich von diesem Mann gewohnt bin, schlaucht mich seine Unzuverlässigkeit am allermeisten. Drei Uhr ist drei Uhr. Jetzt ist es halb vier. Wir hätten längst anfangen können, wenn Stein nicht das Protokoll der letzten Sitzung geführt und mit nach Hause genommen hätte. Seit ich ihn kenne, in all den zwanzig Jahren ..." Dös brach jäh ab, als hätte er sich den Mund verbrannt.

Zwanzig Jahre? Wie kam Dös auf zwanzig Jahre, wo er doch erst drei Jahre hier war? Zwanzig Jahre? War Jakob dem Dös schon früher einmal über den Weg gelaufen? Davon wusste ich ja gar nichts. Ich hatte nur erlebt, dass die beiden einander vom ersten Augenblick an nicht leiden konnten und Dös keine Gelegenheit ausgelassen hatte, Jakob zu schurigeln. Jakob war Dös nicht nur sprachlich, sondern auch fachlich überlegen. Dös wusste das. Und Jakob ließ ihn das spüren, wo immer er es konnte. „Duppel-Dös kann mich mal", antwortete er mir, als ich ihm vor einiger Zeit nach einer sehr harten Auseinandersetzung mit seinem Schulleiter vorgeschlagen hatte, die Schule zu wechseln. Ich hatte soeben noch mitgekriegt, dass Jakob ihm dabei im Weggehen spöttisch zugerufen hatte: „Lieber Herr Dös, Schreien ist doch kein Argument!"
Dös' Umgangskultur lag leider, wie hin und wieder bei Schulleitern, weit unter dem Standard, den man in dieser Position eigentlich erwarten durfte. Er war ein notorischer Rechthaber, der weder Widerspruch noch Ratschlag duldete und immer alles besser wusste. Wie blind musste eine Behörde sein, die einen Mann wie Dös zum Schulleiter gemacht hatte?
Dös ging wieder an seinen Platz zurück, ließ sich schwer auf seinen Polsterstuhl fallen und sagte müde: „Stein hin, Stein her, wir fangen an. Herr Weinbrenner, führen Sie bitte das Protokoll."
Unser Ausschuss sollte an jenem Nachmittag den Organisationsplan zum bevorstehenden Tag der offenen Schultür beraten.
Als Dös begann, das Sitzungsritual wie immer damit zu eröffnen, dass er seinen Blick Respekt heischend über unsere Gesichter gleiten ließ, fiel draußen im Flur die Eingangstür krachend ins Schloss. Dös' Gesicht verfärbte sich plötzlich dunkelrot, während ich erleichtert rief: „Jetzt kommt er doch noch." Ich sah auf die Uhr. Es war zwanzig Minuten vor vier. Vielleicht hatte Jakob auch im Stau gestanden.
Alle, außer Dös, sahen erwartungsvoll zur Tür, durch die er gleich eintreten musste. Sie wurde heftig aufgerissen. Aber nicht Jakob, sondern Frau Goldenstern, eine hübsche, junge Putzfrau, stürzte herein. Völlig aufgelöst, mit einem vor Schmerz verzerrten Gesicht, das von nassen, blauschwarzen

Haaren verklebt war, schrie sie, die dunklen Augen vor Entsetzen weit aufgerissen, mit schriller Stimme: „Der Stein! Im Physiksaal."

Danach fiel sie wie ein nasser Sack ohnmächtig in sich zusammen. Ich fing sie auf, setzte sie behutsam auf meinen Stuhl und rief Christina zu: „Kümmere dich um sie!" Ich zitterte plötzlich am ganzen Körper. Anton Franks Blick traf mich. Mit einer kurzen, einladenden Kopfbewegung deutete er auf die offene Tür und stürmte los, ich hinter ihm her. Was hatte Jakob dieser Frau getan? „Im Physiksaal", hatte sie geschrien. Ich rannte den langen Flur hinunter, hinter Anton her, der mit seinen 32 Jahren schneller laufen konnte als ich. Jakob und die Putzfrau? Wilde Phantasien schossen mir durch den Kopf.

Mit Riesenschritten überquerte ich die Pfützen auf dem Schulhof und lief auf die Eingangstür unseres Traktes zu, hinter der Anton schon verschwunden war. Hatte Jakob etwa die Putzfrau ... ? Und hatte sie ihn dabei ... ? O Gott, dachte ich. Bloß das nicht!

4 Außer Atem erreichte ich den zweiten Stock. Die Tür zum Physiksaal stand weit offen. Ich stürmte hinein und sah hinten im Zimmer Anton Frank schon auf dem Boden knien. Vor ihm lag Jakob mit geschlossenen Augen in einem bleichen Gesicht. „He, alter Schwede, wach auf", rief Anton und schlug ihm mit der flachen Hand abwechselnd links und rechts auf die Wangen. „Wach auf! Komm! Komm!" Ich kniete mich neben Anton und fragte, in panischer Angst: „Soll ich nicht lieber den Notarzt rufen?"
„Lass mal, der ist nur bewusstlos. Der kommt gleich wieder", sagte Anton ruhig und legte Jakobs Füße auf einen Stuhl, sodass das Blut in den Kopf fließen konnte. Anton war ausgebildeter Sanitäter. Er musste es wissen. Ich vertraute ihm. Die Haut in Jakobs Gesicht hatte einen ungewöhnlichen Schimmer ins Bläuliche, was ich aber auf das Neonlicht der Deckenbeleuchtung zurückführte.
Dös, Ingrid Müller, Petra Klein und Christina Wiedemeyer hasteten herein.
„Was ist passiert?", fragte Dös. Er bückte sich nicht, sondern blieb stehen und sah mit merkwürdig teilnahmsloser Miene auf seinen am Boden liegenden Kollegen hinunter.
„Wir wissen es nicht", antwortete ich.
„Mein Gott", rief Christina, die Jakob viel besser kannte, als ich zu diesem Zeitpunkt ahnen konnte, „der ist ja ganz blau im Gesicht! Ihr müsst den Notarzt rufen!"
„Ich mach das schon", sagte Dös ruhig und ging in meinen Unterrichtsraum, wo sich im Vorbereitungszimmer das Nottelefon unseres Stockwerks befand. Da Dös mit ungewöhnlich lauter Stimme telefonierte, wurden wir alle unfreiwillige Zeugen seines Anrufs und horchten auf, als er erstaunt nachfragte: „Was? Der ist schon unterwegs? Wie das? Ach so! Der Hausmeister!"
Als Dös wieder zu uns trat, sah er zunächst auf seine Armbanduhr und sagte dann, ohne noch einmal einen Blick auf den am Boden liegenden Jakob zu werfen: „Der Arzt ist unterwegs. Benachrichtigen Sie mich bitte, wenn Stein wieder zu sich gekommen ist. Ich habe noch zu tun. Wir sehen uns nachher wieder im Lehrerzimmer zur Fortsetzung unserer Konferenz."

Christina sah ihm verständnislos nach, schüttelte den Kopf und murmelte: „Der hat ja Nerven!"
Der Hausmeister hatte den Notarzt benachrichtigt?
„Philipp, komm, hilf mir", rief Anton. Und er befahl mir, auf sein Kommando Jakob meinen Atem kraftvoll in den Mund zu blasen. Danach presste er Jakobs Brustkorb zusammen, sodass sich ein künstlicher Rhythmus von Einatmen und Ausatmen ergab. „Pass auf, der kommt gleich. Jakob wäre der erste Bewusstlose, den ich nicht ins Leben zurückgeholt habe."
Ingrid Müller, die auch etwas von Erster Hilfe verstand, sah mir mit zweifelnder Miene zu, bis sie mich sanft zur Seite drängte und sagte: „Lass mich mal, Philipp, ich hab das gelernt. Glaub mir, ich kann das besser." Ich machte ihr widerwillig Platz. Hatte ich nicht einen kraftvolleren Atem als sie?
Der dicke Hausmeister Grigutt betrat den Raum und sah zu, wie Anton und Ingrid Müller sich abplagten. Er feixte: „Ist er wieder nüchtern, der Herr?" Dann nickte er ein paar Mal wie zustimmend, verzog seinen Mund zu einem Grinsen, drehte sich danach jählings um und schlich ebenso lautlos, wie er gekommen war, auf seinen Kreppsohlen wieder davon.
Grigutt war nur ein paar Monate später als Dös an unsere Schule gekommen. Er war uns gleich wegen seiner katzbuckelnden Unterwürfigkeit aufgefallen, die er seinem Schulleiter entgegenbrachte. Daran hatte sich bis dato nichts geändert. Er war offensichtlich ein williges Faktotum seines Chefs. Und weil Dös Jakob Stein nicht mochte, war es nicht verwunderlich, dass auch Grigutt es sich anscheinend zur Aufgabe gemacht hatte, meinem Freund das Leben schwer zu machen, wo es nur ging. Selbst kleinste Nachlässigkeiten, wie ein nicht geschlossenes Fenster, ein am Boden liegender Stuhl oder ein vergessener Essensrest unter einem Schülertisch, wusste er zu Kapitalvergehen hinaufzustilisieren, die er stets seinem Chef hinterbrachte. Zu Beginn von Grigutts Tätigkeit war ich Zeuge einer Auseinandersetzung geworden, in dessen Verlauf Jakob ihm zugerufen hatte: „Hallo, Herr Grigutt, wir sind hier nicht auf dem Kasernenhof, sondern in der wirklichen Schule der Nation!", worauf der Hausmeister grummelnd davongeschlichen war.
Frau Goldenstern betrat den Physiksaal und kam ängstlich näher, sah einen Augenblick zu, wie Anton und Ingrid Müller

sich mit der Beatmung Jakobs abplagten, beugte sich zu ihm nieder und legte ihm die Hand auf die Stirn. Ihre Augen füllten sich dabei mit Tränen, sie begann zu weinen und sagte leise zu Anton: „Das bringt doch nichts mehr! Der Mann war schon tot, als ich ihn hier gefunden habe. Ich bin nämlich ..."
Der Rest des Satzes ging im ohrenbetäubenden Lärm des Martinshorns unter, das durch ein geöffnetes Fenster plötzlich vom Schulhof herauftönte.
Ein Arzt und zwei junge Männer, die eine Tragbahre mit sich führten, betraten das Zimmer. Anton und Ingrid Müller erhoben sich, um dem Doktor Platz zu machen. Der zog seine Augenbrauen bedenklich nach oben, kniete sich neben Jakob nieder, suchte dessen Puls am Handgelenk, fand ihn aber offenbar nicht, tastete dann mit zwei Fingern die Schläfen ab, danach die Halsschlagader, schüttelte resigniert den Kopf und rief seinen Begleitern zu: „Das tragbare EKG! Schnell, schnell!" Atemlos verfolgte ich die Bewegungen des Arztes. Jakobs Oberhemd wurde geöffnet, die Elektroden auf die Brust geklebt. Ich starrte wie hypnotisiert auf das Gerät. Mein Herz begann zu rasen. „Das Ding ist kaputt!", rief ich erregt, als es nicht reagierte.
Der Arzt murmelte: „Ich wollte, es wäre so. Diese Apparate sind narrensicher." Er überprüfte noch einmal den Sitz der Elektroden. Als sich trotzdem nichts änderte, zog er ein Schlauchstethoskop aus der Tasche und setzte dessen Membrane auf verschiedene Stellen von Jakobs Brust, horchte mit geschlossenen Augen, seufzte „O Gott!", legte es wieder zur Seite, überlegte, nahm dann eine Taschenlampe in die Hand, schob zuerst Jakobs linkes Augenlid, dann das rechte nach oben, sodass jeweils der Augapfel zu sehen war, und ließ den Lichtstrahl hin und her darüber hinweggleiten. Gedankenverloren steckte er die Lampe wieder ein, ließ seine Hand einen Augenblick auf Jakobs Oberkörper ruhen, bewegte zuletzt dessen rechten Arm im Ellenbogengelenk ein paar Mal auf und ab und legte ihn dann behutsam auf den Boden zurück. Dann erhob er sich mit ernstem Gesicht, senkte für einen Moment den Blick und sagte leise: „Wir sind zu spät gekommen. Der Tod ist vor etwa zwei Stunden eingetreten. Wahrscheinlich durch Ersticken."

Ein kalter, krampfender Schmerz, der in der Herzgegend begann, bemächtigte sich meines Körpers. Ihm folgte eine vorher nie erlebte Schwäche, sodass ich mich setzen musste. Ein riesiger schwarzer Schatten verdunkelte mein Bewusstsein. Der Arzt hatte das Unglaubliche gesagt: Jakob war tot.
Ich hätte gerne geweint, aber ich konnte nicht. So saß ich da und nahm meine Umgebung nicht mehr wahr, bis eine laute Stimme mich aufschreckte und fragte, wer den Toten gefunden habe. Ich blickte auf und sah auf einen gut gekleideten, etwas beleibten älteren Herrn, Anfang sechzig vielleicht, dem eine runde Nickelbrille auf den Nasenflügeln hing. Begleitet wurde er von zwei jüngeren Männern in Jeanshosen, Sweatshirts und Lederjacken. Beide trugen Metallkoffer in den Händen. Handwerker? Was hatten die hier zu suchen?
„Kriminalkommissar Wieben und die Kommissare Gernhart und Abele“, schnarrte die Stimme des kleinen Mannes.
„Kriminalpolizei? Wozu das? Wegen Jakob Stein?“, fragte ich erstaunt.
„Wir wurden von Ihrem Hausmeister über diesen Vorfall benachrichtigt. Wenn jemand unter ungewöhnlichen Umständen stirbt, ist die Polizei hinzuzuziehen. Die Vorschriften wollen es so“, antwortete der kleine Kommissar.
Ich stellte mich vor, blieb wegen der noch anhaltenden Schwäche aber sitzen und sagte leise: „Der Tote und ich waren eng befreundet.“ Wieben kondolierte.
Der Notarzt und seine beiden Helfer verabschiedeten sich. Sie hatten anscheinend während meiner Absence schon das Nötige mit der Polizei besprochen. Wieben bat ihn, zu veranlassen, dass der Tote abgeholt und zur Obduktion ins Pathologische Institut nach Tübingen gebracht werde. Er erwarte am nächsten Morgen einen ausführlichen Bericht.
„Wer hat ihn denn nun gefunden?“, wiederholte Wieben seine Frage.
Frau Goldenstern sagte leise weinend: „Ich.“
Der kleine Kommissar wandte sich ihr zu und musterte sie zunächst von oben bis unten, was sehr respektlos aussah. Aber vielleicht gehörte ja eine genaue Einschätzung ihrer Person auch zu seinen Recherchen, dachte ich. Er machte ja sonst eigentlich einen recht sympathischen Eindruck.

„Sie sind eine Kollegin des Toten?"
Frau Goldenstern senkte ihren Blick, als schämte sie sich, und sagte dann leise: „Nein. Ich putze hier nur."
Wieben zog seine Augenbrauen verwundert nach oben. Sie sah ja auch wirklich nicht aus wie eine Putzfrau mit ihrem jungen, schönen Gesicht. Jakob hatte mir erzählt, sie sei eine Rumänien-Deutsche, die erst vor wenigen Wochen ausgesiedelt war und ihren Lebensunterhalt mit Putzen verdiente.
Sie begann zu erzählen, stockte immer wieder, weil sie sich mit einem schon völlig durchnässten Taschentuch unablässig die Tränen aus den Augen wischte: „Es war kurz nach halb vier. Ich hatte gerade dieses Zimmer nass aufgewischt und habe dann die Tür zu Herrn Weinbrenners Klassenzimmer geöffnet." Sie zeigte auf die geöffnete Doppeltür, die den zwischen unseren Physiksälen liegenden gemeinsamen Vorbereitungsraum von meinem Unterrichtszimmer trennte. „Er saß da in einer Ecke, zwischen den Türen, den Kopf auf der Brust, als ob er schliefe. Als ich ihn dann an der Schulter rüttelte, um ihn zu wecken, kippte er mir entgegen und fiel sehr hart, mit dem Kopf voraus, auf den Fußboden." Sie begann laut zu weinen. Wieben wartete geduldig, bis sie weitersprechen konnte: „Ich mache mir solche Vorwürfe, dass ich ihn nicht aufgefangen habe."
„Müssen Sie nicht", sagte der Kommissar, „denn daran ist er ja nicht gestorben. Zwischen den Türen hat er gesessen, sagten Sie?"
Die Putzfrau zeigte auf die Stelle, wo sie Jakob gefunden hatte.
„Gernhart", rief Wieben seinen Kommissar; „sei mal so gut und setz dich so in die Ecke, wie Frau Goldenstern dich hindirigiert."
Gernhart tat, wie ihm geheißen wurde, und rückte so lange hin und her, vor und zurück, bis Frau Morgenstern sagte: „Genauso saß er da."
„Abele", rief Wieben, „mach mal drei Bilder."
Es blitzte ein paar Mal gespenstisch.
Dann wandte er sich mir zu: „Sind Sie der Schulleiter?" Er hatte dabei den Kopf in den Nacken gelegt, um mir ins Gesicht sehen zu können. Ich war sicher 30 Zentimeter größer als er.
„Nein", sagte ich boshaft, „der sitzt in seinem Amtszimmer."

Wieben zeigte sich verwundert: „Weiß er nicht, was hier passiert ist?“
„Doch“, sagte ich, „aber er weiß vielleicht noch nicht, dass Jakob Stein tot ist, es sei denn, der Hausmeister hat es ihm gesagt.“
„Ist das der, der uns gerufen hat?“
„Wir haben nur einen Hausmeister: Grigutt“, antwortete ich. Ich drehte mich um, aber Grigutt war nicht zu sehen, er hatte sich seit seinem ersten Auftritt nicht mehr blicken lassen. Das verwunderte mich, weil er doch sonst immer so neugierig war und sich nichts entgehen ließ. „Ich erfahre alles, was in der Schule passiert“, pflegte er uns oft vielsagend mit einem drohenden Unterton in der Stimme zu warnen. *Big brother* nannten wir ihn.
„Wo ist der Hausmeister“, fragte Wieben eindringlich.
„In seiner Kabine, denke ich.“
Wieben schüttelte den Kopf: „Hier liegt ein toter Lehrer und sowohl der Hausmeister als auch der Schulleiter gehen ihren gewohnten Geschäften nach. Das ist mir doch auch noch nicht untergekommen. Gernhart“, rief er seinem Kollegen zu, „Knöpf du dir mal den Grigutt vor. Ich gehe mit Herrn Weinbrenner zum Schulleiter. – Und Sie, meine Herrschaften“, wandte er sich an Anton Frank und meine Kolleginnen, „muss ich bitten, sich noch ein paar Fragen von meinen Kollegen gefallen zu lassen.“
Gernhart nickte. Er und Abele waren gerade dabei, Jakobs Leiche in meinem Vorbereitungsraum auf den Boden zu legen. Sie breiteten ein weißes Tuch, das sie aus einem ihrer Koffer gezogen hatten, über Jakobs Gesicht.
Wieben zog mich am Arm und sagte: „Bringen Sie mich jetzt bitte zu Ihrem Schulleiter.“
Als wir über den Schulhof gingen und der Kommissar schnaufend neben mir hertrippelte, der Regen hatte aufgehört, blieb er stehen und sagte etwas unwillig: „Könnt ihr Großen nicht ein bisschen Rücksicht auf uns Kleine nehmen? Ich komme ja kaum nach.“
Mein altes Leiden. Ich war immer mit Riesenschritten unterwegs.

5 Dös' Rektorat befand sich im Obergeschoss des Verwaltungstraktes. Das helle Eckzimmer mit seinen großen Fenstern bot eine überwältigende Panorama-Aussicht auf die Stadt und die Berge der Schwäbischen Alb. Auf breiten Fensterbänken drängten sich unzählige Kakteen. In einem Regal, das durch seine gähnende Leere auffiel, reihten sich, penibel der Größe nach geordnet, ein paar Bücher und die grünen Ordner, die die Gesetze und Vorschriften für die Verwaltung einer Schule enthielten. An der zweiten freien Wand, vor der eine blau gepolsterte Sitzgruppe stand, hing über der Couch Rembrandts *Mann mit Goldhelm*. Auf dem Schreibtisch ein rotes Schnurtelefon, eine grüne Schreibunterlage und ein Container mit Bleistiften und Kugelschreibern. Ein steriles, phantasieloses Verwaltungszimmer, in dem ein pedantischer Ordnungssinn regierte.

Dös empfing uns an der Tür. Ich stellte ihm Wieben vor, der sich als Kriminalkommissar auswies. Dös bat uns, auf der Couch Platz zu nehmen. Er setzte sich, uns gegenüber, in einen Sessel. Ich konnte mich nicht erinnern, jemals einen der beiden Sessel zugewiesen bekommen zu haben, wenn ich mit Dös zu tun gehabt hatte. Jakob hatte mir gesagt, dass er sich mit dieser Sitzordnung einen strategischen Vorteil verschaffte. Denn während ich nicht so recht wusste, wohin mit meinen Händen, konnte er sie, in der Pose des überlegenen, allwissenden Vorgesetzten, bequem auf die Armlehnen legen. Aber so waren nun einmal Chefs in ihrer dauernden Angst um den Verlust von Kompetenz und Macht gegenüber intelligenteren Kolleginnen und Kollegen. Dös unterstellte seinen Lehrerinnen und Lehrern schon Aufmüpfigkeit, wenn sie die besseren Argumente auf ihrer Seite hatten.

„Herr Dös", begann Wieben bedächtig und schob dabei seine Nickelbrille von den Nasenflügeln zur Nasenwurzel hinauf, „einer Ihrer Kollegen ist unter ungewöhnlichen Umständen ums Leben gekommen. Haben Sie dafür eine Erklärung?"

Dös' Gesicht war aschfahl. Die senkrechten Furchen in seinen Wangen schienen noch tiefer zu sein als sonst. Die Lippen waren blutleer. Ein feinschlägiges Zittern seiner Finger verriet seine Anspannung. Er senkte den Blick und sagte: „Der Hausmeister hat mich vorhin eingehend informiert. Ich hätte

nie gedacht, dass so etwas in meinem Hause passieren könnte."
„Ich frage Sie noch einmal", drängte Wieben weiter. „Können Sie sich einen Reim auf den Tod Ihres Kollegen machen?"
„Wie meinen Sie das?", fragte Dös misstrauisch. Seine Finger begannen leise auf den Sessellehnen herumzutrommeln.
„So, wie ich es sagte", antwortete Wieben. „Wie gerät ein Mann zwischen zwei Türen, um dort in einem Raum von etwa 60 Zentimetern Breite ums Leben zu kommen? War Stein ein Selbstmordkandidat, der sich diesen Platz ausgesucht hat, um so auf spektakuläre Weise aus dem Leben zu scheiden, oder könnte ihn dort jemand in betrunkenem oder bewusstlosem Zustand, vielleicht auch unter Einfluss von Drogen, eingesperrt haben, wohl wissend, dass er nach wenigen Stunden ersticken musste?"
Dös reagierte empört: „Letzteres ist doch absurd!"
Wieben fragte ungerührt weiter: „War Stein Alkoholiker?"
„Mir ist das nie aufgefallen. Grigutt ... ääh ... der Hausmeister hat mir allerdings verschiedentlich berichtet, er habe in Steins Papierkorb immer wieder leere Flachmänner gefunden."
Wieben wandte sich mir zu: „Was sagen Sie dazu?"
„Unsinn! Jakob Stein war kein Trinker. Er war nicht der Typ, der sich mit Alkohol puschen muss. Ich fand ihn heute Morgen allerdings in einer verzweifelten Stimmung sinnierend in seinem Klassenzimmer sitzen, was selten vorkam. Als ich nach der Ursache fragte, sagte er mir, dass es am Vortag beim Elternabend Ärger gegeben habe. Er hat ..."
„Woran er nicht ganz unschuldig war", fiel Dös mir ins Wort.
„Jakob Stein hat mir gegenüber nie Selbstmordgedanken geäußert", fuhr ich fort. „Wir waren so gut befreundet, dass jeder von uns den anderen besser kannte als den eigenen Ehepartner." Kajetan fiel mir ein. Hatte ich Jakob wirklich so gut gekannt? Ich nahm mir vor, den Einbruch in meine Wohnung noch nicht zu erwähnen. Konnten zwei Ereignisse, die 13 Kilometer voneinander entfernt zur selben Stunde passiert waren, etwas miteinander zu tun haben? Sollte ich das jetzt erwähnen? Das ging meinen Schulleiter nichts an. Ich verschob es auf später.

Dös' Augen verengten sich zu einem schmalen Spalt. Das tat er immer, wenn er anfing, sich einzumauern. Sein Gesicht wirkte jetzt noch härter als sonst.
„Er war ein schwieriger Kollege", antwortete Dös abweisend.
„Dröseln Sie das doch bitte auf", bat Wieben.
Dös biss sich auf die Lippen und stieß dann zornig hervor: „Was bringt das denn noch, der Mann ist doch tot. Heißt es denn nicht: Über Tote nur Gutes?"
„Dann also etwas Gutes", bohrte Wieben beharrlich weiter und reckte seinen Kopf erwartungsvoll Dös entgegen.
Der wich seinem Blick aus und schaute trotzig zum Fenster hinaus. Der Regen hatte aufgehört. Über der Schwäbischen Alb bauten sich gewaltige weiße Wolkengebirge auf.
Wieben lehnte sich zurück und sagte trocken: „Also doch nichts Gutes."
Dös schwieg wie ein verstockter Schüler.
Der Kommissar atmete hörbar ein, als müsse er jetzt für einen langen Anlauf tief Luft holen. Aber er blieb ruhig und begann noch einmal geduldig von vorne: „Herr Dös, Ihr Hausmeister hat mich in Ihre Schule gerufen, weil eine Putzfrau einen zwischen zwei Türen eingeschlossenen toten Lehrer gefunden hat, der unter noch nicht geklärten Umständen ums Leben gekommen ist. Ich habe nun als Kriminalkommissar die Pflicht, die genaueren Umstände zu klären, unter denen Ihr Kollege ums Leben kam. Ich bitte Sie deshalb darum, mir alle Auskünfte zu erteilen, die ich brauche, um Licht in diese Dunkelheit hineinzubringen, auch wenn meine Fragen Ihnen unangenehm oder gar peinlich sein sollten."
Als Dös nicht reagierte, fuhr Wieben fort: „Wenn es Ihnen lieber ist, können wir dieses Gespräch auch in mein Dienstzimmer verlegen. Habe ich mich deutlich genug ausgedrückt?"
Dös nickte widerwillig.
„War Stein ein guter Lehrer?", fragte Wieben eindringlich.
Dös zögerte und stieß dann ein giftiges „Nein" heraus.
„Warum nicht?"
Dös überlegte lange und klemmte dabei seine Unterlippe zwischen die Zähne, schaute wieder zu den Wolken hinauf und sagte mit abgewandtem Blick: „Er hat seine Klasse völlig versaut!"

Wieben zog die Augenbrauen nach oben und sagte nicht ohne Ironie: „Das erinnert mich an Sokrates, der den Schierlingsbecher trinken musste, weil man ihm vorwarf, er habe die Jugend verdorben. Was war denn Steins Sünde? Hat er mit seinen Schülern gekifft und sie im Dealen und Stehlen unterwiesen?"
„Quatsch!", entgegnete Dös missbilligend.
„Wie denn?
„Er hat sie einfach für den normalen Schulalltag verdorben. Ich erteile in seiner Klasse Englischunterricht und weiß, wovon ich rede. Er hat unübliche Unterrichtsformen entwickelt, die wir Fachlehrer in unseren wenigen Stunden nie nachvollziehen konnten und dadurch dem ständigen Protest seiner Schüler ausgesetzt waren, der sich bis zur Unterrichtsverweigerung steigerte."
Dös hatte diese Sätze hastig und mit sichtlichem Widerwillen von sich gegeben, als hätte er sie erbrochen.
Er fuhr in spöttischem Ton fort: „Entdeckendes Lernen nannte er seinen Unterricht nach dem Konzept irgendeines drittrangigen Pädagogen, dessen Name mir nie einfallen will."
„Wagenschein", warf ich ein.
Dös tadelte mich mit einem strafenden Blick, den ich, was ich früher nie fertiggebracht hatte, mit einem herausfordernden Lächeln quittierte.
„Mich interessiert noch der gestrige Elternabend", fuhr Wieben ruhig fort.
Dös holte tief Luft und stieß sie gequält wieder aus: „Es ist meine Aufgabe, die Klassenbücher meiner Lehrerinnen und Lehrer regelmäßig auf die Einhaltung der Lehrpläne hin zu kontrollieren. Dabei habe ich festgestellt, dass Kollege Stein beispielsweise in Physik und Chemie erst etwas mehr als die Hälfte der vorgeschriebenen Themen behandelt hatte. Die Eltern und auch der eingeladene zuständige Schulrat zeigten sich entrüstet darüber und forderten zu Recht, die fehlenden Lektionen bis zum Schuljahrsende nachzuholen."
„War das alles?", fragte Wieben misstrauisch.
Dös zögerte einen Augenblick, dann sagte er mit der Miene eines überlegenen Vorgesetzten: „Ministerium und Oberschulamt waren seit einiger Zeit mit mir einig, Steins Versetzung an

eine andere Schule vorzusehen. Er sollte, allerdings im Rahmen eines weniger anspruchsvollen Lehrauftrags, eine letzte Chance bekommen, sich in das pädagogische Profil einer Schule einzufügen."
Wieben legte seine Stirn in Falten und verzog den Mund zu einer bedenklichen Miene, bevor er sich äußerte: „Dann war Stein also ein schlechter Lehrer. Mich interessiert jetzt, Herr Dös, wie er denn hätte sein sollen, um Ihr Wohlgefallen zu erregen. Oder neutral gefragt: ‚Wie ist ein guter Lehrer?'"
Dös fragte: „Gehört das hierher?
„Ja!", rief Wieben fordernd und schob seine Brille mit einer energischen Bewegung wieder zur Nasenwurzel hinauf.
Dös wand sich in seinem Stuhl, als habe er Bauchschmerzen. Und weil es ihm schon immer schwer gefallen war, einem Gesprächspartner in die Augen zu schauen, richtete er seinen Blick auf Rembrandts *Mann mit dem Goldhelm*. Nach einer schon fast peinlich langen Pause begann er: „Der Lehrer ist Beamter. Als solcher hat er bestehende Vorschriften zu beachten. Wer Vorschriften beachtet, macht keine Fehler. Aber das muss ich Ihnen als Kriminalkommissar ja nicht erklären."
Wieben verzog sein Gesicht zu einer säuerlichen Miene.
Dös fuhr fort: „Der gute Lehrer führt seine Bücher und Akten so ordentlich und übersichtlich, dass eine Kontrolle seiner Tätigkeiten durch seinen Vorgesetzten jederzeit möglich ist. Ich halte es hier ausnahmsweise einmal mit Lenins *Vertrauen ist gut* usw."
Der Kommissar grinste und nickte.
„Drittens verhält sich ein guter Lehrer loyal zu seinen Vorgesetzten und versucht nicht, ihnen durch fortgesetzte Besserwisserei das Leben schwer zu machen. Schule ist nun einmal, was Stein nie akzeptiert hat, hierarchisch in ein klares Oben und Unten strukturiert. "
„Ja", sagte Wieben etwas amüsiert und drückte dabei seine gefalteten Hände so kraftvoll zusammen, als wolle er eine Walnuss zwischen ihnen zerdrücken. Dann wandte er sich mir zu: „Sie waren sein Kollege und Freund. Abgesehen davon, dass Sie deshalb in meinen Augen als befangen gelten müssen, war Stein in Ihrem Verständnis von Pädagogik ein guter Lehrer?"
„Ja", antwortete ich ohne Zögern. „Die Schülerinnen und

Schüler sind sehr gerne zu ihm in die Schule gegangen. Sie beteiligten sich außerordentlich aktiv am Unterrichtsgespräch und konnten sich beneidenswert gut in der Schriftsprache ausdrücken, was hier im Schwäbischen bei weitem nicht die Regel ist. Auffallend sind auch ihre Hilfsbereitschaft und der Klassenzusammenhalt. Sie sind ..."
„... im Lehrplan ein Vierteljahr hinter ihren Parallelklassen zurück", unterbrach Dös mich giftig.
Wieben zog die Augenbrauen anerkennend nach oben und sagte: „Ich danke Ihnen, Herr Weinbrenner, für diese klärenden Worte zugunsten Ihres Freundes." Zu Dös gewandt, fuhr er fort: „Stein war Ihrer Schilderung nach zumindest wegen seiner Lehrmethode ein Außenseiter. Wir wissen beide, dass erstens das Wort Kollege nur ein anderes Wort für Neidhammel ist und zweitens das Leben eines Außenseiters noch nie ein Zuckerschlecken war. Hatte er Feinde im Kollegium?"
„Stein hat in meinen Konferenzen oft sowohl den Ausbildungsstand der heutigen Lehrer als auch ihre mangelnde Fortbildung beklagt und ist deshalb bei Kolleginnen und Kollegen häufig auf Missbilligung gestoßen, weil Fortbildung eben auch Verzicht auf wohlverdiente Freizeit bedeutet. Ich glaube schon, dass einige ihm dafür manchmal am liebsten Gift gegeben hätten."
„Vielleicht hat er nur die Konsequenzen aus der für Deutschland doch recht enttäuschenden Pisa-Studie gezogen", warf Wieben ein, wandte sich dann wieder mir zu und fragte: „Hatte Ihr Freund Feinde im Kollegium?"
Ich ließ in meiner Vorstellung Lehrerinnen und Lehrer Revue passieren und schüttelte verneinend den Kopf. Mir fiel niemand ein. Jakob hatte zwar immer wieder versucht, seinen Kolleginnen und Kollegen das entdeckende Lernen nach Professor Wagenschein schmackhaft zu machen, und war dabei stets auf schroffe Ablehnung gestoßen, aber Todfeinde hatte er sich dadurch nicht geschaffen. Oder war mir das auch entgangen?
Wieben richtete seinen Blick wieder auf Dös: „Hat Stein ein Verhältnis mit einer Kollegin gehabt? Ich habe gehört, dass so etwas neuerdings auch an Schulen vorkommen soll."
Mit beiden Händen wehrte Dös ab und rief schroff: „So etwas gibt es an *meiner* Schule nicht!"

„Dann scheinen Sie ja alles im Griff zu haben“, sagte Wieben mit einem nicht zu überhörenden ironischen Unterton.
Und jetzt geschah, was ich noch nie gesehen hatte: Dös lächelte dünn, aber doch stolz über dieses vermeintliche Lob. Er richtete sich im Sessel auf und sagte: „Wissen Sie, Herr Kommissar, eine Schule muss man führen wie eine Kompanie Soldaten, die straff diszipliniert das hohe Ziel im Blick hat, welches uns der Staat vorgibt. Hier, an der Schule, gibt es Lehrpläne, dort Dienstpläne. Beide müssen eingehalten werden. Das konnte Stein nicht. Ihm hat es immer an der nötigen Disziplin gefehlt.“
Es klopfte an der Tür und Gernhart trat ein. Er winkte Wieben zu sich, dem er flüsternd berichtete, dass Jakobs Frau dagewesen sei. Sie habe auffallend gefasst vor der Leiche ihres Mannes gestanden und wiederholt gesagt: *Nun hast du es also doch getan.* Auf seine Bitte, ihm das zu erklären, habe sie geantwortet, dass sie dies nur seinem Vorgesetzten mitteilen wolle. Sie bitte um ein Gespräch mit ihm und hätte auch gerne Herrn Weinbrenner, also mich, dabei.
Nun hast du es also doch getan, sollte Erika gesagt haben. Wollte sie damit ausdrücken, dass sie von Jakob auf einen Selbstmord vorbereitet worden war? Das wollte mir nicht in den Kopf.
Ein lautes „Hallo“ unterbrach meine Gedanken. Gernhart steuerte auf Dös zu und rief: „Herr Hauptmann Dös! Das ist ja eine Überraschung!“
Er schüttelte Dös fast kumpelhaft die Hand und sagte: „Neuerdings sogar Oberstleutnant der Reserve, stimmt’s?“
Dös nickte stolz und streckte seine einmeterachtundsechzig in die größtmögliche Länge. Dann sagte er in gönnerhaftem Ton zu Gernhart: „Ich erinnere mich an Sie.“ Er warf danach Wieben und mir einen Blick zu, der wohl ausdrücken sollte: *Gell, da staunste!*
Dös ein Offizier? Das war ja ganz was Neues! Warum hatte er das uns gegenüber nie erwähnt? Das passte doch eigentlich gar nicht zu ihm!
Aber der Oberstleutnant i. R. erklärte immerhin manche bisherigen Ungereimtheiten seines Führungsstils.
Wieben nickte in gespielter Anerkennung, gab Dös die Hand

und sagte: „Ich danke Ihnen für die Auskünfte. Falls ich noch Fragen haben sollte, komme ich auf Sie zurück.“
Dös verbeugte sich knapp. Gernhart und ich verabschiedeten uns ohne Handschlag von ihm. Draußen auf dem Flur zog ich die Tür zu Dös’ Dienstzimmer leise hinter mir zu.

6

„Ich muss dir eine unglaubliche Geschichte erzählen“, sagte Kommissar Gernhart zu Wieben. Er blickte zurück auf die Tür zu Dös’ Zimmer und fuhr fort: „Aber nicht hier, wo die Wände Ohren haben. Wir gehen am besten runter auf den Parkplatz.“
„Spann mich nicht so auf die Folter“, sagte der kleine Kommissar ungeduldig.
„Ich nehme an, dass dich zunächst einmal unsere Spurensuche interessiert.“
„Warte auch damit, bis wir draußen sind“, bat Wieben.
Als wir aus der Tür traten, schlug uns aus zahllosen Pfützen gleißendes Sonnenlicht ins Gesicht. Wir blieben, eine Hand vor den Augen, einen Moment wie geblendet stehen. Durch die fast geschlossenen Augenlider sah ich seitlich, in einigen Metern Entfernung, den Hausmeister stehen, der, an einen Besen gelehnt, uns beobachtete. Als ich die Hand vom Gesicht nahm und ihn herausfordernd sekundenlang anstarrte, wie ich es früher nie gewagt hätte, drehte er sich um und ging zurück in seine Kabine.
Erst in sicherer Entfernung auf dem Parkplatz begann Gernhart seinen Bericht: „Türen und Türklinken, soweit sie sich in Steins Physikraum befinden, sowie Steins Schreibtisch und alles andere, was spurenträchtig hätte sein können, hat die Putzfrau, bevor sie Stein gefunden hat, leider so gründlich gereinigt, dass es keine verwertbaren Fingerabdrücke gibt. Auf der Innenseite der ersten Doppeltür sowie auf der zweiten zum angrenzenden naturwissenschaftlichen Raum von Herrn Weinbrenner gibt es auf den Klinken und dem Holz dafür ein Tohuwabohu von übereinander liegenden Fingerabdrücken, mit dem ich auch nichts anfangen kann. Aber vielleicht hat Stein sich ja auch selbst umgebracht. Die Äußerung seiner Frau weist darauf hin. Du wirst es ja nachher hören.“
Wieben sagte: „Herr Weinbrenner kann sich das nicht vorstellen, er und Stein waren enge Freunde von Kindesbeinen an.“
„Sie waren Steins Freund?“, fragte Gernhart überrascht.
Als ich nickte, fuhr er fort: „Dann hat er Ihnen doch sicher auch Geschichten aus seiner Bundeswehrzeit erzählt.“
Als ich kopfschüttelnd verneinte, fragte er: „Wie lange waren sie befreundet?“

„Ein Leben lang!"
„Und er hat Ihnen nie davon erzählt? Das wundert mich. Aber möglicherweise behält man seine Demütigungen ja auch lieber für sich. Geht mir auch so."
„Demütigungen?", fragte ich neugierig.
Wir hatten Wiebens Wagen erreicht. Er lehnte sich gegen die Fahrertür und sagte zu Gernhart: „Ich glaube, jetzt sind wir weit genug weg von Grigutts großen Ohren. Schieß los!"
„Du wirst es nicht glauben, Paul", begann Gernhart, „aber mir sind hier in der Schule binnen einer Stunde gleich drei Leute aus meiner Bundeswehrzeit begegnet. Alle aus derselben Kompanie."
„Wie schön für dich", sagte Wieben ironisch. „Aber was hat das mit dem Fall Stein zu tun?"
„Das weiß ich noch nicht."
Der Kommissar schüttelte gelangweilt den Kopf, rückte seine Brille zurecht, schloss die Wagentür auf und seufzte: „Und wo ist da die Pointe?"
„Lass mich erst einmal zu Ende erzählen", drängelte Gernhart.
Wieben drückte die Tür wieder zu, lehnte sich mit dem Rücken dagegen, seufzte laut und sagte: „Bitte, wenn es denn sein muss!"
Gernhart begann: „Dös war mein Kompaniechef, der Hausmeister Grigutt einer seiner Unteroffiziere und Stein der Schütze Arsch, um es mit Grigutts Worten auszudrücken. Denn Grigutt war Steins Ausbilder. Ich war zum Glück nicht in seiner Gruppe. Wenn auch mein Unteroffizier nicht gerade mit einem Heiligenschein herumlief, so war er doch wenigstens kein Schleifer wie Grigutt. Wenn der mit seiner gewaltigen Bassstimme über den Kasernenhof brüllte, zuckten selbst die zusammen, die nichts mit ihm zu tun hatten. Niemand hat Rekruten je so geschunden und gedemütigt wie er. Kein anderer Ausbilder hat ein solch niederträchtiges und entwürdigendes Vokabular benutzt. Grigutt war ein Rekrutenschinder ohnegleichen. Eines Tages beobachtete ich aus wenigen Metern Entfernung, wie der Schütze Stein nicht mehr auf seinen Ausbilder Grigutt reagierte. Angesagt war Robben im Gelände. Grigutts Parcours führte als Einziger durch eine Wasserpfütze. Als Stein

dran war, blieb er stur auf seinem Platz stehen und rührte sich nicht. Grigutt lief rot an, baute sich vor ihm auf, zeigte auf die Pfütze und schrie: „*Hinlegen!*“ Als Stein keine Anstalten dazu machte, sondern im Gegenteil zwei Schritte zurückwich, geriet Grigutt außer sich, ging auf Tuchfühlung mit Stein und brüllte ihm ins Gesicht: „*Hinlegen, habe ich gesagt, Sie Arsch!*“ Stein blieb stehen und rief, so laut, dass es alle Umstehenden hören konnten: „*Ich bin hier, um als Bürger in Uniform meinen Wehrdienst abzuleisten und nicht, um vor einem Sadisten durch den Dreck zu kriechen.*“ Als Grigutt danach mit seiner schweren Hand in Steins Tarnjacke hineingriff und ihn zu sich herziehen wollte, gab dieser ihm einen so gewaltigen Stoß, dass der, begleitet von schadenfrohem Grinsen seiner Rekruten, mit dem Hintern in der Pfütze landete, durch die Stein hätte robben sollen. Dös als Kompaniechef hatte die Szene wohl auch aus einiger Entfernung beobachtet. Er ließ sich von Grigutt, der in triefenden Hosen militärisch exakt Meldung erstattete, den genauen Hergang schildern, herrschte Stein in scharfem Ton an und befahl ihm, bevor er ihn zum genauen Verhör in die Kaserne bat, dreimal hin und zurück durch die besagte Pfütze zu robben. Stein rührte sich auch jetzt nicht und entgegnete ruhig, er weigere sich, und fügte hinzu, er befinde sich auf dem Boden der Bundesrepublik und nicht auf dem des Dritten Reiches. Dös tobte danach ganz schrecklich, riss Stein das Gewehr aus der Hand und befahl zwei Soldaten, ihn abzuführen. Das ist das, was ich gesehen habe. Was ich danach hörte, ist Folgendes: Es gab ein Disziplinarverfahren. Stein wurde vor der Kompanie ein strenger Verweis ausgesprochen, er erhielt drei Tage Arrest und eine zweiwöchige Ausgangsbeschränkung, ferner wurde er für vierzehn Tage von der Benutzung der Gemeinschaftsräume ausgeschlossen. Er hat sich darüber und über die menschenverachtenden Zustände in Dös' Kompanie beim Wehrbeauftragten des Bundestages beschwert. Es kam nach einer Untersuchung dieses Vorfalls sowie anderer, alle auf Grigutts Konto gehenden Zwischenfälle in Dös' Kompanie zu einem Gerichtsverfahren. Grigutt wurde zu einer Bewährungsstrafe verurteilt und unehrenhaft aus der Bundeswehr entlassen. Dös erhielt einen sehr harten Verweis und die Aufforderung, seine Entlassung zu beantragen.“

Wieben hatte aufmerksam zugehört und lächelte nun: „Nachdem ich Dös kennen gelernt habe, weiß ich doch jetzt, mein lieber Gernhart, warum du so ein ordentlicher Mensch geworden bist."
Gernhart grinste, riss die Hacken zusammen, legte seine Hände an die Hosennaht und zitierte zackig: „*Der Untergebene hat seinen Vorgesetzten zu gehorchen und ihre Befehle nach besten Kräften vollständig, gewissenhaft und unverzüglich auszuführen. Paragraf elf, Absatz eins des Soldatengesetzes und der Vorgesetztenordnung.*"
„Hast du das auch bei Dös gelernt?", fragte Wieben ungläubig.
„Jedermann in Dös' Kompanie hatte Absatz eins sozusagen als geistiges Gepäck abrufbereit im Gedächtnis mitzuschleppen."
„Da siehst du mal, was du mir schuldig bist", frozzelte Wieben.
„Und dann", fuhr Gernhart mit nachdenklichem Gesicht fort, „treffen die drei, jeder auf seine Weise vor 20 Jahren tief verletzt, hier in der Schule wieder aufeinander. Was meinst du dazu, Paul?"
Wieben nahm seine Brille in die eine Hand und rieb seine Nasenwurzel mit der anderen. Er hob die Schultern fragend nach oben: „Was du soeben erzählt hast, ist zwar interessant, aber du weißt auch, wie oft schon unsere Hypothesen wie Seifenblasen geplatzt sind. Halte dein Wissen noch ein bisschen zurück, bevor du Dös und Grigutt damit auf die Zehen trittst. Verbrenn dir nicht unnötig die Pfoten. Ich fahre zunächst einmal mit Herrn Weinbrenner zu Steins Frau. Danach kann es ja auch sein, dass die Dinge ganz einfach liegen und Dös samt Hausmeister mit Steins Tod unmittelbar nichts zu tun haben."
Gernhart sagte in einem Ton, als ob er sich entschuldigen müsste: „Ich habe den toten Stein zunächst gar nicht erkannt. Erst als sein Name genannt wurde, fiel bei mir der Groschen. Ich hatte ihn immerhin über zwanzig Jahre nicht gesehen."
„Ist schon gut", sagte Wieben, stieg in seinen Wagen ein und bat mich, auf dem Beifahrersitz Platz zu nehmen. Zwar schwirrte mir der Kopf von alldem, was ich bei Dös erlebt und von Gernhart gehört hatte, aber ich konnte zu meiner Über-

raschung klar denken, wie selten einmal. Meine depressive Stimmung war mitsamt der Verzweiflung über Jakobs Tod verflogen und zu meiner Verwunderung einer wachsenden inneren Ruhe und Gelassenheit sowie einem bisher nie gekannten Selbstwertgefühl gewichen. Ich schämte mich, nach alldem, was ich in den vergangenen Stunden erlebt hatte, ein bisschen meines Wohlbefindens, schob es auf das beginnende schöne Wetter und den damit steigenden Luftdruck, der von jeher mein Lebensgefühl positiv beeinflusst hatte.

7 „Fahren Sie noch ein Stückchen weiter", sagte ich zu Wieben. Irgendwo in der Mitte einer langen Zeile aus nebeneinander stehenden fünfstöckigen Wohnblöcken befand sich das Haus, in dem Jakobs Frau auf uns wartete. Ich hatte von jeher Schwierigkeiten gehabt, mich in Orschel-Hagen zurechtzufinden, wo in etlichen Straßen ein Haus wie das andere aussieht und markante Orientierungspunkte fehlen. Sinnigerweise hatte man die gegenüberliegende Straßenseite hinter den Parkplätzen mit Pappeln bepflanzt, die sich aber ebenso wenig wie die Häuser voneinander unterschieden. Jakob hatte mir mal erzählt, dass selbst Einheimische hier zuweilen nachts auf der Suche nach ihrer Wohnungstür umherirren.

„Hier ist es", sagte ich. Wieben atmete erleichtert auf.

Wir stiegen aus und überquerten die Straße. Ich klingelte an der Haustür. Der Summer ertönte. Erika, Jakobs immer noch schöne Frau, stand ernst an der Wohnungstür und empfing uns mit Handschlag. Sie trug ein langes, schwarzes Kleid, das die Strenge ihres dezent geschminkten Gesichts mit dem schmalen Mund und den kühlen grauen Augen noch verstärkte. Ihr blondes Haar, vom Friseur von allen grauen Haaren befreit, hatte sie im Nacken zu einem glatten, straffen Knoten gebunden. Sie wirkte auf den ersten Blick streng und vornehm.

Im Wohnzimmer nahm sie mich in die Arme und stammelte: „O Gott, Philipp, o Gott, o Gott!" Wir weinten beide. Erst als der Kommissar sich durch ein Räuspern in Erinnerung brachte, ließ sie mich los und murmelte: „Die Kriminalpolizei, nicht wahr?"

Wieben nickte, zeigte seinen Ausweis und kondolierte. Erika wies mit einer Handbewegung auf zwei Sessel, in denen wir Platz nahmen. Ihre Frage, ob sie uns etwas zu trinken anbieten dürfe, lehnte Wieben pietätvoll ab. Mir war auch nicht danach.

Wieben suchte offenbar nach den richtigen Worten, bis er schließlich leise zu sprechen begann: „Frau Stein, Sie wissen, dass die Polizei immer dann tätig werden muss, wenn ein Mensch unter ungewöhnlichen Umständen stirbt. Das hat zunächst nichts mit einer kriminellen Tat zu tun ..."

„Das ist hier auch nicht der Fall“, fiel sie ihm ins Wort. Sie richtete ihren Blick schamvoll auf den Teppich, als sie, eher mit dem Anflug eines Vorwurfs als dem einer Trauer in der Stimme, sagte: „Ich wollte das Ihrem Mitarbeiter vorhin vor so viel Publikum nicht sagen, was ich Ihnen jetzt mitteilen möchte: Mein Mann hat sich selbst umgebracht! Ich weiß es.“
Erika wusste immer alles genau und vor allem immer alles besser. Ich hatte sie nie anders erlebt.
Wieben wartete ein Weilchen, nahm sie fest in den Blick und fragte dann zögernd: „Sind Sie sich dessen so sicher?“
Sie nickte dreimal heftig. Auch ihr Tonfall war überzeugend: „Er hatte mir den Selbstmord schon mehrfach angedroht, bevor er ihn jetzt wahrmachte. Gestern Abend, als er von einem Elternabend nach Hause kam und mir in dürren Worten erzählte, wie er von seinem Schulleiter und dem Schulrat niedergemacht und zu allem Überfluss auch von den Eltern seiner Schüler im Stich gelassen worden war, hat er sich, was er noch nie getan hatte, sinnlos betrunken. Ich fand ihn, als er nicht ins Bett kam, in seinem Zimmer am Schreibtisch, wo er sich eine halbe Flasche Kognak einverleibt hatte. Als ich sie ihm wegnahm, lallte er immer diesen einen Satz, den ich schon so oft gehört hatte: *‚Ich bring mich um, dann ist alles vorbei.‘* Ich habe ihn schließlich vom Stuhl gezerrt und ihn auf seine Liege gelegt, wo er offenbar seinen Rausch ausgeschlafen hat. Heute früh war er allerdings wie immer der übliche schweigsame Morgenmuffel, den man am besten alleine lässt.“
Wieben fragte: „Sie sagten, verehrte Frau Stein, dass Ihr Mann Ihnen den Selbstmord angedroht habe. Warum angedroht?“
Erika wand sich ein bisschen unter dieser Frage, bis sie schließlich entgegnete: „Es hat ja keinen Sinn, hier vor Philipp Weinbrenner, seinem besten Freund, zu verschweigen, dass unsere Ehe seit langem nicht mehr die beste war. Das weißt du so gut wie ich, Phil, denn Jacques, sie sprach den Namen ihres Mannes von jeher vornehm französisch aus, hat sich deswegen sicher schon oft bei dir ausgeweint.“
Ich schüttelte irritiert den Kopf: „Nein, nein, Erika. Was du da erzählst, höre ich zum ersten Mal. Jakob hat mir nie etwas über seine Ehe erzählt.“ Bis vor kurzem war ich immer der Meinung gewesen, er sei glücklich verheiratet. Ich hatte ihn

oft beneidet, wenn bei mir zu Hause wieder einmal die Fetzen geflogen waren. Erst als er sich regelmäßig von mir den Wohnungsschlüssel ausgeliehen hatte, begannen meine Zweifel.
Erika lächelte mich ungläubig an, schüttelte den Kopf und sagte: „Vielleicht hast du seine Klagen höflich überhört oder vergessen. Du bist ja immer so rücksichtsvoll, Phil. Wenn Jacques doch im Alltag auch nur ein wenig davon gehabt hätte."
Natürlich musste ich mich jetzt fragen, wie viel Jakob mir in all den Jahren verschwiegen und anvertraut hatte und ob denn seine tägliche gute Laune in der Schule nur eine Maske gewesen war, hinter der sich ein Mensch verbarg, den ich in über vierzig Jahren nie zu Gesicht bekommen hatte.
„Jacques hat nur für die Schule und für seine beiden Töchter gelebt, solange die noch zu Hause wohnten. Zugegeben, er war ein Kindernarr. Für mich blieb da nie viel übrig", sagte sie bitter und wischte sich ein paar Tränen aus den Augen. Ihre Stimme wurde hart, als sie fortfuhr: „Und dann tauchte eines Tages Lea, deine Frau, in unserem Leben auf. Er war unsterblich in sie verknallt, auch wenn er es nie zugegeben hat. Aber ich habe es gesehen. Und Lea hat das Ihre dazugetan, wenn sie ihn mit dem immer gleichen albernen Ausruf begrüßte: ‚*Ach, bist du ein schöner Mann, Jakob!*' und ihn dabei herzhaft an ihren Busen gedrückt hat. War es nicht so?"
Ich senkte den Kopf, schluckte ein paar Mal leer und nickte. Das hatte mich auch immer hart getroffen, zumal Lea damit jedes Mal ungewollt zum Ausdruck gebracht hatte, wie bemitleidenswert sie als Frau eines so hässlichen Mannes sein musste.
„Ich bin überzeugt davon, dass Lea und Jacques etwas miteinander hatten, wovon wir beide nichts wussten, Phil, auch wenn ich es vielleicht geahnt habe", sagte Erika bitter.
„Du gehst jetzt zu weit", rief ich heftig. Ich hatte meine Freundschaft mit Jakob immer für etwas Besonderes gehalten, in der Lug und Trug keinen Platz hatten und die Frau des anderen tabu war.
„Ich habe sie beide eines Nachmittags nach einem anonymen Anruf auf der Terrasse des Achalm-Höhenrestaurants erwischt, wo sie einander schöne Augen machten und albern herumschäkerten. Du warst damals für eine Woche auf einer Fortbildung weit weg vom Schuss."

Lea hätte ich ein Verhältnis mit Jakob zugetraut. Ich weigerte mich aber zu glauben, dass Jakob mich betrogen haben sollte. „Seit diesem Nachmittag habe ich mich geweigert, je wieder mit Lea etwas zu tun haben zu wollen." Erika sah bitter aus. Ich erinnerte mich, dass gemeinsame Unternehmungen mit Jakob und Erika von einem bestimmten Tag an immer an irgendwelchen Schwierigkeiten gescheitert waren.
Erika holte tief Luft und stieß sie heftig wieder aus: „Ich habe mich danach auf meine Weise zu rächen versucht, indem ich ihm ein Verhältnis mit einem meiner Englisch-Schüler aus der Volkshochschule vorgegaukelt habe. Weißt du, was er gesagt hat, als ich damit vor ihm kokettierte?"
Ich schüttelte den Kopf.
„‚*Tu, was du nicht lassen kannst!*' Danach hat er sich seelenruhig wieder seinem Computer gewidmet, als wäre nichts gewesen. Stell dir mal vor, wenn ... "
Wieben, peinlich berührt von Erikas Auslassungen über Jakob, unterbrach sie an dieser Stelle: „Wenn ich Sie richtig verstanden habe, Frau Stein, könnte man zusammenfassend sagen, dass sich Ihre Ehe in einem Zustand befand, in dem sowohl Sie als auch Ihr Mann sich nicht mehr glücklich gefühlt haben. Ich möchte Sie jetzt ..."
Erika unterbrach ihn. Sie verzichtete seit jeher nur ungern, wenn sie das Wort hatte, und fuhr deshalb unbekümmert fort: „Ich weiß nicht, wie er sich gefühlt hat. Gemeckert hat er eigentlich nie. Das war mehr mein Part. Ach, Herr Kommissar, ich habe mir immer so gewünscht, unsere Abende gemeinsam genießen zu können, meinetwegen vor dem Fernseher zu sitzen, Kekse zu knabbern, sich ein bisschen aneinander zu kuscheln und dabei einen hübschen Film anzugucken. Aber nein, das ging nicht! Nach wenigen Minuten fing Jacques an zu gähnen, schlief ab und zu auch noch ein oder, und das war fast die Regel, stand auf, ging in sein Arbeitszimmer, wo er dann putzmunter vor dem Computer saß und Unterrichtsentwürfe ausbrütete. Schon vor Jahren, als du noch verheiratet warst, Phil, habe ich ihn gefragt: ‚*Kannst du nicht, wie dein Freund Philipp, ein stinknormaler Lehrer sein, der tagsüber seine Pflicht tut, notfalls auch mal fünfe gerade sein lässt, um abends seiner Frau ein wenig Gesellschaft zu leisten und wenn es bloß vor dem*

Fernseher ist?´ Er hat mich dann immer groß angeguckt und danach weitergemacht. Jacques hat, wie ein Süchtiger, von frühmorgens bis spätabends nur die Schule im Kopf gehabt. Er war geradezu besessen von seiner Arbeit!"
Das hatte ich alles nicht gewusst. Jakob hat sich bei mir nie über Erika beklagt. Was hatte ich ihm nicht alles über Lea erzählt!
Wieben fragte: „Frau Stein, sehen wir mal ab davon, was Sie uns über das zwischen Ihrem Mann und Herrn Weinbrenners Frau üblichen Begrüßungsritual erzählt haben, vergessen wir zunächst auch den von Ihnen beobachteten und womöglich zufälligen und harmlosen Kaffeeklatsch der beiden auf der Terrasse der Achalm-Höhengaststätte. Ein so gut aussehender Mann und dazu noch so ausgestattet mit einem solch immensen Fachwissen und Fachkönnen wurde wahrscheinlich, wenn ich meiner Lebenserfahrung trauen darf, natürlich auch von Kolleginnen verehrt, umschwärmt und ausgenutzt. Gab es so eine Frau in seinem Leben?"
„Das müsste Philipp Weinbrenner besser beantworten können als ich", sagte sie und sah mir dabei erwartungsvoll in die Augen.
„Jakob hat natürlich auch gegenüber Kolleginnen mit Rat und Tat nie hinter dem Berg gehalten", antwortete ich. „Aber mir fällt keine ein, die in auffälliger Weise von ihm profitiert hätte."
„Wir haben uns, wenn er ging oder nach Hause kam, trotz al lem stets flüchtig in den Arm genommen", erzählte Erika weiter. „Das wollte ich so. Vor einiger Zeit kam er abends heim und roch nach meinem Parfüm; ich nehme meistens Vanderbilt. Aber just an diesem Tag hatte ich ein anderes, nämlich Beautiful, ausprobiert. Als ich ihm erstaunt sagte: *„Du riechst ja nach Vanderbilt"*, stotterte er irgendeinen Unsinn zusammen und verschwand, sichtlich verlegen, rasch in seinem Zimmer, irgendeine Arbeit vorschützend."
Wieben saß mit verschränkten Händen da und rang offensichtlich mit einer Frage, die ihn bewegte.
Erika, die aus ihrem Herzen noch nie eine Mördergrube gemacht hatte, sprudelte aber noch weiter: „Bevor Sie mich nun fragen, wie denn die Schlafzimmerseite unserer Ehe aussah, sag ich es Ihnen gleich ..."

Obwohl Wieben mit beiden Händen abwehrte, fuhr sie unbeirrt fort: „Wir führten seit Jahren, in einem zwar unausgesprochenen, aber sicherlich beiderseitigen Einverständnis, eine Josephsehe. Ich gebe zu, dass ich an der körperlichen Liebe nie ein so großes Vergnügen hatte wie mein Mann. Natürlich ist ihm das nicht entgangen. Irgendwann hat er mich damit auch endgültig verschont. Er war in diesem Punkt ein kultivierter Mensch, der sich nicht nahm, was ihm nicht aus freien Stücken gegeben wurde. Es sprachen allerdings auch bei ihm verschiedene Anzeichen dafür, dass auch Männer, genauso wie wir Frauen, irgendwann die Lust am Sex verlieren. Männer haben doch wahrscheinlich auch so etwas wie eine Menopause. Denke ich mir jedenfalls."
Ich schüttelte innerlich den Kopf und dankte dem Schicksal dafür, dass aus Erika und mir nichts geworden war und Jakob, der sie mir ausgespannt hatte, sie heiraten musste, weil sie von ihm schwanger geworden war. Menopause für Männer! In Jakobs Alter! Erika!
„Nahm er Medikamente?", fragte der Kommissar.
„O Gott", rief sie, „das ist ein Kapitel für sich. Kommen Sie, ich zeige Ihnen seinen Arzneimittelschrank."
Sie bat uns in sein Arbeitszimmer. Ich erschrak heftig und fragte: „Was ist denn hier passiert?" Von dem für gewöhnlich unbeschreiblichen Durcheinander in Jakobs Zimmer war nichts mehr zu sehen. Ich starrte in eine penible Ordnung, die zu einem Pedanten, aber nicht zu Jakob passte.
„Er hat seit Montag stundenlang aufgeräumt. Am Ende hat er einen großen Sack voller Papierkram auf die Straße gestellt."
„Wo ist der jetzt?", fragte Wieben neugierig.
„Den hat die Müllabfuhr heute Morgen abgeholt."
Der Kommissar seufzte resigniert. Er sah sich im Zimmer um und sagte dann: „So sieht es bei uns aus, wenn sich einer in den Ruhestand verabschiedet." Er sah Erika fragend an: „Sie wollten mir den Arzneimittelschrank zeigen."
Sie ging einen Schritt auf das Bücherregal zu, das eine ganze Wand des Zimmers einnahm und ebenfalls eine Ordnung zeigte, die jeder gut geführten öffentlichen Bücherei Ehre gemacht hätte. In der Mitte des Regals hing, eingeklemmt zwischen zwei Regalwänden, ein kleiner Schrank, der die Auf-

schrift *Hausapotheke* trug. Der Schlüssel steckte, was mich bei Jakobs Geheimniskrämerei hinsichtlich der von ihm eingenommenen Medikamente etwas verwunderte. Er hatte, wenn ich ihn fragte, was er denn gegen seine Allergie unternehme, immer ausweichend geantwortet.
Ich erschrak, als Erika die kleine Tür geöffnet hatte. Der Schrank war vollgestopft mit Arzneimitteln. Wieben schüttelte den Kopf und sagte: „Da sind Ihre Medikamente aber auch dabei."
„Nein", entgegnete sie, „ich brauche selten einmal ein Mittel. Vielleicht nur, wenn ich mal Kopfweh habe."
Wieben nahm Packung für Packung in die Hand, drehte, wendete und las sie, um sie danach wieder zurückzustellen. Schließlich murmelte er: „Beruhigungsmittel, Schlafmittel, Schmerzmittel, Heuschnupfenpillen, Verdauungshilfen. Mein Gott! War Ihr Mann denn so krank, wie die Medikamente es vermuten lassen?"
Erika schüttelte den Kopf: „Eigentlich nicht. Er war ein Hypochonder, ein eingebildeter Kranker. Er hat mit mir nie über irgendwelche Leiden gesprochen. Jammern war auch nicht seine Sache."
Wieben klappte die Schranktür zu und sagte: „Zweierlei ist bemerkenswert an diesem Arzneimitteldepot: Einmal die Menge und zum anderen die Herkunft. Sie stammen mit wenigen Ausnahmen aus einer Stuttgarter Apotheke, die von uns etwa fünfunddreißig Kilometer entfernt ist. Hatte Ihr Mann oder hatten Sie, Frau Stein, eine besondere Beziehung zu dieser Apotheke?"
Erika schüttelte den Kopf.
„Oder kann es sein, dass sein Hausarzt sie ihm besorgt hat? Es kommt ja vor, dass der Vater oder Bruder eines Arztes eine Apotheke hat, die er unterstützt. Wie heißt denn sein Hausarzt?"
„Weiß ich nicht."
„Wissen Sie denn, wo er seine Arztrechnungen und quittierten Rezepte aufbewahrte?"
Erika schüttelte wieder den Kopf: „Darum habe ich mich nie gekümmert."
„Wer war in Ihrer Ehe der Finanzminister?"

„Ich. Warum fragen Sie?“
„Na ja, das hat ja auch alles Geld gekostet.“
Erika hob die Schultern fragend nach oben.
Wieben machte ein verdrießliches Gesicht und schob seine Nickelbrille zum wiederholten Male zur Nasenwurzel hinauf. So langsam machte mich das nervös. Warum ließ er sie nicht von einem Optiker anpassen?
„Hat er Ihnen, das hätte ich jetzt fast vergessen, so etwas wie einen Abschiedsbrief hinterlassen?
„Nein“, sagte sie, „ich habe schon überall gesucht, aber nichts gefunden. Nur unter der Schreibunterlage hing ein Fetzen Papier, der sich wohl zufällig an der Unterseite festgeklebt hatte. Aber der gibt auch nichts her.“
„Darf ich mal sehen?“, fragte der Kommissar.
Erika fischte einen kleinen Zettel aus dem Papierkorb heraus und reichte ihn Wieben. Der las: *Kajetan anrufen!* Er sah Erika erwartungsvoll an und fragte: „Wer ist Kajetan?“
„Nie gehört“, sagte sie, während ich das Gefühl hatte, vom Blitz getroffen worden zu sein.
„Vielleicht der Nachname eines seiner Schüler“, sagte sie.
Wieben schüttelte den Kopf. „Kajetan ist ein Vorname. Kommt heutzutage nur noch sehr selten vor.“ Dann warf er den Zettel zurück in den Papierkorb und sagte: „Der bringt uns auch nicht weiter.“
Ich biss mir auf die Zunge, um nicht herauszuschreien, was ich wusste, aber ich wollte es nicht in Erikas Anwesenheit sagen. Zum Glück drehte mir Wieben gerade den Rücken zu, und Erika hatte mich auch nicht im Blick.
„Vielleicht“, sagte Wieben und deutete auf den Computer, hat er da irgendeine Nachricht hinterlassen. Computerfreaks haben ja manchmal Einfälle, auf die ein normaler Mensch nie kommt.“
„Was sollte das für einen Sinn haben? Ich kenne mich doch damit gar nicht aus“, rief Erika empört über diese Zumutung.
„Kennen Sie sich damit aus?“, fragte Wieben mich und deutete auf Jakobs Rechner.
Als ich nickte, sagte er: „Also dann los, gucken wir mal nach!“
Etwas widerwillig setzte ich mich hin, Jakobs PC war für mich ein Stück seiner Privatsphäre, in der ich nichts zu suchen

hatte. Lustlos schaltete ich den Computer ein und startete das Schreibprogramm. Die letzten Dinge, die Jakob gespeichert hatte, betrafen nur Schule und Unterricht. Ich schob den Mauszeiger auf die Anzeige der zuletzt gespeicherten Dateien.

„Klicken Sie mal an", rief Wieben erregt.

Eine Klassenliste, eine Elterninformation und ein Arbeitsblatt bildeten sich nacheinander auf dem Monitor ab.

„Klicken Sie noch mal!", rief Wieben. Ein weiteres Schriftstück tauchte auf. Wieben hielt jetzt seine Brille fest und las laut: *„Die Schule ist eine Institution, die das Denken verdirbt."* „Das darf aber auch nur sein Computer wissen", brummte er. Er las weiter: *„Das Denken der Schüler verkümmert, wenn der Lehrer alles erklärt." Wir lernen Denken allein dadurch, dass wir Einfälle haben. Man kann das Denken in den Schülern wecken, wenn man ihnen Zeit zum Nachdenken lässt. Das setzt voraus, dass wir Lehrer endlich verstehen lernen, was verstehen heißt."*

Wieben richtete sich auf und sagte fast andächtig: „Gefällt mir sehr gut. Da war doch wenigstens einmal ein Lehrer, der über den Tellerrand hinausgeschaut hat. Kein Wunder, dass der sich mit Dös nicht vertrug."

Ein ganzes Stück darunter, zum Teil durch den unteren Fensterrand verdeckt, stand noch eine Zeile. Ich holte sie in die Mitte des Bildschirms und las: Kajetan anrufen!

„Na ja", sagte Wieben, „das hatten wir schon. Bringt nichts. Schalten Sie die Kiste wieder aus."

Wieben und Erika standen hinter mir; sie konnten zum Glück mein Gesicht nicht sehen, das wahrscheinlich hochrot angelaufen war. Kajetan! Kajetan! Kajetan! Verdammt noch mal, wer war Kajetan, wenn Erika es auch nicht wusste?

Wieben ging nachdenklich im Zimmer auf und ab, blieb dann vor dem Bücherregal stehen und studierte die Titel auf den Buchrücken. Dann drehte er sich jählings um und fragte Erika: „Fällt Ihnen noch etwas ein, das ich zum Verständnis Ihres verstorbenen Mannes wissen müsste?"

Sie überlegte und sagte dann mit einem selbstgerechten Unterton in der Stimme: „Ja, da ist noch etwas." Sie kniff die Augen zusammen und sah dabei zum Fenster hinaus in eine

unbestimmte Ferne, bevor sie weiterredete: „Jacques hatte von jeher seine Schwierigkeiten mit starken Frauen. Vielleicht erklärt dies einige Probleme unserer Ehe. Ich meine ..."
„Soso", unterbrach Wieben sie unwillig, sah sie fast strafend an und schritt wieder die Bücherwand ab, die Augen auf die Buchrücken gerichtet.
„Na gut", sagte Erika frustriert, „wenn Sie das nicht interessiert, dann lassen wir es!"
Mir fielen meine Mutter und Lea ein, die, jede auf ihre Weise, für sich in Anspruch genommen hatten, starke Frauen zu sein. Und mir kam dabei ein Gedanke in den Sinn, den ich bisher in dieser Klarheit noch nie zu denken gewagt hatte: Waren Mutter und Lea im Grunde ihres Wesens nicht einfach bloß eigensinnige, in sich selbst verliebte Frauen gewesen, deren Stärke darin gelegen hatte, keinen Widerspruch zu dulden und mit einem ausgeprägten Durchsetzungsvermögen andere Meinungen plattzubügeln?
„Ihr bleibt immer Kinder", hatte Mutter mir und Vater noch vor einigen Jahren im Zorn entgegenrufen, als sie merkte, dass wir die besseren Argumente auf unserer Seite hatten. War es nicht eher so, dass eine starke Persönlichkeit sich nicht durch Besserwisserei und Herrschsucht, sondern durch Kompetenz, Geist und Kompromissfähigkeit auszeichnete? Lea hatte alles daran gesetzt, mich nach ihren Vorstellungen zu ändern. Als sie mich endlich so weit hatte, mochte sie mich nicht mehr.
Wieben blieb vor Erika, die ein Stück größer war als er, stehen und sah ihr von unten herauf in die Augen: „Was soll ich Ihnen jetzt sagen, Frau Stein? Alle Anzeichen sprechen dafür, dass Ihr Mann freiwillig aus dem Leben gegangen ist, nur den Grund dafür kennen wir noch nicht. So jedenfalls sieht es zunächst aus."
Er gab Erika zum Abschied die Hand. Sie hielt sie einen Augenblick fest und fragte: „Warum sagten Sie zunächst?"
„Das heißt, dass es auch ganz anders gewesen sein kann. Ich habe mich schon oft in meinem Leben geirrt. Leider! Wir sollten am besten das Ende unserer Ermittlungen und das Ergebnis der Obduktion abwarten. Danach sehen wir weiter. Ich danke Ihnen, Frau Stein, dass Sie mir so bereitwillig Auskunft gegeben haben."

Er verbeugte sich höflich, drehte sich um und steuerte den Flur an. Erikas Abschied von mir gestaltete sich etwas langwieriger. Sie nahm mich in die Arme und drückte mich an sich. Ihr Parfüm stieg mir in die Nase. Das also war Vanderbilt oder Beautiful? Der Duft kam mir zwar bekannt vor, aber ich vermochte ihn nicht irgendeiner mir bekannten Frau zuzuordnen. Ich begann, nach einer Anstandszeit, vorsichtig meine Hände auf Erikas Rücken zu lösen, während sie sich noch an mir festklammerte und mit leidenschaftlicher Stimme flüsterte: „Ich brauche dich jetzt umso mehr, Phil. Lass uns nicht alleine!"

„Nein, nein", heuchelte ich, „natürlich nicht!" Wenn sie mich nur loslassen wollte, dachte ich. Mit *uns* meinte sie sich und ihre beiden Töchter, deren Studium der gute Onkel Phil bislang in nicht unerheblichem Maße mitfinanziert hatte. Ich war dafür von ihnen mit großer Zuneigung verwöhnt worden. Erika küsste mich gefühlvoll auf beide Wangen und sah mir dabei tief in die Augen. Ich empfand das als peinlich und widerlich. Sie musste sich nicht an mich verkaufen, um auch weiterhin auf die von mir zugesagte Unterstützung ihrer Töchter durch mich rechnen zu können. Ich war immerhin deren Patenonkel. Endlich ließ sie mich los, fasste mich aber dafür sofort an beiden Händen und sagte mit ein paar Tränen in den Augen: „Lieber Phil, ich wünsche mir, dass du uns recht oft besuchst. Ehrlich!"

Warum hängte sie dieses „ehrlich" noch dran? Hatte ich nicht in meinem Studium gelernt, dass die Beteuerung ein Lügenzeichen par excellence war? Nein, und nochmals nein, sagte ich mir. Dir gehe ich nicht wieder ins Garn. Ich hatte endgültig die Nase voll von starken Frauen wie Erika und Lea. Mit einem sanften Ruck riss ich mich von ihr los.

Sie sah mich etwas verwundert an: „Du bist heute so anders als sonst, Phil. Okay, Jakobs Tod. Ich verstehe!"

Natürlich war ich früher auch ihr gegenüber fügsamer gewesen als im Augenblick. Sie wusste nicht, dass sich in mir seit ein paar Stunden etwas geändert hatte, was ich mir selbst noch nicht erklären konnte. Ich hatte zum ersten Mal in meinem Leben das Gefühl, ich selbst zu sein, ein unabhängiges Selbst, frei von Abhängigkeiten und Bevormundungen durch andere.

„Verzeih mir“, sagte ich, „aber der Kommissar wartet auf mich. Mach’s gut. Ruf mich an, wenn du mich brauchst.“
Sie setzte, schlecht gespielt, die leidende Miene einer hilflosen Frau auf und begleitete mich bis zur Wohnungstür.
Etwas beklommen trat ich auf die Straße hinaus. Wieben ging auf dem Gehsteig ruhig auf und ab und sog dabei die frische Luft gierig in sich hinein.

8 Der Kommissar ließ sich beim Autofahren durch nichts ablenken. Wortlos starrte er auf den vor ihm dahinkriechenden Verkehr.
Vor einer Ampel fragte er: „Wie eng sind Sie mit Frau Stein befreundet?“
„Sie war die Frau meines Freundes.“
„Mehr nicht?“
„Nein!“, antwortete ich verwundert. Worauf wollte er hinaus?
„Gefällt sie Ihnen?“
„Nein!“, antwortete ich, wie aus der Pistole geschossen.
Er sah mir einen Augenblick lang prüfend ins Gesicht. Als die Ampel auf Gelb sprang, atmete er entspannt aus und sagte: „Mir auch nicht!“
Als wir wieder anhalten mussten, erzählte ich ihm, was ich am Mittag in meiner Wohnung erlebt hatte. Bei der Erwähnung des braunen Umschlags und Kajetans Mitteilung auf meinem Bildschirm erschrak Wieben so sehr, dass sein Fuß von der Kupplung rutschte und der Motor stotternd stehenblieb.
„Das sagen Sie mir erst jetzt? Sie wissen also, wer Kajetan ist?“ Die Pupillen seiner blauen Augen verengten sich auf die Größe eines Stecknadelkopfes. Sein Blick wurde stechend.
„Nein, das nicht!“
„Haben Sie denn nicht die Polizei informiert?“
„Nein, es fehlte ja nur der Umschlag. Dass es zwischen dem Einbruch bei mir und Jakob Steins Tod vielleicht einen möglichen Zusammenhang geben könnte, dämmert mir erst jetzt.“
Wieben überlegte. „Kannten Sie alle seine Freunde?“
Hinter uns hupte jemand ungeduldig. Der Kommissar stieß ein Schimpfwort aus, das ich ihm nicht zugetraut hätte. Wir rollten ein Stückchen weiter, bis wir den Stau wieder erreicht hatten.
„Ich war sein einziger Freund.“
„Wissen Sie das oder glauben Sie das nur?“
Ich überlegte. Wie viel wusste ich wirklich über Jakobs Leben? Er gehörte zu den Menschen, die nicht gerne über sich redeten. Auch von seinen häuslichen Problemen und den Querelen mit Erika hatte er mir nie erzählt. Und was er tat, wenn ich nicht bei ihm war, habe ich nie erfahren. Er erzählte

nicht, was er erlebt hatte. Ich dagegen bin dazu erzogen worden, andere Menschen nicht auszufragen. Das hatte ich von meinem Vater; er hatte das Ausfragen anderer Leute immer als eine Unverschämtheit bezeichnet.

„Ich glaube es", sagte ich.

„Kajetan ist ein Männername", fuhr Wieben fort. „Seine Frau hat uns erzählt, dass sich in ihrem Ehebett seit Jahren so gut wie nichts mehr abgespielt hat. Kann es nicht auch sein, dass Stein möglicherweise auch Männer geliebt hat? Bisexuelle Menschen gibt es nun ja einmal. Ich weiß, ich weiß, Herr Weinbrenner, dass man seinen besten Freund nicht gerne verrät, auch wenn er tot ist. Trotzdem: War Stein schwul? Sie müssten es wissen, wenn es stimmt, dass niemand ihn so lange und so gut gekannt hat wie Sie."

Wiebens Blick nagelte mich fest. Ich spürte es körperlich, dass er jetzt auch die feinsten Ausschläge meines Mienenspiels zu deuten versuchte. Hielt er mich etwa für schwul? Glaubte er etwa, dass ich Jakobs homophiler Freund gewesen war? Ich wandte mein Gesicht nach vorne, um seinem Blick zu entkommen. Jakob ein Schwuler? Und mit Kajetan enger befreundet als mit mir?

„Nein", antwortete ich. „Davon weiß ich nichts."

„Na ja", sagte Wieben, „warum hätte er es Ihnen auch erzählen sollen? Es gibt zwar neuerdings Leute, die sich sogar im Fernsehen als bisexuell oder homosexuell zu erkennen geben. Aber möglicherweise war Stein in dieser Hinsicht ja altmodisch und wollte sein Geheimnis für sich behalten. Warum auch nicht?" Wieben richtete seinen Blick erneut wie gebannt auf die Straße, weil die Kolonne vor ihm sich wieder in Bewegung gesetzt hatte. Beim nächsten Halt fragte er mich: „Sind Sie verheiratet?"

„Nein", antwortete ich. „Ich bin geschieden." In aggressivem Ton fügte ich hinzu: „Ich bin aber trotzdem nicht homosexuell, wenn Sie das hören wollten."

Wieben reagierte darauf nicht. Nach einer Weile erst begann er wieder zu reden: „Verzeihen Sie bitte die vielen Fragen, Herr Weinbrenner. Aber so viel wissen Sie doch schon aus dem Fernsehen, dass ein Kriminalkommissar nicht fragt, um seine Neugier zu befriedigen. Also: Ist Ihnen in der Schule

aufgefallen, dass Stein eine besonders herzliche Beziehung zu einem Kollegen oder einer Kollegin hatte? Die Kollegin darf auch verheiratet sein. Verhältnisse unter Verheirateten sind ja neuerdings, wie ich hörte, auch in Schulen nicht mehr tabu."
Entweder war ich blind und zu gutgläubig oder der Kommissar wusste mehr als ich. Ich ließ einige immer wiederkehrende alltägliche Szenen aus dem Schulalltag an meinem geistigen Auge vorüberziehen: Die Pause, Begegnungen mit Kolleginnen und Kollegen auf den Fluren, Lehrerausflüge, Vakanzschoppen. Ich hatte nie beobachtet, dass Jakob Frauen angemacht hätte. Er war ihnen gegenüber eher schüchtern und distanziert. Für mich war er lange Zeit das Vorbild eines glücklichen und zufriedenen Ehemannes gewesen, der es nicht nötig gehabt hatte, hinter anderen Frauen her zu sein. Ich hatte ihn deswegen oft beneidet.
„Mir ist nichts bekannt", sagte ich. Aber so sicher war ich mir im Augenblick auch nicht mehr. Vielleicht hatte ich immer nur das gesehen, was ich sehen wollte. Meine Eltern hatten mich auf bestimmte christliche Ideale hin erzogen. Diese Sichtweise auf die Welt hatte vermutlich auch meine Wahrnehmung in Bezug auf Jakob eingeschränkt. Konnte es sein, dass Freundschaft auch blind machte?
„Von seiner Arzneimittelsucht wussten Sie auch nichts?"
Mir missfiel sein Verhörton. Ich war drauf und dran, ihm das zu sagen, unterließ es dann aber doch. Schließlich war ich genauso wie er daran interessiert, herauszufinden, warum Jakob, zwischen zwei Türen eingesperrt, ums Leben gekommen war.
„Ich wusste nur, dass er Mittel gegen seine Allergie nahm, er hat aber nie ein Aufhebens davon gemacht." Ich sagte Wieben nicht, dass ich Jakobs Tun und Lassen nie angezweifelt hatte, es konnte sein, was es wollte. Kritik an Jakob war für mich tabu gewesen. Auch jetzt noch? Ich war mir dessen nicht mehr so sicher. Er war mir in allen Dingen von jeher immer überlegen gewesen; mir waren vielleicht auch deshalb niemals auch nur die leisesten Zweifel an seinem Denken und Tun gekommen. Erst jetzt begann ich, mir bohrende Fragen zu stellen, die ich mir früher nicht erlaubt hätte.
„Hatte Stein, abgesehen von Dös und dem Hausmeister, Gegner in der Schule? Wenn jemand als Lehrer so tüchtig ist, hat

man ja leicht auch Neider und vielleicht sogar Feinde zuhauf." Jakob hatte sich vor einigen Wochen während der Pausenaufsicht mit ein paar Kleindealern angelegt, die am Rande des Schulhofes versuchten, ihren Stoff an den Mann zu bringen. Einen von ihnen hatte er am Kragen genommen und auf die Straße hinausgezerrt. Aber waren das Feinde, die für einen Mord in Frage kamen? Ich schüttelte den Kopf.

„Na ja", sagte Wieben, „in der Statistik kommt Mord unter Pädagogen kaum vor. Lehrer bringen einander, wenn es denn sein muss, auf eine subtilere Weise unter die Erde."

Diese Bemerkung nahm ich ihm übel. In anderen Berufsgruppen wurde das Wort als Waffe genauso häufig benutzt wie unter Lehrern. Mobbing gab es überall. Außerdem waren Lehrerschelte an der Tagesordnung, seit die Pisa-Studie die Gemüter der Eltern erhitzte. In einem bestimmten Kollegenkreis war ich zwar auch kritisch gegenüber Lehrerinnen und Lehrern eingestellt, die den Ruf unseres Berufsstandes durch Dummheit und Faulheit schwer beschädigten. Aber nach außen hin würde ich das nie zugeben. Ich war kein Nestbeschmutzer. Etwas pikiert sagte ich: „Sie haben etwas gegen Lehrer?"

„Wer hat das nicht", fragte Wieben ungerührt. „Schule, so sagt man, drehe sich immer weniger um die Bedürfnisse der Schüler als vielmehr um das Wohl und Wehe der Lehrerinnen und Lehrer. Die Ausbildung sei schlecht und die Fortbildung mehr als dürftig. Pädagogik werde immer kleiner geschrieben, sodass man neuerdings sogar die Hilfe von Sozialarbeitern in Anspruch nehmen müsse, um noch ein geordnetes Schulleben hinzubekommen. Die engagierten Lehrerinnen und Lehrer, siehe Jakob Stein, werden gemobbt und hinausgeekelt. Stimmt das nicht?"

Natürlich war etwas dran. Dös war so einer, der niemand neben sich duldete, von dem er vermutete, dass er ihm über sei. Und sicher gab es Kolleginnen und Kollegen, die ihm Dinge zutrugen, die eigentlich nicht für seine Ohren bestimmt waren. Trotzdem verzog ich mein Gesicht unwillig und fragte gereizt zurück: „Sind Polizisten etwa für ihre Arbeit besser qualifiziert als Lehrer?"

„O ja", antwortete Wieben selbstsicher. „Vergleichen Sie nur die Ausbildung der heutigen Polizei mit der vor fünfundzwanzig Jahren und versuchen Sie das Gleiche mit der Lehrerbildung. Ich nehme an, dass Sie damals studiert haben. Sie werden im Ergebnis gravierende Unterschiede zugunsten der Polizistenausbildung feststellen. Wenn der Staat die Lehrer genauso sorgfältig aus- und fortbilden würde wie seine Polizei, wären unsere Schulen wahrscheinlich kleine Universitäten."

Als ich mit beiden Händen eine wegwerfende Bewegung machte und ihm sagte, dass Zeitungsberichten zufolge bei der Polizei, von noch wichtigeren Dingen einmal abgesehen, jetzt sogar schon an den Autoreifen gespart werde, fuhr er unbeirrt fort: „Glauben Sie doch bitte nicht, dass ich aus dem hohlen Bauch rede, lieber Herr Weinbrenner. Meine Tochter ist Lehrerin, ihr Freund Lehrer, und meine Frau war über viele Jahre hinweg Elternbeiratsvorsitzende an der Schule meiner Kinder. Wussten Sie übrigens, dass das Gehirn so konstruiert ist, dass das Überwinden von Schwierigkeiten den Ausstoß von Stoffen auslöst, die glücklich machen und für neue Aufgaben motivieren? Siehe Methode Stein!"

Was wollte er denn damit sagen? Ich antwortete ihm nicht. Zum einen hatte ich noch nichts von diesen Glücksbringern im Gehirn gehört und wollte das aus Eitelkeit nicht zugeben. Zum anderen gefiel es mir nicht, dass ein Kriminalkommissar sich in dieser Weise über Schule und Pädagogik ausließ.

Aber Wieben setzte noch eins drauf: „Lehrer bewirken leider oft das Gegenteil. Aus Gesprächen mit meinen Kindern, meiner Frau und meinen Freunden habe ich den Eindruck gewonnen, dass mancher Unterricht nicht nur eine Aufforderung zum Weghören ist, sondern anscheinend auch Gedächtnisinhalte löscht."

Wieben wäre für Jakob sicherlich ein willkommener Gesprächspartner gewesen. Er hat auch gerne mit übertrieben formulierten Thesen seine Zuhörer provoziert. Ich hingegen schwieg und war erleichtert, als wir endlich den Schulparkplatz erreichten.

Wir stiegen aus.

„Gehen wir ein paar Schritte?", fragte der Kommissar? „Die frische Luft tut gut."

Ich nickte. Die Sonne schien. Ein warmer Wind wehte den Hügel hinauf. Es roch nach Blumen und feuchtem Gras.

„Schauen Sie sich mal die Obstbäume an!“, rief Wieben und deutete verzückt zum Hang hinüber. „Dieser Blütenrausch!“ Er atmete genussvoll ein und aus und gab seiner Brille einen sanften Stoß, der sie wieder auf den oberen Teil der Nase beförderte.

Alles gut und schön, dachte ich, aber mir war jetzt nicht nach Blütenrausch zumute. Die vielen Fragen, die Jakobs Tod in mir aufwarf, rumorten durch mein Nervensystem.

Kommissar Gernhart, in jeder Hand einen Aluminiumkoffer, betrat in diesem Augenblick den Parkplatz: „Hallo, Paul, was gibt's Neues?“

Wieben ließ ihn näherkommen und sagte dann: „Das wollte ich dich fragen.“

Gernhart stellte seine Koffer auf die Erde und seufzte: „Dösens Ansichten haben sich in den vergangenen zwanzig Jahren aber auch nicht um einen Deut geändert. Er wollte mich doch tatsächlich darüber belehren, wie ich als Kommissar in einer Schule zu recherchieren habe. Dieser Kerl ist immer noch der arrogante Besserwisser, der nichts als den Chef heraushängt.“

Wieben lächelte: „Vorgesetzte unterliegen nicht nur der Versuchung, die Grenzen ihrer Befugnisse zu überschreiten, sondern spielen eben auch gerne den selbstherrlichen Autokraten, zumal wenn die Untergebenen ängstlich kuschen. Nicht wahr, Gernhart, davon kannst du auch ein Liedlein singen?“

Gernhart grinste: „Ach Paul, es geht so.“

Wieben zwinkerte mir zu und sagte: „Wenigstens sagt er Paul zu mir und nicht Chef.“

Gernharts Miene wurde wieder ernst. Er sagte, zu Wieben gewandt: „Es sieht nach Selbstmord aus. Ich finde jedenfalls keinen Anhaltspunkt für einen gewaltsamen Tod, auch wenn ich Grigutt jede Untat zutraue. Aber der hat ein Alibi. Er und Dös haben nach übereinstimmenden Aussagen in der Mittagszeit eine Aufstellung über die renovierungsbedürftigen Dinge im Sporttrakt gemacht, womit sie nach ihren Angaben etwa zwei Stunden beschäftigt waren. Wenn ich Griguts Fingerabdrücke an allen Außentüren fand, darf das bei einem Hausmeister nicht verwundern. Ärgerlich ist nur, dass die Putzfrau Fußboden, Türen, Schränke und Tische so gründlich gewischt hat, dass aber auch keine einzige Spur mehr zu finden war, au-

ßer auf den Innenseiten der Doppeltüren, wo es allerdings von verschiedenen Fingerabdrücken nur so wimmelt. Aber was fange ich damit an? Ich habe die anwesenden Lehrerinnen und Lehrer verhört und natürlich auch die Putzfrau. Ein seltsames Mädchen! Hat sehr viel konfuses Zeug geredet. Wahrscheinlich steht sie noch unter Schock. Wussten Sie“, wandte Gernhart sich an mich, „dass Sie eine angehende Ärztin ist? Sie ist, als gebürtige Deutsche, nach dem ersten Staatsexamen aus Rumänien ausgesiedelt und hofft nun, ihre Ausbildung hier abschließen zu können. Ist das nicht bemerkenswert? Und dass sie sich nicht zu fein ist, das nötige Kleingeld dafür mit Putzen zu verdienen?“
Ich schüttelte ungläubig den Kopf. Frau Goldenstern eine angehende Ärztin? Davon wusste ich auch nichts.
Wieben meinte: „Dass die mehr kann als nur Putzen, dachte ich mir gleich.“
Zu Gernhart gewandt, fuhr er fort: „Der Verdacht, dass Stein Selbstmord begangen hat, ist nicht von der Hand zu weisen. Er hatte dazu jedenfalls die richtige Frau. Ich erzähle dir das nachher im Amt. Tja, mein Lieber, ich finde, wir haben heute getan, was wir tun konnten. Morgen früh, wenn wir das Ergebnis der Obduktion in Händen halten, sehen wir weiter.“
Wir verabschiedeten uns voneinander. Wieben schaute mich an, als wollte er sagen: Kopf hoch! Das Leben geht weiter! Er gab mir seine Visitenkarte und bat mich, ihn anzurufen, wenn ich noch etwas Wichtiges zu Jakobs Tod mitzuteilen hätte.
Nachdem sie in ihrem Auto weggefahren waren, stand ich gedankenverloren auf dem Parkplatz. Jakob und Selbstmord? Ich klammerte mich an die Vorstellung, dass er vor einem solchen Schritt mit mir gesprochen hätte. Denn als Lea mir davongelaufen war und ich in einer Phase tiefster Depression mich umbringen wollte, hat Jakob so lange auf mich eingeredet, bis ich begriffen hatte, dass es auch nach Lea ein Leben geben musste. Natürlich wusste ich aus eigener Erfahrung, dass die Entscheidung, Hand an sich zu legen, von einer Sekunde zur anderen gefällt werden kann. Wie oft hatte ich seinerzeit auf meinem Schulweg die Brückenpfeiler neben der Straße ins Visier genommen und mir gesagt: Wenn du jetzt den Wagen nach rechts lenkst und mit sehr hoher

Geschwindigkeit dagegenknallst, bist du sofort tot und jedermann wird an einen Unfall denken.
Nein! Jakob hatte sich nicht selbst umgebracht. Das war meine feste Überzeugung, die ich aber sofort danach wieder mit einem Fragezeichen versah. Aber das war mehr ein Gefühl als eine Gewissheit. Gefühlsäußerungen hatte ich bislang immer als einen Angriff auf meine Vernunft abgelehnt. Auf klare Fragen klare Antworten, war stets meine Devise gewesen. Ich hatte nie verstanden, wovon sie redeten, wenn Kolleginnen bekannten, dass sie aus dem Bauch heraus unterrichteten und mir dasselbe auch empfahlen. Ich hatte mich bisher, wie Jakob auch, immer über einen gut funktionierenden Verstand gefreut. Das war nun auf einmal anders. Der plötzliche Überfall durch ein Gefühl, das sich nicht abweisen ließ, sondern beharrlich, wie ein Fremdling, sich in mir einzunisten begann, überraschte mich. Mir war auf einmal, als ob nicht ich, sondern ein Fremdes in mir bestimmte, was ich zu glauben hatte. Und es erschien mir unmöglich, dauerhaft etwas anderes zu denken.
Aber was jetzt tun? Ich überlegte und entschloss mich, ungeachtet der durch die Kriminalpolizei vorgenommenen Untersuchungen, diesem seltsamen Gefühl nachzugeben und zu versuchen, herauszufinden, mit welchen Menschen es Jakob in seiner letzten Stunde zu tun gehabt hatte. Wenn mir das gelingen würde, so dachte ich, hätte ich einen Schlüssel in der Hand, der mir weitere Türen öffnen könnte. Alle meine Bedenken, die mir trotzdem kamen und mich von meinem Plan abzubringen versuchten, schlug ich in den Wind. Ich redete mir ein, mich auf mein logisches Denkvermögen verlassen zu können, um größeren Fehlern aus dem Wege zu gehen. Das war, wie ich später erfahren musste, zwar naiv gedacht, aber es lag vielleicht daran, dass mein früheres, eher ängstliches und abwartendes Wesen seit Stunden wie weggeblasen war. Mein Innenleben erfuhr an diesem Nachmittag eine Premiere nach der anderen. Jakobs Tod hatte auf eine unbegreifliche Weise Kräfte in mir geweckt, von denen ich bislang nichts gewusst hatte.
Mit leichten Schritten überquerte ich den Schulhof und steuerte auf die Eingangstür zu.

9 In der Hausmeisterkabine saß Gregor Grigutt hinter seinem Schreibtisch und kaute auf einem Bleistiftstummel herum. Tief gebeugt brütete er über einem Kreuzworträtsel. Er blickte kurz auf, als ich vorbeiging, und grüßte mit einer Kopfbewegung. Ich nickte zurück und lief weiter. Nach etwa zwanzig Schritten hatte ich das Gefühl, dass er mir mit den Augen folgte. Ich blieb stehen und tippte mit zwei Fingern gegen meine Stirn, als ob ich etwas vergessen hätte. Dann drehte ich mich um. Ich hatte mich nicht geirrt; Grigutt stand neben dem Schreibtisch und telefonierte, mit dem Rücken zur Tür, sodass er mich nicht sah. Nur sein ausgestreckter Arm zeigte in meine Richtung. Er meldete wahrscheinlich Dös meine Ankunft. Ich drehte mich um und ging langsam zurück. Vielleicht hatte er mir ja auch etwas zu sagen. Zudem plagte mich das dumpfe Gefühl, dass der Hausmeister mehr über Jakobs Tod wusste, als er Gernhart gegenüber zugegeben hatte. Big Brother sah und hörte doch sonst alles. Das betonte er doch bei jeder Gelegenheit. Natürlich hatte das auch eine positive Seite. Die Schule machte in der Tat wieder einen gepflegteren Eindruck, seit er den Hausmeisterposten übernommen hatte. Kein Schüler traute sich mehr, seinen Abfall achtlos fortzuwerfen oder Spontisprüche auf Tische und Wände zu schmieren. Grigutt war allgegenwärtig. Immer dort, wo man ihn nicht vermutete, tauchte er, wie aus dem Boden geschossen, auf lautlosen Kreppsohlen auf. Man fühlte sich ständig von ihm beobachtet und litt auch dann unter schlechtem Gewissen, wenn man nichts Verbotenes getan hatte. Grigutt hatte es auch mit Dös' Unterstützung durchgesetzt, dass die Klassen sich nach der großen Pause auf dem Schulhof aufstellten und geordnet, wie Soldaten, das Schulhaus betraten. Nicht nur Schülerinnen und Schüler fürchteten ihn. Auch Kolleginnen und Kollegen gingen ihm aus dem Weg. Ich klopfte an die Tür. Er erschrak, als er mich erblickte, und warf den Hörer auf die Gabel, als hätte er sich daran die Finger verbrannt. Ich trat ein.
„Ach, der Herr Weinbrenner! Sie kommen ja wie gerufen." Er setzte sich und tippte mit der Bleistiftspitze auf die letzten freien Felder seines Kreuzworträtsels: „Ostfriesische Insel mit fünf Buchstaben." Kompliment, dachte ich, wie der seine Verlegenheit überspielt.

„Juist“, sagte ich. Ich hatte dort mit Lea Urlaub gemacht.
„Tüchtiger Lehrer“, rief Grigutt herablassend und ließ sich Zeit, die Buchstaben in die Fächlein zu malen.
Danach sah er mich fragend an: „Was gibt's?“ Seine rabenschwarze Bassstimme war wie immer kalt und hart.
Ich lächelte zunächst irritiert, weil ich glaubte, er habe mir nach seinem Telefonat vielleicht etwas auszurichten. Aber dem war wohl nicht so. Ich räusperte mich ausführlich, um Zeit zu gewinnen, und sagte: „Entschuldigung, ich habe einen Frosch im Hals.“ Es fiel mir dann doch etwas ein, was ich ihm sagen konnte. „Herr Grigutt“, begann ich etwas förmlich, „ich wollte Ihnen eigentlich nur dafür danken, dass Sie den Arzt und die Polizei so schnell benachrichtigt haben, auch wenn es meinem Freund und Kollegen am Ende nichts mehr genützt hat. Dennoch: Danke!“ Ich drückte ihm mit gespielter Dankbarkeit die Hand. Vielleicht war das ein Anfang. Grigutt wurde meistens weich, wenn man ihm schmeichelte. Ludmilla und Christina zum Beispiel verstanden es meisterhaft, ihn auf diese Weise für ihre Zwecke einzuspannen. Grigutt hielt sich für einen großen Frauenkenner.
Ich lag mit meiner Vermutung richtig. Der Hausmeister nickte zustimmend, streckte sich ein wenig auf seinem Stuhl und grunzte: „Na ja!“
„Woher wussten Sie, dass Stein dort oben lag?“
Grigutt guckte misstrauisch und schaute dann, wie immer, wenn er mit mir redete, mir nicht in die Augen, sondern an mir vorbei.
„Na ja“, begann er schließlich und wies mit der Hand nach draußen: „Ich hab die Goldenstern über den Schulhof rennen sehen. Sie schrie wie verrückt: ‚Einen Arzt! Einen Arzt! Der Stein ist tot!‘ Na ja, dachte ich, sie muss es ja wissen. Aber wozu sollte ich den Arzt rufen, wenn er schon tot war? Für einen toten Lehrer ist doch die Polizei zuständig, dachte ich. Man weiß ja nie. Na ja, und die hat denn wohl auch den Notarzt herbestellt. Den Rest kennen Sie. Na ja! Und Steins Frau hab ich eine Nachricht auf den Anrufbeantworter gesprochen. Das war's. Man tut doch, was man kann. Oder? Na ja!“
Dann vertiefte er sich in ein neues Kreuzworträtsel und zeigte mir damit, dass ich ihm lästig war. Kein Wort des Entset-

zens oder Bedauerns über Jakobs Tod aus seinem Munde. Sein Ton war kalt und sachlich, wie wenn er gesagt hätte, dass es wieder einmal in den Physiksaal hineingeregnet hatte.
Aber so schnell gab ich nicht auf: „Man weiß ja nie, sagten Sie eben, Herr Grigutt. Was meinten Sie damit?" Natürlich war das keine intelligente Frage, aber vielleicht brachte mein gut gespielter unterwürfiger Tonfall ihn dazu, weiterzureden.
Er sah von seinem Heft auf, hob die breiten Schultern und bewegte sein mächtiges Haupt hin und her. Dann faltete er seine Hände zu einer ergebenen, fast frommen Geste auf seinem dicken Bauch. Er drehte seinen Kopf zu mir herum und schwieg mich aus eisigen Augen an. Es fehlte nur noch, dass er mich mit einer Kopfbewegung zur Kabine hinauswies. Ich hielt seinen Blick freundlich aus. Was für eine Visage, dachte ich. Diese dicken, fleischigen Lippen! Und dieser ungepflegte, verfilzte schwarze Vollbart! Als ich Verbindungslehrer war, haben sich etliche Mädchen bei mir über ihn beschwert, weil er vor oder nach dem Sportunterricht manchmal unverhofft in ihren Umkleide- und Duschräumen aufgetaucht war und dringende Reparaturen vorgetäuscht hatte. Auch einige Kolleginnen nannten ihn einen geilen Bock. Sie sagten, dass er sie auf eine nicht beschreibbare Weise mit den Augen ausziehe. Man musste sich vor ihm immer in Acht nehmen. Mehrfach hatte er auch mir schon nach einer warnenden Ermahnung mit erhobenem Finger gedroht: „Mir entgeht nichts!" Jakob hatte immer gesagt, ein Hausmeister habe nur die Macht, die der Schulleiter ihm gewähre. Dös unterstützte Grigutt vorbehaltlos.
Er wandte sich wieder seinem Kreuzworträtsel zu und murmelte: „Na ja! In der Schule zwischen zwei Türen zu sterben ist doch nicht normal. Da muss doch die Polizei ran. Oder?" Ich hörte jetzt deutlich aus seiner Stimme heraus, wie lästig ich ihm war.
Ich bohrte trotzdem weiter: „Wie gerät jemand zwischen zwei Türen, um dort zu ersticken? Können Sie sich darauf einen Reim machen?"
„Na ja", brummte er weiter, ohne von seinem Heftchen aufzublicken, „ich nehme an, dass er das Leben satt hatte bis zur Oberkante Unterlippe. Und da hat er's eben gemacht. Typi-

scher Selbstmord. Hat doch auch seine Frau gesagt. Oder? Zwischen zwei Türen fällt's ja auch nicht so auf. Da wird selten geputzt. Warum auch? Ist ja nie dreckig. Oder? Und normalerweise findet man da einen erst am Montagmorgen, wenn er's am Freitag macht. Aber auch nur vielleicht! Wenn jemand die Tür öffnet! Da hat er ja noch einmal Glück gehabt, unser Freund Stein. Oder?"
Verächtlicher und niederträchtiger ging's nicht mehr. Ich bemühte mich, trotzdem ruhig zu bleiben, und sagte: „Haben Sie denn um die Mittagszeit nichts beobachtet, was im Zusammenhang mit Steins Tod stehen könnte? Vielleicht irgendjemand, der nicht ins Schulhaus gehörte? Ihnen entgeht doch auch sonst nichts."
Grigutt blickte mir in die Augen, als wollte er mich hypnotisieren, und sagte dann in ruppigem Ton: „Sagen Sie mal, hab ich es nötig, mich von Ihnen verhören zu lassen? Das hat doch die Polizei schon getan. Gehen Sie lieber mal in Ihren Bau hinauf. Da ist die Putzfrau. Die sucht ihre Tasche. Die weiß mehr als ich." Er stand auf, öffnete die Tür und deutete mit dem Kopf nach draußen.
Das war ein richtiger Rausschmiss. Ich verzichtete auf einen Kommentar und entschuldigte mich für die Störung. Es war nicht sinnvoll, sein Misstrauen noch mehr zu wecken.

10

Als ich Jakobs Klassenzimmer betrat, war Frau Goldenstern gerade dabei, den Fußboden erneut aufzuwischen. Sie sah mich traurig an und sagte: „Vor einer Stunde haben sie Herrn Steins Leiche abgeholt.“ Dann wischte sie weiter. Ich sah, wie ihr die Tränen übers Gesicht rannen. Ihre langen, schmalen Hände fielen mir auf.

Bevor ich etwas dazu sagen konnte, klingelte in meinem Zimmer das Telefon. Wieben war am Apparat. Er bat mich, nachzusehen, ob ich irgendwo Jakobs Schlüssel finden könne. Frau Stein habe ihn deswegen angerufen. Sie sei in Sorge wegen der Hausschlüssel, die auch am Bund hingen. Gernhart, Abele, Dös und der Hausmeister wüssten nichts. Ich versprach, zurückzurufen, sobald ich sie gefunden hatte.

Ich legte den Hörer auf und ließ meinen Blick angestrengt über Stühle und Tische wandern. Frau Goldenstern sah mir zu und fragte: „Suchen Sie etwas?“

„Steins Schlüsselbund. Haben Sie ihn gesehen?“

„Nein. Ich habe das ganze Mobiliar nass abgewischt, auch die Ablagen unter den Tischen. Dabei wären mir die Schlüssel aufgefallen. Vielleicht hat Grigutt sie mitgenommen.“

„Der hat sie auch nicht. Der Kommissar hat ihn schon gefragt.“

„Warten Sie mal“, sagte sie, „lassen Sie mich nachdenken.“ Sie stand da, mit beiden Händen auf den Bodenwischer gestützt, und überlegte. „Ja“, sagte sie dann, „als ich den Herrn Stein fand, lag sein Schlüsselbund zwischen seinen Füßen. Später, als sie den Toten dann in Ihr Zimmer brachten, hab ich ihn auf einem Tisch liegen sehen. Danach ist er mir nicht mehr aufgefallen. Seine Schuhe sind übrigens auch noch da. Die Männer, die ihn abgeholt haben, haben sie dagelassen und mich gebeten, sie bei Dös abzugeben. Ich habe sie in den Vorbereitungsraum gestellt. Können Sie sie nachher mitnehmen? Ich gehe nicht gerne zu Dös.“

„Mache ich“, sagte ich nachdenklich. Wo konnte Jakobs Schlüsselbund sein? Ich suchte noch einmal alles ab, fand ihn aber nicht. Hatte ich sie selber, gedankenverloren, eingesteckt? Ich leerte meine Hosen- und Jackentaschen. Nichts. Danach zog ich alle Schubladen auf und öffnete die Schranktüren. Kein Schlüsselbund. Meine Schlüsselgeschichte vom

Vormittag fiel mir wieder ein. Wer war Kajetan? Meine Gedanken trugen seitdem alle ein Fragezeichen. Jetzt nicht, nachher, rief ich mir zu. Zuerst kommen die Schlüssel. Schließlich gab ich resigniert auf. Ich rief mir die Leute ins Gedächtnis, die hier um vier Uhr noch herumgestanden waren. Vielleicht hatte jemand von ihnen den Bund achtlos eingesteckt. Unter Schock passieren ja die seltsamsten Dinge. Ich gab die Suche auf. Die Schlüssel würden schon irgendwann wieder auftauchen, sagte ich mir.
Jakobs Schuhe! Ich lief in den Vorbereitungsraum hinüber, wo Frau Goldenstern sie hingestellt hatte. Jakob und ich hatten zwei völlig identische Physikräume, die wegen der herrschenden Raumnot auch von uns als Klassenzimmer benutzt wurden. Man hatte sie seinerzeit nebeneinander gebaut, weil die Stadt sich damit nicht nur eine komplette Ausstattung der für den Physik- und Chemieunterricht notwendigen Versuchsgeräte, sondern auch einen so genannten Vorbereitungsraum sparte, in dem diese Dinge in hohen Schränken aufbewahrt wurden. Dieser Raum lag zwischen meinem und Jakobs Unterrichtsraum. An meiner Seite hatte er aus bautechnischen Gründen zwei schalldichte Türen, zwischen denen so viel Platz war, dass eine erwachsene Person darin stehen oder sitzen konnte. Dort hatte die Putzfrau Jakob gefunden. Wir hatten uns manchmal in den kleinen Pausen immer wieder neue Krimis ausgedacht, in denen der Ermordete jeweils zwischen diesen Türen gefunden worden war. Mich schauderte, wenn ich jetzt daran dachte.
Ich packte die Schuhe an den Schnürsenkeln und stellte sie aufs Fensterbrett, wo die Sonne sich in ihrem Glanz spiegelte. Jakob hatte zu Bluejeans immer diese hellbraunen Schuhe getragen, die er jeden Morgen auf Hochglanz polierte. Er liebte diesen seltsamen Kontrast, den seine gepflegten Schuhe zu seiner sonst betont legeren Kleidung bildeten. Ich drehte sie vorsichtig hin und her und entdeckte dann an jeder Fersenkappe deutliche Daumenabdrücke. Waren das Jakobs Daumen gewesen? Ich stutzte und probierte an meinen Schuhen aus, wo sich mein Daumen beim An- und Ausziehen befand. Ich ließ die Fersenkappe dabei unberührt, weil ich zwei Finger als Rutsche benutzte, über die mein Fuß in den Schuh hineinglitt. Wie hatte Jakob seine Schuhe angezogen? Ich sah mir die

Daumenabdrücke an und sah, dass sie an der Fersenkappe nach oben statt nach unten zeigten. Mein Herz raste plötzlich mit mir davon. Man konnte die Kraft ablesen, mit der hier zugepackt worden war. Hatte irgendjemand Jakob an den Füßen zur Doppeltür geschleift? Ich packte die Schuhe vorsichtig in einen Plastikbeutel und legte sie in meinen Schrank.
Meine Nerven flatterten. Ich fragte Frau Goldenstern: „Haben Sie beim Saugen oder Wischen des Fußbodens eine Schleifspur gesehen? Bitte, denken Sie nach!"
„Eine Schleifspur?", fragte sie. Sie fasste sich nachdenklich ans Kinn und lief, den Blick auf den Fußboden gerichtet, hierhin und dorthin. Dann blieb sie an der Fensterseite stehen und sagte: „Hier hat der Boden über ein langes Stück hinweg geglänzt. Ich habe noch gedacht, dass ein paar wilde Schüler wieder einmal einen anderen über den Boden gezogen haben. Das passiert immer wieder. So aus Spaß, wissen Sie." Dann legte sie die Hand auf ihren Mund. Ihre Augen weiteten sich und sie fragte leise: „Glauben Sie, dass ihn jemand ..."
„Es war nur eine Frage", unterbrach ich sie. Ich ging im Zimmer unruhig auf und ab und versuchte Ordnung in meine Gedanken zu bringen. Da gab es Daumenabdrücke an Jakobs Schuhen, die nicht von ihm stammten und sozusagen in die falsche Richtung zeigten, und Frau Goldenstern hatte eine Schleifspur auf dem Fußboden gesehen. Wenn Jakob über den Boden gezogen worden war, müsste Staub an seinen Kleidern kleben. Aber wie kam ich an seine Kleider? Wieben anrufen, dachte ich. Sofort Wieben anrufen!
Da sagte Frau Goldenstern, die unschlüssig im Türrahmen stand, als ob sie mir noch etwas mitteilen wollte: „Im Waschbecken steht übrigens ein Wasserglas. Vielleicht ist das auch wichtig."
Ich ging hinüber, faltete ein Papiertaschentuch auseinander und trug das Glas, an dem deutliche Fingerabdrücke zu erkennen waren, in meinen Vorbereitungsraum. Dort legte ich es zu den Schuhen in die Plastiktüte, die ich so hinter Demonstrationsgeräten versteckte, dass sie nicht zu entdecken war.
Frau Goldenstern war mir gefolgt. Aber ich hatte den Schrank schon abgeschlossen. Sie hatte nicht mehr sehen können, wo ich das Glas hingetan hatte.

„Danke“, sagte ich und fuhr fort: „Wissen Sie, ob Stein manchmal Leute in seinem Klassenzimmer oder seinem Vorbereitungsraum empfing, die nicht in die Schule gehörten?“
„Ja, nachmittags hin und wieder Eltern. Väter oder Mütter der Schüler, denke ich.“
„Wenn du nicht gerade mit ihm zu tun hattest, Jirina“, tönte es aus unmittelbarer Nähe. Wie vom Himmel gefallen, stand auf einmal Grigutt neben uns. Diese verdammten Kreppsohlen, dachte ich. Frau Goldenstern erschrak zunächst heftig. Dann verfinsterte sich ihre Miene, und sie schrie ihn an: „Kannst du dich nicht bemerkbar machen, bevor du eintrittst?“
Donnerwetter, dachte ich, die hat ja Mut!
Grigutt lachte hämisch. „Hab ich doch, Liebste! Du hörst bloß nicht gut.“
Ich erschrak. Hatte er Liebste gesagt? Und beide duzten sich?
„Ewig schleichst du mir nach!“, fauchte Frau Goldenstern Grigutt an.
Da biss Gregor Grigutt sich zornig auf die Unterlippe, fixierte ihre Augen so lange, bis sie den Kopf senkte und „Entschuldigung“ murmelte.
„Das wollte ich auch meinen“, brummte er. Dann deutete er mit dem Daumen ziemlich respektlos auf mich, ohne den Blick von ihr abzuwenden, und fragte sie in gekünsteltem Tonfall: „Hast du dem Herrn auch schon erzählt, dass ich dich in der vergangenen Woche mit Stein erwischt habe?“
Ich zuckte zusammen, als ob der Hausmeister mir einen Hieb versetzt hätte. Jakob und die Putzfrau? Ich schluckte zweimal leer. Wie kam Grigutt überhaupt dazu, diese Frau so zu behandeln? Und warum ließ sie sich das gefallen?
„Ich habe es dir schon tausendmal erklärt, was wirklich passiert ist. Harmloser ging es nicht mehr“, stieß sie leise, aber zornig hervor.
Eine Handbreit trennte Grigutts Gesicht nur von ihrem, als er ihr drohend entgegenzischte: „Nehmen Sie sich in acht, Madame!“ Dann glitt er unhörbar davon, um nach wenigen Schritten wieder stehenzubleiben. Er drehte sich um und rief mir mit erhobenem Zeigefinger zu: „Und auch Sie, mein Herr.“ Sein Gesicht war voller Hass. War er eifersüchtig?
„Ich muss doch bitten!“, rief ich empört.

Grigutt ging weiter, um sich an der Tür noch einmal umzudrehen. „Eine kleine Ermahnung, mein Herr, kann nie schaden. Oder?" Er drehte sich nach zwei Schritten wieder um, grinste und rief: „Der Chef will Sie übrigens sprechen. Wenn Sie hier fertig sind."
Warum hatte die Putzfrau zuerst so heftig und dann so unterwürfig reagiert? Ich bat sie in mein Zimmer und schloss es ab. Wir stellten uns in die Mitte des Raumes, um nicht von der Tür her belauscht werden zu können. Ein zweites Mal, so nahm ich mir vor, würde ich einem ähnlichen Schauspiel nicht mehr zusehen. Da würde ich Partei ergreifen.
„Kann ich Ihnen vertrauen?", fragte mich die kleine Frau. Sie hatte ihr Kopftuch abgenommen und wirkte dadurch nicht nur schöner als vorher. Man sah jetzt auch, dass sie höchstens Ende zwanzig war.
„Selbstverständlich", sagte ich.
Ihr Lächeln zeigte, dass sie mir glaubte.
„Damit Sie nicht schlecht von mir und Herrn Stein denken", begann sie zögernd, „Herr Stein hat mir ein wenig geholfen, mich in diesem fremden Land zurechtzufinden. Ich bin ja erst seit sechs Wochen hier. Und da gibt es manche Dinge für eine junge Frau aus Siebenbürgen, die sie nicht versteht. Stein hat mir nachmittags nach seinem Unterricht, wenn ich hier geputzt habe, vieles erklärt, was mir zunächst wie ein Buch mit sieben Siegeln war. Er war ein sehr freundlicher und geduldiger Zuhörer. Und sehr gebildet. Es ist sehr angenehm, wenn ein Mann gebildet ist, wissen Sie. Ich meine, wenn sich ein Mann einer Frau gegenüber kultiviert benimmt. Sie können sich vielleicht erinnern, dass Herr Stein in der vergangenen Woche wieder einmal unter starken Schmerzen im Gesicht litt. Er hatte Probleme mit dem Trigeminusnerv. Ich habe in Bukarest Medizin studiert. Ich bin Ärztin, müssen Sie wissen. Zwar noch nicht fertig, aber immerhin. In der orthopädischen Klinik, in der ich ausgebildet wurde, habe ich ein paar Handgriffe gelernt, mit der sich Verspannungen lösen lassen, die von der Halswirbelsäule herrühren. Der Trigeminusschmerz hat ab und zu dort seine Ursache. Gerade in dem Augenblick, als ich den Herrn Stein mit beiden Armen im Griff hatte, er saß vor mir umgekehrt auf einem Stuhl, tauchte Grigutt auf

und hat uns eine entsetzliche Szene gemacht. Daraufhin hat Stein ihn aufgefordert, sofort das Zimmer zu verlassen. Als Grigutt weitertobte und keine Anstalten machte, hinauszugehen, ist Stein aufgestanden, hat ihn wortlos beim Kragen gepackt und ihn zum Zimmer hinausgestoßen. Grigutt wehrte sich nicht. Er ist nämlich gar nicht der starke Mann, den er spielt. Er tut nur so. Stein hat das gewusst. Er sagte, Grigutt plustere sich auf wie ein Gockel. Seine Macht habe er nur von Dös geliehen. Er kenne ihn. Er sei ein feiger Bursche und ein Schwächling obendrein. Nur schwache Typen spielten sich so auf wie er. Ein Starker habe das gar nicht nötig. Stein verstand es gar nicht, warum so viele sich schon von Grigutt unterbügeln ließen."

Das waren ja Neuigkeiten. „Und warum wehren Sie sich nicht gegen Grigutt und beschweren sich über ihn?"

„Vielleicht bei Dös?" Sie winkte müde ab. Ihre Stimme wurde leiser, wahrscheinlich aus Angst, dass Grigutt hinter der Tür stehen und lauschen könnte. Schließlich flüsterte sie nur noch: „Hören Sie! Grigutt hat mich in der Hand! Ich bin gleichsam seine Gefangene!"

„Gefangene? Wie das?", flüsterte ich jetzt auch. Ich schüttelte ungläubig den Kopf. War das ein Witz?

„Ich will es Ihnen erklären." Sie holte tief Luft, und ich sah es ihr an, wie viel Überwindung es sie kostete, weiterzuerzählen. „Ich habe Grigutt, der in Siebenbürgen geboren wurde, im vergangenen Jahr bei einer Geburtstagsfeier in Rumänien kennen gelernt. Er ist weitläufig mit meinem Pflegevater verwandt. Sie müssen wissen, dass ich ein Adoptivkind bin. Meine richtigen Eltern kenne ich nicht. Sie waren Rumänen, während meine Pflegeeltern Deutsche sind. Und da liegt mein Problem. Ich wurde zwar deutsch erzogen, bin aber nach wie vor rumänischer Abstammung, was leider aus meiner Geburtsurkunde hervorgeht. Eine Übersiedlung nach Deutschland ist für mich daher sehr schwierig. Ich weiß auch nicht, warum ihr Deutschen bei einer Einbürgerung immer noch mehr Wert auf die Abstammung legt als auf die sehr viel sinnvolleren Merkmale wie die Erziehung in deutscher Sprache und deutscher Kultur, die doch viel günstigere Voraussetzungen für eine Integration bieten als das dumpfe Blut."

Mit einem Blick zur Tür wurde ihre Stimme jetzt noch leiser, sodass ich mir große Mühe geben musste, alles richtig zu verstehen: „Grigutt hat mir auf dieser Geburtstagsfeier in einem langen Gespräch über das moderne Deutschland Appetit auf eine Reise hierher gemacht. Als ich ihn am nächsten Tag wieder traf, fragte ich ihn nach den Möglichkeiten einer Aussiedlung nach Deutschland. Er hat mir gesagt, dass dies in meinem an sich komplizierten Fall auch nicht schwierig sei, wenn man die richtigen Leute kenne. Er habe in den Behörden Freunde sitzen, die ihm dabei sicherlich behilflich sein würden. Wenn ich mich entschlossen hätte, rüberzukommen, sollte ich ihm Bescheid geben. Er könne mir in die Hand versprechen, dass er auf jeden Fall das Nötige für mich tun werde. Dazu hätte ich sicher große Lust nach meinem ersten Staatsexamen, sagte ich ihm. Ich schrieb ihm danach auch. Er hat dann aber ein halbes Jahr nichts mehr von sich hören lassen. Als ich die Hoffnung schon aufgeben hatte, kam schließlich ein Brief von ihm, in dem er mir mitteilte, dass meiner Übersiedlung nun nichts mehr im Wege stehe. Ich solle ein Einreisevisum beantragen und dann einfach kommen. Eine Wohnung habe er auch für mich. Das Visum galt vier Wochen. Danach hat er für mich eine befristete Aufenthaltsgenehmigung und eine Arbeitserlaubnis besorgt. Das Ein-Zimmer-Apartment, das ich bewohne, gehört übrigens ihm. Es befindet sich, und da liegt das Problem, auf demselbem Flur wie seine Wohnung.“ Sie schlug die Hände vors Gesicht und weinte.

„Was für ein Problem?“, fragte ich.

„Können Sie sich das nicht denken?“

Dieses Schwein, dachte ich.

„Warum ziehen Sie denn nicht einfach aus, wenn Sie eine Aufenthalts- und Arbeitsgenehmigung besitzen?“

„Das ist es ja! Er hat beides in Verwahrung.“

„Verlangen Sie sie doch von ihm!“

„Er gibt sie mir nicht. Er sagt, die Genehmigungen gelten ohnehin nur in Verbindung mit dieser Putzstelle.“

„So ein Unsinn! Gehen Sie am Montag gleich aufs Landratsamt oder ins Rathaus zur Ausländerbehörde und erkundigen Sie sich dort.“

„Grigutt sagt, die Sache sei nicht ganz koscher. Es ist anscheinend Geld im Spiel gewesen. Wenn die Geschichte auffliege, wären er und seine Vertrauensperson dran. Ich würde dazu noch bestraft und müsste sofort das Land verlassen."
„Dann nehmen Sie doch das nächste Flugzeug und fliegen nach Rumänien zurück."
Sie weinte jetzt noch heftiger und sagte: „Ich habe nicht einmal einen Pass. Den hat er auch behalten und in seinen Safe eingeschlossen. Und Geld habe ich auch nicht. Er gibt mir einfach keines. Er sagt, ich müsse erst lernen, damit umzugehen. Außerdem verlange er Ersatz für seine Auslagen. Mein Einkommen verwalte er so, dass ich bei Fortsetzung meines Studiums in Deutschland den größtmöglichen Nutzen davon hätte. Wissen Sie, er gibt mir zwar Geld zum Lebensmitteleinkauf im Supermarkt, aber ich muss anhand der Quittungen auf den Cent genau mit ihm abrechnen. Ich kann mir selbst nichts kaufen. Ich stehe jeden Tag in einem Warenparadies, aber nur als Zuschauer."
Sie machte eine Pause, weinte wieder und senkte ihren Blick tief zu Boden. „Er hat mir gesagt, dass ich mir zusätzlich Geld bei ihm verdienen könne. Nein, nicht durch Putzen und Kochen. Das muss ich sowieso tun. Er will, dass ich mit ihm schlafe. Er hat mir das schon einige Male angeboten. Schon die leiseste Vorstellung davon ruft eine heftige Übelkeit in mir hervor. Ich versuche, ihn hinzuhalten, und habe ihn zum Schein gefragt, wie viel Geld er dafür auszugeben bereit sei. Zwanzig Euro für jedes Mal, sagte er. Ich habe dann etwas frech geantwortet, dass es schon wenigstens fünfzig sein müssten. So viel zahle er doch sicher auch, wenn er sich ein Mädchen kaufe. Er ist nämlich nicht verheiratet. In seinem Schlafzimmer hängen überall diese Poster herum, an denen er sich aufgeilt. Ich bin sicher, dass er zu Prostituierten geht. Welche Frau will denn so einen Mann? Über diesen Betrag müsse er nachdenken, hat er mir geantwortet. Grigutt ist nämlich ein Geizkragen. Dazu müsse er mir eine ärztliche Bestätigung vorlegen, die ihm bescheinigt, dass er frei von Aids und anderen Geschlechtskrankheiten sei, habe ich dann von ihm gefordert. Er ist daraufhin aufgebraust und hat mich angeschrien, ob ich denn glaube, dass er aidskrank sei oder einen

Syph habe. Ich habe ihm geantwortet, dass sogar bei uns in Rumänien neuerdings junge Leute zur Aidsuntersuchung gingen, bevor sie miteinander intim werden. Was denn da Ehrenrühriges dran sei? Als er dieser Forderung brummend zugestimmt hat, habe ich ihm ferner gesagt, dass ich die gleiche Untersuchung auf seine Kosten bei mir vornehmen lassen möchte, damit auch er die nötige Sicherheit habe. Außerdem wolle ich dann die Pille nehmen. Und das dauere dann auch noch ein paar Wochen, bis sie wirke. Liebe mit Kondomen, habe ich ihm gesagt, gefalle mir nicht. Er hat sich daraufhin das Maul geschleckt und meinen Forderungen zugestimmt. Ich hatte allerdings gehofft, dass ich ihm damit ein paar finanzielle Zugeständnisse hinsichtlich meines Verdienstes abknöpfen könnte. Aber da blieb er hart. Und somit bin ich immer noch seine Gefangene."

Ich hatte ihr fassungslos zugehört. Grigutt, dieser Sklavenhalter! Ihr Bericht hatte mich so erschüttert, dass es mir schwer fiel, sofort darauf zu reagieren. Wie sollte ich ihr helfen? Geld konnte ich ihr geben. Vielleicht wusste Wieben Rat. Aber dazu brauchte ich Frau Goldensterns Einwilligung. „Kommen Sie am Sonntagvormittag zu mir", sagte ich zu ihr. „Da sind wir ungestört. Sagen Sie Grigutt, dass Sie den Gottesdienst besuchen wollen. Dann lässt er Sie gehen. Für fromme Leute hat er seltsamerweise etwas übrig." Bei einem Schülergottesdienst in der Sporthalle war mir sein frommes Getue aufgefallen. Anton Frank erzählte mir, dass auch Dös ein treuer Kirchgänger sei. „Ich bin sicher, dass wir am Sonntag eine Lösung für Sie finden", versprach ich ihr.

„Danke", sagte sie. „Ich komme, wenn Sie mir sagen, wo Sie wohnen."

Ich nannte ihr die Buslinie und beschrieb ihr, wie sie von der Haltestelle den kurzen Weg zu meiner Wohnung finden würde. Die Nummern meines Handys und des Telefons schrieb ich ihr auf eine Karte.

Wir verabschiedeten uns voneinander. Ich schloss die Tür auf und begleitete sie bis auf den Flur hinaus. Da atmeten wir beide befreit durch. Denn Grigutt war nirgends zu sehen.

Die Schuhe! Die Schleifspur! Fast hätte ich sie über Frau Goldensterns Geschichte vergessen. Sofort die Kripo anrufen,

sagte ich mir. Ich lief zum Telefon. Wiebens Nummer war besetzt. Ich stellte mir seine Stimme vor, wenn ich ihm sagen würde, was ich herausgefunden hatte. Wer hatte Jakob über den Fußboden geschleift? Er war doch ein kräftiger, großer Mann gewesen. Mir fiel niemand ein, von dem er sich das hätte gefallen lassen. War er bewusstlos gewesen? Wovon? Oder stammte die Schleifspur am Ende doch von Schülern? Aber die Fingerabdrücke an seinen Schuhen? Fragen über Fragen. Darum sollte sich Wieben schnell kümmern, dachte ich. Endlich war seine Leitung frei. Eine fremde Stimme sagte mir, er sei vor wenigen Minuten mit seiner Frau nach Stuttgart ins Theater gefahren. Er käme aber am Samstag früh für ein paar Minuten ins Amt. Um wie viel Uhr? Das könne man nicht voraussagen! Nein, Gernhart sei auch nicht da. Der habe erst wieder am Montag Dienst. Die Privatnummer? Wie dringend denn mein Anliegen sei? Ich wisse es nicht genau? „Dann rufen Sie doch am Montagmorgen wieder an, wenn beide da sind."
„Schiet!", fluchte ich. Danach machte ich mich auf den Weg zu Dös. Jakobs Schlüsselbund hatte ich schon vergessen.

11

Als ich an der Hausmeisterkabine vorbeikam, war Grigutt gerade dabei, sie abzuschließen. Frau Goldenstern stand auf dem Schulhof, die Handtasche über die Schulter gehängt. Wahrscheinlich fuhr sie mit ihm in seinem Auto nach Hause. Grigutt sah mich feindselig an: „Der Chef wartet schon auf Sie! Er möchte endlich Feierabend machen."

„Ich auch", bellte ich zurück. An der Tür zum Verwaltungstrakt drehte ich mich um und sah, wie er in die Hausmeisterkabine zurückgekehrt war und wieder telefonierte. Vermutlich meldete der Unteroffizier Gregor Grigutt seinem Kompaniechef Hugo Dös den heranrückenden Feind. Das Soldatengesetz galt immer noch: *„Der Untergebene hat seinem Vorgesetzten zu gehorchen …* usw. *Die Schule der Nation ist für … Jawohl, Herr Oberstleutnant."* Hatte nicht vor vielen Jahren ein roter Bundeskanzler die ketzerische Ansicht geäußert, dass die Schule die Schule der Nation sei?

Ich ging ins Haus und klopfte an Dös' Tür.

„Herein!"

Dös bot mir wieder die Couch zum Sitzen an.

„Was hat seine Frau gesagt?", begann er das Gespräch. „Hat sie dem Wieben gesagt, dass Stein sich umgebracht hat?"

Ich überlegte. Dann entschloss ich mich dazu, ihn in Sicherheit zu wiegen. Das würde meine Nachforschungen erleichtern. Ich nickte. „Nach dem gestrigen Elternabend hat Stein seiner Frau gegenüber angedeutet, sich am liebsten umbringen zu wollen."

Dös wurde schlagartig aschfahl im Gesicht, erhob sich müde aus seinem Sessel, trat ans Fenster und sah ratlos zur Achalm hinüber. Mit meiner Antwort hatte ich ihn offensichtlich ins Mark getroffen. Ich verspürte plötzlich eine teuflische Lust in mir, ihm weh zu tun und ihm heimzuzahlen, was er Jakob in den vergangenen Jahren angetan hatte.

Seine Stimme war voller Selbstmitleid, als er stöhnte: „Jetzt wird man mir vorwerfen, ich hätte ihn in den Tod getrieben."

Er drehte sich um, sah mich fast flehend an, als erwarte er von mir Trost und Zuspruch.

Ich verzog keine Miene und sah zu Boden. Keine Antwort ist auch eine Antwort, dachte ich. Ich hasste ihn und fühlte mich

ihm zum ersten Mal überlegen. Alle Angst vor ihm war auf einmal verflogen. Ich war fest entschlossen, ihm gegenüber kein Blatt mehr vor den Mund zu nehmen und mir von ihm auch keine Unverschämtheiten mehr gefallen zu lassen. Ich war an diesem Nachmittag ein anderer geworden.
„Ich habe Sie etwas gefragt“, sagte er verzweifelt.
„Sie haben mich nichts gefragt.“ Das war zwar kleinlich geantwortet, dachte ich. Aber genauso reagierte Dös häufig, wenn wir ihn etwas fragten.
Er zuckte mit den Achseln und stellte sich wieder ans Fenster. „Alle werden sie mir Steins Tod zur Last legen. Die warten doch nur darauf, mir eins auszuwischen. Die Kollegen, die Kolleginnen, die Eltern, die Schüler. Alle. Und Sie auch, Herr Weinbrenner. Ich fühle es. Ich fühle es einfach.“
Jakobs Schuhe fielen mir ein. Die Schleifspur am Boden. Es wäre leicht gewesen, ihm das zu erzählen. Damit hätte ich ihn von seiner Qual erlöst. Aber ich schwieg. Dös sollte leiden. Ich wollte, dass er litt. Es ging ihm ja auch gar nicht um Jakob. Ihn quälte nur der Gedanke, sein ohnehin schon dürftiges Ansehen zu verlieren, wenn sich bewahrheiten sollte, dass Jakob Selbstmord begangen hatte, weil er sich von seinem Chef gemobbt fühlte. Mir wurde wohl, weil es ihm schlecht ging. Das war zwar nicht im Sinne meiner christlichen Erziehung, aber es tat mir gut. Seit diesem Nachmittag um vier Uhr, seit ich wusste, dass Jakob tot war, hatte sich in mir vieles verändert. Mein Selbstwertgefühl war, bei aller Trauer um Jakob, noch nie so gut gewesen wie in diesem Augenblick. Ich fühlte mich stark wie nie zuvor.
Dös setzte sich wieder in seinen Sessel, mir gegenüber. Sein Gesicht war leichenblass, die Furchen waren noch tiefer als sonst und seine Augen traten, ohnehin durch eine Schilddrüsenerkrankung vergrößert, noch mehr als sonst aus dem Gesicht hervor. Er litt sichtlich. Ich fühlte trotzdem kein Mitleid. Er hatte sich seine Schwierigkeiten mit Jakob selbst eingebrockt. Jetzt sollte er sie auch auslöffeln.
Da ging plötzlich ein Ruck durch seinen Körper. Es sah aus, als spannte er plötzlich alle Muskeln, bis er wieder kerzengerade vor mir auf seinem Sessel saß: Oberstleutnant Dös. Ganz Dös. Ganz Offizier. Er begann danach wie gewohnt, im Ton

des Rechthabers mit bitter klingender Stimme zu sprechen: „Stein wollte mich von Anfang an fertigmachen. Er hat nie etwas anderes im Sinn gehabt. Er hat versucht, mich bloßzustellen, wo er nur konnte, auf diese hinterhältige, intellektuelle Art, bei der ich immer wie ein dummer Junge aussah. In Konferenzen hat er grundsätzlich gegen mich opponiert, hat überall Gegenvorschläge eingebracht, um zu zeigen, dass er es besser wusste als ich. Er hat mich in Diskussionen verwickelt, die mich ins Leere laufen ließen, um mich so dem Gelächter des Kollegiums auszuliefern. Die haben dann hinter meinem Rücken getuschelt und gekungelt und mich nicht mehr für voll genommen. Ich habe doch kaum noch einen eigenen Antrag durchgebracht. Immer wieder wurde ich niedergestimmt. Wissen Sie, wenn ein Schulleiter vor allem die Aufgabe hat, seiner Schule ein klar erkennbares Profil zu geben, dann bin ich hier kläglich gescheitert. Und das habe ich nur Stein zuzuschreiben. Ohne ihn wäre dieses Kollegium wie Ton in meiner Hand gewesen. Warum, Herr Weinbrenner, hat er meine Autorität so beschädigt? Sie waren doch sein Freund. Sie beide haben doch sicher häufig über mich geredet. Sagen Sie mir doch, warum er das getan hat."
Ich erzählte ihm nicht, was ich von Gernhart über den Vorfall mit Jakob in Dös' Kompanie bei der Bundeswehr erfahren hatte. War da nicht auf beiden Seiten die Versuchung aufgekommen, offen geglaubte alte Rechnungen zu begleichen? Aber es gab auch Gründe gegen Dös, die eigentlich das ganze Kollegium auf die Barrikaden hätten treiben müssen. Aber da kämpfte immer Jakob allein. Er hat uns dafür oft eine feige Bande geschimpft. Dazu gehörte ich auch. Wir haben uns an Dös gerächt, indem wir in den Konferenzen mit Jakob gegen ihn gestimmt haben. Zum offenen Widerspruch reichte unser Mut nicht.
Ich sagte: „Sie mischen sich über eine kleinliche Kontrolle der Wochenbücher in den Unterricht Ihrer Kolleginnen und Kollegen ein und wundern sich dann, dass Sie dafür nicht geliebt werden. Nach § 38 des Schulgesetzes hat doch der Lehrer die unmittelbare pädagogische Verantwortung für seine Schüler und nicht der Schulleiter."
Dös rückte unruhig auf seinem Sessel hin und her und rief: „Halt! Halt!" Wenn es um Paragrafen ging, war er in seinem

Element. Böse Zungen behaupten, er sei nur Rektor geworden, weil er das baden-württembergische Schulrecht auswendig hersagen könne. „Sie dürfen sich, mein lieber Weinbrenner, nur auf den § 38 berufen, wenn Sie den § 41 dazunehmen, in dem es klipp und klar heißt, dass der Schulleiter gegenüber den ihm unterstehenden Lehrerinnen und Lehrern weisungsbefugt ist und die Verantwortung für die Einhaltung der Lehrpläne hat. Was Sie kritisieren, ist doch meines Amtes! Und da lag auch der wunde Punkt in meiner Beziehung zu Stein, der für sich beschlossen hatte, die gültigen amtlichen Lehrpläne für ungültig zu erklären und dagegen eigene Konzepte zu setzen."

„Das stimmt doch gar nicht!", rief ich erbost.

Der Eiferer Dös winkte ab und fuhr ungerührt fort: „Er hat sich verhalten wie ein Bundesbahnbeamter, der die Züge nicht mehr nach Fahrplan, sondern nach eigenem Gutdünken fahren lässt. Hören Sie, Weinbrenner, die Schule ist doch kein Selbstbedienungsladen. Der Stein hat immer ..."

„Hat er nicht", schnitt ich ihm das Wort ab. Weinbrenner hatte er gesagt? Was fiel denn dem Dös plötzlich ein, in seiner Anrede den Herrn wegzulassen? Das konnte er mit Grigutt machen, bei dem er sich den Herrn auch regelmäßig sparte, um das Oben und Unten deutlich zu markieren. Wenn er das noch einmal macht, nahm ich mir vor, nenne ich ihn von nun an auch nur noch Dös. „Der jetzige Bildungsplan ist in vielen Teilen veraltet und wird doch in Kürze von einem neuen abgelöst. Das wissen Sie doch auch. Da ist es doch legitim, den Gerüchten um die anderen Inhalte des neuen hier und da zu folgen und schon einmal ein paar neue Dinge auszuprobieren", entgegnete ich ihm.

„Papperlapapp!", fuhr Dös mir über den Mund. „Der alte Plan gilt so lange, bis der neue auf dem Tisch liegt. Vorschrift ist Vorschrift. Wir sind doch hier in der Schule und nicht in einem Ferienklub."

„Jakob Stein", fuhr ich fort, „ging es nie darum, den Lehrplan nach Behandlung der vorgeschriebenen Themen Tag um Tag abzuhaken, bis das Schuljahr herum war. Er wollte ihn mit Leben erfüllen. Die Kinder sollten dabei das Denken und das Lernen lernen. Er konnte sich keinen Unterricht vorstellen, der nicht auch auf diese Weise erziehend wirkte."

„Ja, ja“, rief Dös unwirsch. „Hier ein bisschen Herbart, dort ein Quäntchen Pestalozzi und eine Prise Montessori, stets gewürzt mit Salzmann und als Sahnehäubchen obendrauf immer Wagenschein und nochmals Wagenschein. Das nenne ich postmoderne Beliebigkeit. Anything goes! – Alles ist möglich! – Stein hatte sich ein Sammelsurium aus der Mottenkiste pädagogischer Theorien aus allen Jahrhunderten zusammengesucht und damit nicht nur seine Schüler verdorben, sondern auch mein Kollegium verseucht. Das habe ich ihm übel genommen.“

„Er hat in puncto Denkenlernen und Lernenlernen nur nach Übereinstimmungen bei allen großen Pädagogen gesucht und sie auch gefunden“, warf ich ein.

„Stein war ein roter Fundamentalist. Der wollte nicht nur eine andere Schule! Der wollte, über Schule und Unterricht, doch eine andere Gesellschaft! Der gehörte zu denen, die dauernd nach Veränderung schreien und dabei alles kaputtmachen, was uns heilig ist.“

Da war sie wieder, die Angst der Konservativen vor Veränderungen durch denkende Menschen. Dieses Geseiere hörte ich nun schon seit Anno Tobak. Versuchten nicht ausgerechnet die Konservativen neuerdings, unsere Sozialsysteme bis zur Unkenntlichkeit zu verändern?

Jetzt, dachte ich, kriegt er es doch zu hören, was ich von Gernhart über Dös' Konflikt mit Jakob in der Bundeswehr erfahren hatte. Und ich begann zu wiederholen, was Gernhart erzählt hatte.

Dös hörte wie gepeinigt zu, stand erneut auf, ging zum Fenster und starrte wieder zur Achalm hinüber. Er atmete tief ein und aus und fragte gequält: „Warum hat er denn nie mit mir darüber geredet? Er hätte mir doch sagen können, dass eine so lange zurückliegende Geschichte heute keine Rolle mehr spielt, statt mich in der Angst zu belassen, er könne sie noch einmal öffentlich machen. Ich wollte nicht schon wieder seinetwegen ein Amt verlieren. Verstehen Sie das nicht?“

„Sie als sein Vorgesetzter hätten das tun müssen, zumal Sie unter einer Angst litten, die Stein anscheinend fremd war. Denn er hat mir nie von jenem Vorfall erzählt.“

Dös ging zu seinem Schreibtisch und ließ sich schwer in seinen Sessel fallen. Er schüttelte immerfort den Kopf, bis er schließlich ausrief: „Ich komme mir vor wie ausgespuckt."
Was sollte ich dazu sagen?
Dann schaute er mich an und blickte mir dabei fast unterwürfig in die Augen: „Darf ich Sie denn wenigstens bitten, die Vorkommnisse aus Steins Bundeswehrzeit für sich zu behalten und nicht im Kollegium auszustreuen? Und auch Grigutt in diesem Zusammenhang nicht zu erwähnen? Wenn der auffliegt, nimmt er mich mit." Er starrte verstört auf die Schreibtischplatte und murmelte: „So einer ist das nämlich."
Aha, dachte ich, das hört sich gar nicht so gut an, wie ich dachte. War Grigutt am Ende gar nicht auf Dös' Betreiben hier angestellt worden? Hatte Grigutt Dös mit der Drohung, unter Umständen die „Wahrheit" über ihn zu verbreiten, erpresst? Ich schwieg, um ihn zu quälen.
„Was haben Sie denn davon", bettelte er plötzlich, „wenn Sie diese alten Geschichten im Kollegenkreis ausplaudern? Stein lebt doch nicht mehr!"
Ich ließ ihn noch ein bisschen zappeln. Es gefiel mir außerordentlich, Dös leiden zu sehen. „Man muss die Menschen an ihren Fehlern leiden lassen, wenn sie daraus lernen sollen", hatte meine Mutter immer gesagt. Ich schwieg.
Da begann er plötzlich wie verrückt mit den Fäusten auf die Tischplatte zu trommeln, bis er seinen Kopf kraftlos auf seine Arme fallen ließ, die er vorher vorsorglich so hingelegt hatte, dass ihm nichts Ernstes passieren konnte. Dann fing er an, in verschiedenen Tonlagen zu jammern: „Warum immer ich? Warum immer ich? Immer ich, ich! Lieber Gott, warum?"
Das wusste ich auch nicht. Ich gönnte es ihm einfach, wenn es ihm jetzt schlecht ging. Dieser Zustand hatte eine lange Vorgeschichte, für die Dös allein verantwortlich war. Dies könnte ja auch ein äußerst heilsamer Zustand sein, dachte ich und ließ ihn leiden. Er wand sich auf dem Schreibtisch wie ein Wurm, bis ich schließlich aufstand und ihn ganz sachlich fragte: „Ist Ihnen übel? Kann ich Ihnen helfen?"
Da richtete er sich plötzlich auf, als wäre nichts geschehen. Sein Blick war voller Hass. Er fixierte mich, als wollte er mich hypnotisieren. Dann rief er: „Ja, lassen Sie mich alleine!"

Gut, dachte ich. Alles Theater gewesen. Der wollte mir bloß auf eine miese Weise ein Zugeständnis abluchsen. Aber ich hatte dabei wenigstens einmal den Menschen Dös, der sich bislang immer in einer künstlichen Aura aus Macht und Herrschsucht bewegt hatte, erlebt. Ich hatte einen Blick hinter seine Fassade werfen dürfen. Das war auch etwas wert. Ich sah ihm einen Augenblick länger als es höflich war, von oben herunter in seine eisigen Augen. Ich war um einen ganzen Kopf größer als er. Das war mir noch nie so deutlich geworden wie in diesem Augenblick. „Hüte dich vor kleinen Männern", hatte Lea oft ihre Mutter zitiert. Ich verbeugte mich höflich und ging. Als ich schon an der Tür war, rief er hinter mir her: „Sie sind ja noch schlimmer als der Stein!"
Ich reagierte nicht und machte mich wieder auf den Weg in mein Klassenzimmer. Konnte nicht auch Dös Jakob umgebracht haben?, fragte ich mich. Er hätte ein Motiv gehabt. Sein Hass auf Jakob war grenzenlos gewesen. Aber tötete man einen Kollegen, nur weil man ihn fürchtete?

12 Auf meinem Schreibtisch im Klassenzimmer fand ich einen von Hand geschriebenen Zettel mit der Nachricht: *„Ich habe Steins Lesebrille im Papierkorb gefunden. Sie liegt in Ihrer Schublade. Gruß! G.“*

Ich nahm die Brille aus der Schublade heraus und hielt sie gegen das Licht. Auf beiden Gläsern waren Fingerabdrücke zu erkennen. Eine Gänsehaut überlief mich bei dem Gedanken, dass sie von Jakobs Mörder stammen könnten. Jemand hatte ihn über den Fußboden geschleift, um ihn zwischen zwei Türen einzusperren, wo er erstickt war. Jakobs Brille hatte der Mörder womöglich erst danach entdeckt und sie dann in den Papierkorb geworfen.

Ich ließ meinen Blick durch das Klassenzimmer gleiten, als wollte ich die Wände zwingen, die Bilder aus der Mordzeit preiszugeben. Der Papierkorb war geleert. Was hätte Frau Goldenstern auch sonst tun sollen? Woher sollte sie wissen, dass der Papierkorb außer der Brille vielleicht noch andere wichtige Hinweise oder Spuren enthalten hatte, die jetzt alle verloren waren.

Jakobs Schreibtischschublade und Schränke waren abgeschlossen. Wer aber hatte seine Schlüssel eingesteckt? Und warum? Mir fiel ein, dass er vor vielen Jahren, als ich meine Schlüssel verlegt hatte, meinen Schreibtisch mit seinem Schlüssel geöffnet hatte. Bei der Möblierung der Schule hatte man seinerzeit aus Versehen Schreibtische in unsere beiden Zimmer hineingestellt, die gleiche Schlösser hatten. Ich schob meinen Schlüssel ins Schloss. Er passte. Das Schloss sprang auf. Ich zog die Schublade heraus und erschrak: Auch hier, wie bei ihm zu Hause im Medizinschränkchen, Arzneimittelpackungen in großer Menge. Deshalb also Jakobs ewige Heimlichtuerei mit seiner Schublade, die er vor meinen Augen nie aufgeschlossen hatte. Da lagen die Medikamente, schön übersichtlich, nebeneinander, mit der Bezeichnung nach oben und deshalb schnell zu greifen: Enzyme, Antihistaminika, Kreislauftropfen, Vitamine ... Eine Schachtel trug einen großen roten Punkt, darinnen eine angebrochene Blisterpackung eines Schnupfenmittels. Die meisten Packungen waren leer. Jakob der Sammler. Alle Medikamente stammten aus derselben Stuttgarter Apotheke, die ich schon in seiner Wohnung kennen gelernt hatte. Reisach-Apotheke. Es gab in unserer Stadt sicher zwanzig Apotheken, wo Jakob sich seine Medikamente hätte holen können. Warum ausgerechnet in Stuttgart? Warum, wenn es schon eine fremde Stadt sein musste, nicht in Tübingen oder Metzingen, Städte, die er mit dem Auto in zehn Minuten erreicht hätte. Und warum in Stuttgart immer in ein und derselben Apotheke?

Ich wunderte mich über die geringe Tiefe der Schublade, bis ich links und rechts im Boden zwei kreisrunde Löcher entdeckte, in die man jeweils einen Finger hineinstecken konnte. Eine Schublade mit doppeltem Boden? Ich schob meine Mittelfinger hinein und hob die Platte leicht heraus. In die Ecken und in die Mitte der Schublade hatte Jakob Klötze hineingeleimt, sodass sich der Boden nicht durchbiegen konnte. Ein Geheimfach? Drei Schnellhefter lagen nebeneinander auf seinem Boden: ein grüner, ein roter und ein gelber. Ich hatte zunächst Hemmungen, sie in die Hand zu nehmen. Aber der Gedanke, dass sich in ihnen Hinweise auf seinen Tod oder auf seinen Mörder verbergen könnten, besiegte schließlich meine Zurückhaltung. Ich setzte mich auf den Schreibtischstuhl, schlug eine Mappe nach der anderen auf und begann in den sorgfältig abgehefteten DIN-A4-Blättern zu lesen. Es waren Briefe oder kurze Mitteilungen, die Jakob aufgehoben hatte, so wie jeden anderen Krempel. Er hatte sich zeitlebens auch von nebensächlichen Dingen nicht trennen können. Jakob war immer ein Sammler gewesen: Als Kind hatte er Blätter und Steine, dann Briefmarken und Spielzeugautos gesammelt, später Zeitungsausschnitte sowie Bilder und Reportagen aus Zeitschriften, die die Aussicht für eine spätere Benutzung im Unterricht erkennen ließen. Aber diese Blättersammlung in den drei Ordnern enthielt Dinge, die offensichtlich nicht für den Unterricht gedacht waren:

Es waren Briefe von Frauen, die Barbara, Gudrun, Heide, Lisa, Vera und Christine hießen. Namen, die ich von ihm nie gehört hatte. Ich las, wie schön es mit ihm gewesen war und wie sehr man ihn vermisse. Hatte er auch Frauen gesammelt? Alle wünschten sich nach diesen wundervollen Tagen in den pädagogischen Akademien Donaueschingen, Calw oder Comburg ein Wiedersehen mit ihm. Alle Briefe im grünen

Ordner waren ohne Absender, aber mit Datum. Der älteste war vor vier Jahren geschrieben worden.
Der gelbe Schnellhefter enthielt auf ausschließlich maschinengeschriebenen Blättern verschiedenen Formats nur kurze Mitteilungen wie: „*Ruf mich um 20 Uhr an.*" Oder: „*Morgen um drei bei mir.*" Bei wem? „*Ich kann heute nicht. Ruf mich an.*" Sie waren alle mit einem Datum versehen. Die bis Anfang März reichenden Mitteilungen waren mit dem Computer in Garamond geschrieben und mit einem gedruckten „K" unterzeichnet. Die in Arial gedruckten wenigen Mitteilungen im roten Ordner reichten von Mitte März bis in die laufende Woche hinein und trugen alle ein Handzeichen, das ich als kleines „k" identifizierte. Kajetan fiel mir sofort ein. Ich hatte es hier schwarz auf weiß: Es handelte sich bei den Zetteln in beiden Schnellheftern um Mitteilungen Kajetans an Jakob. Kajetan? Kajetan? Wer konnte das sein? Ich ließ die Namen und Vornamen aller meiner Kolleginnen und Kollegen Revue passieren. Aber da war kein Name, der mit „K" anfing. Wie hatte Grigutt Frau Goldenstern noch genannt? Jirina oder Irene? Das kam auch nicht in Frage. Woher hätte Frau Goldenstern auch einen Computer haben sollen?
Ich hatte die Zettel nur überflogen. Deshalb begann ich noch einmal von vorne, um beim Lesen irgendetwas zu finden, was vom Schema der monotonen Mitteilungen abwich. Und siehe da, ich hatte einen Brief übersehen. Ich las ihn mit Entsetzen. Was da vor meinen Augen stand, war so unglaublich, dass ich es wiederholt lesen musste. Ich las halblaut: „*Lieber Jakob, ich weine nur noch, seit du mir den Laufpass gegeben hast. Warum können wir nicht noch einmal über alles reden? Komm doch wieder zu mir zurück! Ich liebe dich doch. Ruf mich wenigstens an. Dein todtrauriger Kajetan.*" Dann folgte dieses Postskriptum, das mir das Blut in den Adern gefrieren ließ: PS: „*Solltest du mich um K's willen verlassen haben, bringe ich dich um.*" Mein Puls raste. Da stand es doch schwarz auf weiß: „*... bringe ich dich um!*" Was ich in der Hand hielt, war eine Morddrohung! Kajetan, der bei mir eingebrochen hatte, dessen Name in Jakobs Computer gespeichert war und dessen Mitteilungen in zwei Ordnern aufbewahrt waren, hatte ihn umgebracht. Er hatte seine Drohung wahr gemacht. Mord aus

Eifersucht! So einfach war das. Die Schwierigkeit bestand jetzt nur noch darin, herauszufinden, wer sich hinter den Namen Kajetan und K. versteckte. Vom Stil des Briefes her schloss ich auf eine Frau. Trotzdem dachte ich bei Kajetan unentwegt an einen Mann. Daran war Wieben schuld, der mir das eingeredet hatte. War Jakob doch ein Homophiler gewesen? Das hätte ich doch zuerst merken müssen. Oder war Kajetan ein Deck- oder Kosename? Ich hatte einen Kollegen gekannt, der seine Frau, die Friederike hieß, Fritz gerufen hatte. So etwas gab es ja. Und Lea hatte mich jahrelang Vinzenz genannt, nur weil ich eine Zeit lang in meiner Freizeit gemalt hatte, wobei sie mich vom Pinselstrich und der ausdrucksvollen Farbgebung her als Epigone des Vincent van Gogh geortet hatte.

Wie waren diese Mitteilungen zu Jakob gelangt? Ich fand weder einen Umschlag noch einen anderen Hinweis auf eine Adresse. Die DIN-A4-Blätter waren in der Mitte nur einmal gefaltet worden, was bei einer Beförderung durch die Post das doppelte Porto gekostet hätte. Für einen ökonomisch denkenden Mann schied die Post deshalb aus. Übrig blieb die Überlegung, dass diese Mitteilungen auf einem anderen Weg zu Jakob gelangt waren. Aber auf welchem?

Ich hatte plötzlich einen verrückten Einfall, tippte mich wie nach einer Erleuchtung an die Stirn und rannte auch schon los, zum Klassenzimmer hinaus, die Treppe hinunter, über den Schulhof, dann durch den langen Flur des Verwaltungstraktes zum Lehrerzimmer hinein. Ich stand schließlich vor den zig Postfächern des Kollegiums. Wo war Jakobs Ablage? Ich hatte mich nie dafür interessiert. Endlich, sein Fach! Es lag nur ein Physikbuch drin. Enttäuscht wollte ich es schon aus der Hand legen. Dann steckte ich meine Finger von beiden Seiten in den Buchrücken hinein und schüttelte kräftig. Und siehe da: ein gefaltetes DIN-A4-Blatt segelte heraus und fiel auf den Fußboden. Ich hob es auf und öffnete es. Ich zitterte vor Aufregung, als ich unter dem heutigen Datum las: „*Ruf mich vor der Sitzung an.*“ Darunter das handschriftliche kleine k. Die Frage war nun, ob „k“ jemand aus dem Kollegium war, vielleicht sogar aus dem Ausschuss, der am Nachmittag hätte tagen sollen, oder doch einer von draußen, dem Jakob gesagt hatte, dass er

am Nachmittag eine Konferenz hatte. Aber wie war der Zettel in dieses Buch und in sein Fach gekommen? Oder hatte die Post doch den Brief gebracht und Jakob hatte ihn nur in seinem Physikbuch zwischengelagert? Mein Kopf weigerte sich, weitere Überlegungen zu Personen anzustellen. Alles war so kompliziert! Es taten sich immer neue Rätsel auf.
Wieder in Jakobs Vorbereitungszimmer angekommen, räumte ich den Schreibtisch wieder ein. Ich legte alles wieder so hin, wie ich es vorgefunden hatte. Auf die Mappen, vor allem auf die Morddrohung, wollte ich Wieben aufmerksam machen. Aber das hatte ja Zeit bis zum Montag. Der Kommissar war am Wochenende nicht zu erreichen. Eine bleierne Müdigkeit überfiel mich plötzlich. Ich hatte auf einmal alle Lust am Recherchieren verloren. Dazu meldeten sich Hunger und Durst. Ich wollte endlich nach Hause. Fast automatisch zog ich die vier Schubladen im Experimentiertisch heraus. In der untersten lag Jakobs Schultasche. Ich nahm sie an mich, um sie bei Gelegenheit bei Erika abzuliefern. Ansehen konnte ich sie mir zu Hause. Jetzt hatte ich keine Lust mehr. Ich verließ sein Klassenzimmer, schloss es ab und trat auf den Flur hinaus. Fast hätte ich mir den Kopf an der offenen Tür des Sicherungskastens angeschlagen, der zwischen beiden Physiksälen in der Flurwand angebracht war. Wer hatte sich denn daran zu schaffen gemacht? Ich schlug die Tür zu und ging weiter. Dann blieb ich einen Augenblick lang stehen und ließ die Stille, die das Treppenhaus bis zum Dach erfüllte, einen Augenblick lang auf mich wirken. Hier war Jakobs Mörder die Stufen heraufgekommen. Nicht einmal Grigutt, der uns seit Jahren mit der Drohung eingeschüchtert hatte, dass ihm nichts entgehe, hatte ihn gesehen. Mich schauderte.
Als ich auf dem Parkplatz ankam, sah ich einen weißen Golf mit heulendem Motor zur Ausfahrt hinausjagen. Mir fiel dabei der weiße Golf ein, den ich am Mittag beim Blick von meiner Terrasse unten am Hochhaus hatte wegfahren sehen. Aber weiße Golfs gab es ja viele. Ich war zu müde, um noch irgendeinen sinnvollen Gedanken fassen zu können.

13 Als ich gegenüber meiner Wohnung aus dem Aufzug stieg, wurde die Tür meiner Flurnachbarn geöffnet. Frau Techner trat heraus und überreichte mir zwei Schlüssel zu dem neuen Schloss, das der Hausmeister inzwischen eingebaut hatte. Dann flüsterte sie mir zu: „Mein Mann hat da am Nachmittag eine Videokamera angebracht.“ Sie zeigte in eine Ecke ihrer Wohnungstür, wo das Ding zu sehen war. „Er brennt darauf, sie Ihnen vorzuführen, aber er ist noch beim Einkaufen. Loben Sie ihn bitte dafür. Er ist so stolz auf seine Leistung. Und wir fühlen uns jetzt einfach sicherer.“ Ich pflichtete ihr wegen der Sicherheit bei, aber ansonsten war es mir gar nicht wohl bei dem Gedanken, dass Techners künftig jeden Gast, der zu mir kam, auf ihrem Monitor begutachten konnten.

Das Telefon schellte. Ich öffnete meine Wohnungstür, ging an den Apparat und nahm den Hörer ab. Anton Frank meldete sich. „Wo steckst du bloß die ganze Zeit“, stöhnte er. „Seit einer Stunde hämmere ich deine Nummer in die Tasten, aber du rührst dich nicht.“ Er wollte wissen, was Erika dem Kommissar erzählt hatte und was an dem Gerücht dran sei, dass Jakob sich wegen seiner zerrütteten Ehe das Leben genommen habe. Er und die drei Kolleginnen hätten im Weggehen vom Flur aus nämlich gehört, wie Erika gerufen hatte: „Jetzt hat er es also doch getan!“

Ich holte zunächst einmal tief Luft und überlegte. Anton war zwar ein lieber Kollege, aber auch jemand, der nichts für sich behalten konnte. Er plauderte gerne Dinge aus, die man ihm unter dem Siegel der Verschwiegenheit anvertraut hatte. Ich sagte ihm, ich sei nicht Zeuge des Gesprächs zwischen Erika und dem Kommissar gewesen. Das war zwar gelogen, aber was gingen Anton Erikas Auslassungen über den Zustand ihrer Ehe an? Ich gab ihm Wiebens Ansicht weiter, dass man den Obduktionsbericht abwarten müsse, um genau sagen zu können, woran Jakob gestorben sei. Von meinen Gesprächen mit Dös, Grigutt und Frau Goldenstern erzählte ich nichts. Ich erwähnte auch nicht die Schleifspur und Jakobs Schuhe und die drei Schnellhefter im Geheimfach seines Schreibtisches. Das alles ging ihn nichts an. Anton wurde wegen meiner kargen Auskünfte immer einsilbiger und gab sich im Ton etwas

verschnupft. Wir waren schon dabei, uns zu verabschieden, als er mich unvermittelt fragte: „Wusstest du übrigens, dass Jakob mit der Wiedemann enger befreundet war, als es der tägliche Umgang in der Schule vermuten ließ?"
Jakob und Christina? Das gab's doch nicht! Ich schluckte zweimal leer, bevor ich mich wieder fasste und ein „Soso?" herausbrachte.
Anton hatte etwas Lauerndes in der Stimme, als er zögernd fortfuhr: „Man hat sie ein paar Mal miteinander in Tübingen gesehen."
Das gab mir einen kräftigen Stich ins Herz. Ausgerechnet Christina! Um mir vor Anton keine Blöße zu geben, sagte ich verharmlosend: „Ach, die sind sicher von der Sitzung des Personalrats gekommen, die doch meistens in Tübingen stattfindet. Da ist es doch ganz natürlich, wenn die beiden anschließend noch einen Stadtbummel gemacht haben." Diese Vermutung gefiel mir selbst sehr gut, zumal es auch einer in mir aufsteigenden Eifersucht den Stachel nahm.
Es wurde für ein paar Augenblicke ganz still zwischen uns beiden. Hatte Anton schon aufgelegt? „Bist du noch dran?", fragte ich ihn.
Ich hörte, dass er tief Luft holte. Dann sagte er, und er machte zwischen fast jedem Wort eine Pause, sodass man ihm die Mühe anmerkte, die es ihn kostete, mir etwas zu sagen, was mich vielleicht verletzen könnte: „Du warst Jakobs bester Freund, Phil, und ich weiß, dass du nichts auf ihn kommen lässt. Ich möchte auch nicht, dass du deine Meinung über ihn ändern musst. Aber du solltest dabei auch der Wahrheit ins Gesicht sehen können, zumal Jakobs Tod doch von seltsamen Umständen begleitet war."
„Worauf willst du hinaus?"
„Man munkelt seit einigen Tagen im Lehrerzimmer hinter vorgehaltener Hand, dass Grigutt Jakob mit der Putzfrau erwischt hat. Das würde auch erklären, warum die Goldenstern sich heute Nachmittag die Augen aus dem Kopf geweint hat."
Ich entgegnete heftig: „Dieses Gerücht hat Grigutt ausgestreut. Das weiß ich ganz sicher. Er hat mir in Gegenwart von Frau Goldenstern den Vorfall so geschildert, wie seine Eifersucht sie ihm diktiert hat. Frau Goldenstern hat nämlich Medizin stu-

diert, musst du wissen. Sie ist Orthopädin und jobbt nur vorübergehend als Putzfrau, um sich das so genannte PJ, das praktische Jahr, das ihr noch fehlt, finanzieren zu können. Sie hat Jakob von seinem Trigeminusschmerz befreit, indem sie ihm einen Nackenwirbel zurechtgerückt hat. Grigutt hatte sich auf seinen Kreppsohlen unbemerkt hinzugeschlichen und den beiden eine Szene gemacht, weil er die Situation wissentlich falsch beurteilte. Es war Eifersucht, Anton, nur Eifersucht. Grigutt hätte selbst sehr gerne ein Verhältnis mit Frau Goldenstern. Im Übrigen hat Jakob Grigutt am Kragen genommen und ihn zum Zimmer hinausgedrückt!"

„Du erzählst ja Sachen!", rief Anton. „Davon wusste ich ja gar nichts!"

Ich wollte jetzt gerne das Gespräch beenden und setzte schon zum Schlusssatz an, als Anton zögernd sagte: „Da ist noch was, Phil."

Noch etwas? Ich begann, mich schon zu schämen, weil ich ihn so kurz gehalten hatte. „Erzähl!", rief ich. Warum musste Anton immer so lange Pausen machen? Hatte er Skrupel?

„Heute Vormittag", begann er, „meinte ich, es habe jemand an meine Klassenzimmertür geklopft. Ich zögerte zunächst, hinzugehen und nachzusehen, weil ich gerade dabei war, meinen Schülern den Pythagoras nahezubringen. Als ich schließlich doch zur Tür ging und sie offnete, war niemand draußen. Aber auf der Treppe sah ich eine Frau mit lila Kopftuch und in dunkelblauem Lackmantel nach oben gehen. Ich dachte sofort an Erika."

„Aber du hast sie doch nur von hinten gesehen. Oder?"

„Ja, aber der Gang und die Figur und die Größe. Sie war es!"

„Ist sie dir denn schon einmal in diesem Aufzug begegnet, dass du so sicher bist?"

„Nein, das auch nicht. Aber wie soll ich sagen? Mir war so, als sei es Erika gewesen. Aber vielleicht hat sich mir diese Assoziation auch nur deshalb aufgedrängt, weil Jakob dort oben sein Klassenzimmer hat. Ja, ich weiß, du auch, aber du hast ja im Augenblick keine Frau. Verzeih, wenn ich das so flapsig sage."

„Schon gut, Anton! Erika hat dem Kommissar gesagt, dass sie zwischen zehn und fünfzehn Uhr ihre Eltern in Stuttgart besucht habe. Sie kann es also gar nicht gewesen sein."

„Dann vergiss, was ich gesagt habe. Vielleicht war es auch eine Mutter eines Schülers oder eine Kollegin. Wir haben ja ein paar, die von hinten sicher eine ähnlich gute Figur machen wie Erika. Die Wiedemann oder die Petri zum Beispiel. Aber da müsste man wissen, ob die einen solchen Regenmantel und ein lila Kopftuch besitzen. Ach, Phil, lassen wir's lieber, es gibt nur Ärger. Ich ahne es. Vergiss alles, was ich dir gesagt habe."
In der Nähe von Antons Telefon waren plötzlich Kinderstimmen zu hören, die durcheinander schrien.
Anton sagte: „Ich bin heute dran mit der Kinderbetreuung. Es tut mir leid, dass ich hier einfach abbrechen muss. Ruf mich morgen an, wenn du etwas Neues weißt. Tschüss, Phil. Ja, ja, ich komme ja schon!", rief er. Aber das galt schon nicht mehr mir, sondern seinen Kindern.
Ich ging in die Küche und überlegte mir ein leckeres Abendessen.

14 Ich saß auf meiner Terrasse und hatte vor mir auf dem Tisch das Abendessen stehen: Dunkles Brot und verschiedene Wurst- und Käsesorten, mit Tomaten und Radieschenscheiben garniert. Ich probierte lustlos an allem herum; mir fehlte der Appetit. Jakobs Tod und der aufregende Nachmittag hatten ihn mir verschlagen. Mein Innenleben war aufgewühlt. In meinem Kopf kreisten Gedanken, die immer wieder zu der einen Frage führten: Wer hat Jakob ermordet? Erst nachdem ich ein Glas Pinot noir getrunken hatte, wurde ich ruhiger.

Der nahe gelegene Schönbuch füllte die klare Luft mit dem Geruch von Wald und Wiesen. Unter mir lag das Neckartal, aus dem sich gemächlich das hügelige Albvorland erhob, bis es schließlich in der blauen Wand der Schwäbischen Alb seine natürliche Grenze fand. Ein über hundert Kilometer breites Alb-Panorama, von den Kaiserbergen im Nordosten bis zum Hohenzollern im Südwesten, lag vor meinen Augen. Einzelne Wolken, von der untergehenden Sonne gelborange gefärbt, trieben über den Abendhimmel. Die rotbraunen Dächer der Häuser in Oferdingen und Mittelstadt und das Grün der sie umgebenden Äcker, Wiesen und Wälder wurden satter in den Farben und in den Schatten dunkler. Ein lauer Wind fächelte über mein Gesicht und entspannte mich. Irgendwann bin ich eingeschlafen, bis mich kurz vor einundzwanzig Uhr das Telefon weckte. Ich rannte in mein Arbeitszimmer und nahm den Hörer ab. Aber wieder war es wie am Mittag. Da atmete zwar jemand vernehmlich, räusperte sich dann und legte auf. „Verdammtes Arschloch", schrie ich in die Muschel hinein und legte auf. Dann fiel mir ein, dass ich beim Heimkommen vergessen hatte, im Briefkasten nach der Post zu sehen. Ich überlegte einen Augenblick, ob das nicht auch Zeit hätte bis zum nächsten Morgen. Aber da lag noch die Zeitung drin, die ich noch nicht gelesen hatte. Ein Tag ohne Zeitung war ein schlechter Tag! Also fuhr ich mit dem Aufzug nach unten, öffnete meinen Briefkasten und entnahm ihm die Zeitung und einige Werbedrucksachen. Danach tastete ich gewohnheitsmäßig den Briefkastenboden mit der Hand nach eventuell übersehener Post ab. Das Hinunterbücken war bei meiner Körpergröße immer eine Anstrengung, die ich gerne vermied.

Als ich unter meinen Fingern plötzlich eine Schlüsseltasche spürte, zuckte ich wie elektrisiert zusammen. Ich zog sie heraus und erschrak. Es waren Jakobs Schlüssel! Wer hatte sie mir in den Briefkasten geworfen? Es musste jemand gewesen sein, der wusste, wo ich wohnte. Aber wer wusste das nicht? Mit Ausnahme von Dös und seinem meistens kranken Stellvertreter waren zu meinen Geburtstagen schon alle bei mir gewesen. Außerdem war es kein Kunststück, im Telefonbuch meine Adresse zu finden. Nachdenklich fuhr ich mit dem Aufzug in meinen Flur zurück.

Oben angekommen, trat meine Nachbarin aus ihrer Wohnungstür, grüßte kurz und deutete dann fragend auf die Videokamera über Techners Tür. „Was soll das?“, fragte sie ärgerlich.

Ich legte den Finger auf den Mund, ging auf sie zu und flüsterte: „Das ist eine Überwachungsanlage. Herr Techner hat sie installiert, weil er Angst vor Einbrechern hat. Gefällt mir auch nicht. Wir sollten das aber nicht hier diskutieren, weil man das wahrscheinlich auch mithören kann. Ich rufe Sie gleich an, wenn ich das noch um diese Zeit darf?“ Sie hatte eine warme Stimme und lustige Augen, wenngleich sie auch keine Schönheit war.

Sie nickte zustimmend. Als sie hinter ihrer Wohnungstür verschwunden war, schlich ich mich auf Zehenspitzen zu ihrem Türschild. Es wäre mir peinlich gewesen, wenn ich sie um ihren Namen hätte bitten müssen. K. Boff las ich. K. Boff? K wie Kajetan? Blödsinn, sagte ich mir. Was sollte denn diese Frau mit Jakob zu tun gehabt haben?

Das Telefon läutete schon, als ich meine Wohnung betrat. Meine Nachbarin war mir zuvorgekommen. Ich meldete mich mit Vor- und Nachnamen.

„Katharina Boff“, rief sie fröhlich ins Telefon hinein. Von Ärger war nichts mehr zu hören. „Eigentlich ist es ja doof“, meinte sie, „auf einer Entfernung von vielleicht zehn Metern miteinander zu telefonieren. Fänden Sie es nicht besser, wenn wir das Problem sozusagen Auge in Auge diskutieren würden?“

Ich sah auf die Uhr. Es ging gegen halb elf. Vor zwölf ging ich ohnehin nie ins Bett. „Gerne!“ antwortete ich.

Sie zögerte mit der Antwort und sagte dann: „Und was ist, wenn der alte Techner morgen früh sein Band abspielt und dabei feststellt, dass Sie mich nachts um halb elf noch besucht haben?"

„Dann kommen Sie doch zu mir", schlug ich vor.

„Das wäre ja noch schlimmer!"

„Es gibt die Möglichkeit über die Terrassentür."

„Wie das?", fragte sie. „Das ist doch eine Tür ohne Klinke. Ich dachte, man könne sie gar nicht öffnen."

„Doch, doch, das geht!", entgegnete ich und erklärte ihr das Zweischlösserprinzip. Es bestand darin, dass man die Tür nur von beiden Seiten in separaten Schlössern mit dem jeweiligen Wohnungsschlüssel öffnen konnte.

„Also, denn mal los!", rief sie aufgeregt.

Eine Minute später standen wir uns in der offenen Tür gegenüber. Wir hatten beide Lampenfieber.

„Wohin jetzt", fragte sie. „Zu Ihnen oder zu mir? Oder wollen wir hier auf neutralem Boden die Sache bereden?"

„Sie haben die Wahl", antwortete ich jetzt ohne Scheu. Der Pinot noir zeigte Wirkung. So mutig war ich Frauen gegenüber sonst nie gewesen. Oder war es gar nicht der Wein, der mich von meinen Hemmungen befreit hatte?

„Dann zu mir", antwortete sie. „Ich bin Ihnen ohnehin noch den nachbarlichen Einstand schuldig."

Mir gefielen die Bestimmtheit und die Sicherheit in ihrer Stimme. Diese Frau wusste offensichtlich, was sie wollte.

Sie ging voraus über ihre Terrasse hinweg ins Wohnzimmer, eine kräftig wirkende Frau auf stämmigen Beinen. Sie bot mir einen Stuhl an und lief in die Küche. „Ich hol uns was zum Trinken und zum Knabbern", sagte sie.

Sie kam mit einer Flasche Veuve cliquot in der Hand und einem Teller Knabberzeug zurück.

„Ah", sagte ich, „Champagner!"

„Wenn schon, denn schon", sagte sie und bat mich, die Flasche zu öffnen.

Ich löste vorsichtig den Draht vom Flaschenhals und drehte dann den Korken so vorsichtig heraus, dass nur ein leises Blubb zu hören war. Sie füllte die Gläser. Wir stießen an auf gute Nachbarschaft.

Wahrscheinlich hatte sie vorher schon etwas getrunken, denn ihr Auftreten war mir für eine erste Begegnung um eine Spur zu keck. Oder lag es an dem Heimvorteil, den ihr die eigene Wohnung bot?
„Ich bin die Katharina oder lieber noch die Trine", rief sie nach einer Stunde angeheitert und prostete mir wieder zu.
Ich prostete zurück und sagte: „Ich bin der Philipp. Meine Freunde nennen mich auch Phil. Da spart man eine Silbe."
Sie lachte. Die Flasche wurde schnell leer. Sie holte eine zweite. Wir stießen auf gute Freundschaft an und begannen uns gegenseitig wie zufällig, zunächst sporadisch, dann regelmäßig zu duzen. Gegen zwölf Uhr redeten und lachten wir miteinander wie längst vertraute alte Freunde.
Sie gefiel mir. Ihre schönen braunen Augen unter kräftigen dunklen Brauen glänzten, wenn sie mich ansah. In einem energisch wirkenden Gesicht stand über einem ausdrucksvollen Mund eine fein gezeichnete Nase. Die blonden Haare hatte sie, wie Christina Wiedemeyer, zu einem Pferdeschwanz zusammengebunden.
Der Anlass unserer Besprechung, Techners Überwachungsanlage, war schnell abgehakt. Wir verschoben das Problem auf einen späteren Zeitpunkt. Außerdem reichte der Beobachtungsradius seiner Videokamera ja nicht bis auf unsere Terrassen. Wir amüsierten uns darüber, dass wir die Techners auf diese Weise zu täuschen vermochten.
Um zwölf Uhr wusste ich, dass sie 42 Jahre alt war und seit Oktober des vorigen Jahres in der Württembergischen Philharmonie die zweite Geige spielte, aus Hamburg stammte und deswegen beim st immer mit der Zunge sozusagen an einen „spitzen Sstein sstieß". Ich erfuhr auch aus den Zwischentönen, dass sie an ihren proben- und spielfreien Tagen unter Einsamkeit litt und auf der Suche nach einem Lebenspartner war.
Ich erzählte ihr das Nötigste von mir. Nur Jakobs Tod erwähnte ich nicht. Ich wollte mit dieser Geschichte nicht unsere gute Stimmung verderben. Schon am nächsten Tag bereute ich, es nicht getan zu haben.
Gegen ein Uhr verabschiedeten wir uns voneinander unter dem Einfluss von viel Champagner an der gemeinsamen Terrassentür

mit einer zwar freundschaftlichen, aber dennoch länger dauernden Umarmung sowie Küsschen links und rechts auf die Backen. Der Alkohol zeigte seine Wirkung. Und so stand ich eine Weile ganz unverhofft mit meiner neuen Nachbarin im Arm und spürte den harten, schnellen Schlag meines Herzens. Vom nahen Neckar erklang das Krick-krick einer aufgescheuchten Ente. Ein bananenförmiger tiefgelber Mond trieb über den Nachthimmel. Mich fröstelte. Dazu überfiel mich die Müdigkeit wie ein lähmendes Gift. Ich drückte Trine Boff noch einmal fest an mich und sagte: „Danke für die Einladung."

Aber sie ließ mich noch nicht gehen, sondern küsste mich noch ein paar Mal auf die Wangen und sagte dann endlich mit schwerer Zunge: „Danke für den Besuch, lieber Philipp. Bis morgen, schlaf gut!"

„Ja, bis morgen", lallte ich zurück und dachte, dass auch ich schon einmal deutlicher artikuliert hatte.

Da wir beide trotz großer Anstrengung mit unseren Schlüsseln die Schlüssellöcher nicht trafen, ließen wir die Tür zwischen unseren beiden Terrassen offen stehen. Ich strebte unsicheren Schrittes meinem vermeintlichen Bett entgegen. „Was für ein schöner Abend!", murmelte ich, bevor ich mich in voller Kleidung niederlegte und sofort einschlief.

15 Kurz vor sieben Uhr weckte mich die Sonne, die mir voll ins Gesicht schien. Ich rieb mir die Augen und wunderte mich, weil es ungewöhnlich war. Ich räkelte mich und merkte dabei, dass ich angekleidet in Leas Bett lag. Wieso das, fragte ich mich. Ich versuchte, mich zu erinnern. Ganz langsam füllte sich mein Brummschädel mit Einzelheiten meines Besuches bei meiner Nachbarin. Ich hatte wohl zu viel getrunken. Wie ich aber in meine Wohnung gelangt bin, war mir im Augenblick nicht bewusst. Ich hatte offensichtlich den Weg in mein eigenes Schlafzimmer nicht mehr gefunden und mich in das nächstbeste Bett gelegt, in Leas Bett.

Erinnerungen an die glückliche Zeit mit Lea begannen mich zu quälen, wenngleich in den letzten Jahren unserer Ehe sich unsere Liebe auch stark abgekühlt hatte. Lea war zur Abteilungsleiterin aufgestiegen und hatte nur noch ihre Arbeit im Kopf gehabt. Sie war regelmäßig nach einem Zwölfstundentag spät abends müde und wortkarg nach Hause gekommen. *„Bitte lass mich alleine!"* Jeden Abend derselbe Satz. Sie hatte ihren Trainingsanzug angezogen und sich die angesammelten Spannungen auf dem Heimtrainer weggestrampelt. Ich hatte ihr das Gerät gekauft, als sie keine Zeit mehr fand, sich auf dem Mountainbike in der freien Natur auszutoben. Es stand immer noch am selben Platz. Ich hatte auch in ihrem Zimmer nichts verändert. Lea-Gedenkstätte hatte Jakob es spöttelnd genannt. Sie hatte vor mehr als drei Jahren außer einer Handtasche und ihren Bankunterlagen nichts mitgenommen in ihr neues Leben. Die Schränke waren noch voll mit ihren Kleidern, die ich hin und wieder lüftete, immer noch in der leisen Hoffnung, sie könnte eines Tages zurückkehren.

An den Wänden hingen noch die Großaufnahmen der nackten Lea. Als langbeiniges, viel beschäftigtes Model war sie, wie alle Mannequins, in den eigenen Körper verliebt gewesen, auch wenn sie ihn mit den skurrilsten Diäten gequält hatte, um ihn in Form zu halten. In immer kürzer werdenden Abständen hatte sie die Aufnahmen von mir verlangt, die ich in meinem Küchenlabor entwickelt und vergrößert hatte. Eines Tages hatte sie dann die Bilder der letzten Serie lange betrachtet, um sie dann plötzlich wütend zu zerreißen und auszuru-

fen: „Vinzenz, meine Zeit als Model ist um. Ich mache etwas anderes.“ Das war typisch Lea: Sie war in allem kurz entschlossen, ungeduldig, zielstrebig, ehrgeizig und schob nichts auf die lange Bank. Was sie sich vornahm, hatte sie umgesetzt. Sie hatte sich immer damit entschuldigt, dass sie eben eine Widderfrau sei. Da sie Modedesign studiert hatte und viel Phantasie besaß, war ihr das Umsatteln leicht gefallen, zumal ein früherer Gönner ihr einen einfachen Start ermöglicht hatte. Von diesem Zeitpunkt hatte sie wieder alles gegessen, was ihr schmeckte. Natürlich war sie dadurch kräftiger und molliger geworden, was auch ihr Vergnügen an der Liebe für eine kurze Zeit wieder geweckt hatte. Leas Lust hat mich immer an die brodelnden Geysire auf Island erinnert. Wenn sie wieder zur Besinnung gekommen war und mit einem Finger in meinem Brusthaar herumrührte, um schließlich auf die Stelle zu drücken, worunter sie mein Herz vermutete, hatte sie mit einem leichten Seufzer gesagt: „*Allein das zählt, Vinzenz! Glaub mir, nur das!*“ Ich habe sie nie gefragt, ob sie mein Herz oder ihre Lust damit gemeint hatte.
Ich hatte Lea an Italiens Stiefelsohle in einem kalabrischen Ferienklub kennen gelernt. Zunächst war sie mir gar nicht aufgefallen. Dann sah ich sie, ein Bild des Jammers, eines Morgens über den Strand humpeln. Ich sprach sie auf ihren blaurot geschwollenen Fuß an. Sie fragte nur: „*Sind Sie Mediziner?*“
„*Das nicht*“, hatte ich ihr entgegnet, „*aber mit diesem Fuß sollten Sie schleunigst zu einem Arzt. Das sieht nach einer Blutvergiftung aus.*“
Sie hatte dann abwechselnd auf mich und auf ihren Fuß geschaut, um dann resigniert zu sagen: „*Hier im Club gibt es aber keinen Arzt.*“
Ich hatte kurz überlegt und mich an meine Mutter erinnert, die mir als Kind und Heranwachsendem immer wieder eingeschärft hatte, dass ein Christenmensch unter allen Umständen zur Hilfe verpflichtet sei, wo immer sie auch gebraucht werde. Von allen biblischen Geschichten hatte sie mir die vom barmherzigen Samariter am eindringlichsten nahegelegt. Ich ließ also meinen Windsurfing-Kurs sausen, mietete an der Rezeption einen Kleinwagen, trug die junge

Frau hinein und in Reggio di Calabria vor einer Arztpraxis wieder heraus. Nach einer Operation und der Verabreichung einer Spritze hatte der Arzt gesagt, sie solle sich bei mir bedanken, denn ein paar Tage später wäre es nicht nur für ihr wohlgeformtes Bein, sondern wohl auch für den Rest ihres schönen Körpers zu spät gewesen. Tage später, als der Fuß nach einer Antibiotika-Kur wieder verheilt war, hatte sie mich als Dank für meine Hilfe zu einem Ausflug nach Sizilien eingeladen. Wir waren durch Taormina gebummelt und hatten vom römischen Theater aus den Ätna Feuer speien gesehen. Als wir mit einem Fischerboot durch die blaue Grotte gefahren waren, hatte sie mich geküsst und gesagt: „*Ich glaube, du bist der Richtige.*" Acht Wochen später heirateten wir.

Nach fünf Jahren Ehe wurde ihr von einer norddeutschen Kleiderfabrik eine Stelle als künstlerische Directrice angeboten. Sie hat damals, ohne mich zu fragen, sofort zugesagt. „*Eine solche Gelegenheit bekomme ich nie wieder*", hatte sie gesagt und hinzugefügt: „*Ich bin jetzt da, wo ich schon immer hin wollte: Ganz oben.*" Sie war ohne Abschied davongefahren. Neben einem Zettel auf dem Küchentisch fand ich einen anderen auf ihrem Schreibtisch mit den Sätzen: „*Du weißt, wie sehr ich Abschiede hasse. Es war sehr schön mit dir, Vinzenz. Ich kann trotzdem nicht bleiben. Erspare mir die Tränen. Lea.*" Vier Wochen später erhielt ich einen Brief von ihr, in der sie mich in dürren Worten bat, in die Scheidung einzuwilligen. Wenn Jakob mich danach nicht unermüdlich beschworen hätte, mein Leben deshalb nicht wegzuwerfen, wäre ich schon längst nicht mehr da. Das Läuten des Telefons schreckte mich auf und holte mich jäh in die Gegenwart zurück. Erika war am Apparat.

„Jetzt ist es heraus", sagte sie und es klang, als ob sie erleichtert wäre. „Der Kommissar hat soeben bei mir angerufen. Es war Selbstmord. Jakob hat sich mit Morphin vergiftet. Die Einwirkung einer fremden Person wird ausgeschlossen."

Ihre Sätze trafen mich wie Keulenschläge. Morphin? Und dann dieser Tonfall, der nach *Gott sei Dank, jetzt wissen wir's ja* und *Das hab ich doch gestern schon gesagt* klang.

Morphin? Warum Morphin?

„Bist du noch dran?", fragte sie.

„Ja! Ja!“ Was sollte ich denn sagen? Jakob hatte sich mit Morphin das Leben genommen. „Woher hatte er das?“
„Weiß ich nicht.“ Mich irritierte ihre Sachlichkeit. „Und woher weiß man, dass er selbst es getan hat?“ Ich dachte an die Schleifspur im Klassenzimmer, an die Fingerabdrücke an seinen Schuhen und auf seiner Lesebrille.
„Aber Phil“, sagte sie vorwurfsvoll, „wer sollte es denn sonst gewesen sein?“
„Weiß ich nicht“, antwortete ich. Gab es in der Justizgeschichte nicht genug Ehefrauen, die ihre Männer vergiftet hatten? War Gift nicht ein typisches Mordwerkzeug der Frauen? Und hatte nicht Anton gesagt, er habe möglicherweise Erika am späten Vormittag die Treppe zu Jakobs Klassenzimmer hinaufgehen sehen?
„Ich habe noch eine Bitte, Phil. Jakobs Kleider sollten heute Vormittag in der Pathologie abgeholt werden. Kannst du das für mich besorgen? Ich muss nämlich gleich nach Stuttgart zu meinen Eltern. Jakobs Tod war ein Schock für sie. Es geht ihnen nicht gut. Ich sollte mich um sie kümmern. Verstehst du das?“
„Natürlich.“ Ich war froh, dass sie mich gefragt hatte, so musste ich sie nicht darum bitten, denn auf Jakobs Kleider war ich sehr gespannt. Ich sagte ihr noch, dass der Schlüsselbund bei mir war, was sie erleichtert zur Kenntnis nahm. Wir verabschiedeten uns voneinander. Ich versprach ihr, am Montagnachmittag seine Kleider, die Schultasche, Schuhe und Hausschlüssel zu bringen.
Ich nahm ein Lexikon aus dem Bücherregal und las unter dem Stichwort Morphin: *M. ist der Hauptwirkstoff des Opiums, das aus der unreifen Kapsel des Schlafmohns (Papaver somniferum) gewonnen wird. Die tödliche Dosis liegt bei oraler Einnahme in der Regel zwischen 0,3 und 0,4 Gramm. Da Morphin vor allem das Atemzentrum angreift, besteht eine erhöhte Vergiftungsgefahr immer dann, wenn die Sauerstoffversorgung gefährdet ist.*
Ich klappte das Buch zu, stellte es ins Regal zurück und begann zu rechnen. Jakob hatte zwischen den Türen etwas mehr als einen Kubikmeter Luft zur Verfügung gehabt. Dieser Vorrat war bei seinem Atemvolumen nach etwa drei Stunden auf-

gebraucht. Das bedeutete, dass er danach auch ohne Morphin erstickt wäre, wenn er sich nicht aus eigener Kraft befreit hätte. Wer ihn vergiftet hatte, kannte offenbar den Zusammenhang von Morphin und Sauerstoffmangel. Davon war ich überzeugt. Oder beruhte alles nur auf dummen Zufällen?
Jakobs Schultasche fiel mir ein. Ich öffnete sie und ließ ihren Inhalt auf den Küchentisch purzeln. Ein Unterrichtstagebuch, ein paar Schulbücher, Schülerarbeiten und ein Mäppchen mit Bleistiften, Radiergummi, Kugelschreiber und Füllhalter. Das war alles. Ich schüttelte alle Bücher aus. Nur ein beschriebenes kleines Blatt, offenbar eine Unterrichtsskizze, fiel heraus. Die Überschrift: „*Sapere aude!*" Denke selber. Kant. Und darunter, in kleinerer Schrift: „*Habe Mut, dich deines eigenen Verstandes zu bedienen.*" Auch Kant. Darunter der geplante Stundenverlauf. Ich heftete den Zettel an meine Pinnwand. Ein letztes Andenken an Jakob. Was sollte Erika auch mit diesem Zettel anfangen? Dann packte ich alles wieder in die Tasche und stellte sie in mein Arbeitszimmer. Danach verließ ich meine Wohnung und machte mich auf den Weg nach Tübingen, um Jakobs Kleider zu holen.

16 Obwohl ich nach Tübingen wollte, landete ich unversehens auf dem Parkplatz meiner Schule. Die Geschehnisse um Jakobs Tod hatten mich so sehr beschäftigt, dass meine Gewohnheit mich den alltäglichen Weg geführt hatte. Ich ärgerte mich nicht darüber, weil ich ohnehin vorgehabt hatte, später Jakobs Schuhe und Brille abzuholen. Zum ersten Mal empfand ich die Stille der Pausenhöfe als beklemmend. Die Idylle aus üppig blühenden Ziersträuchern und der Gesang von Amsel, Buchfink und Gartengrasmücke änderten daran nichts. Ich schloss die Tür zu meinem Klassentrakt auf. Im Flur schlug mir der übliche Schulmief entgegen, ein vertrauter, aber nicht unangenehmer Geruch. Ich war gerne Lehrer. Auf der Treppe, im Nachhall meiner Schritte, dachte ich, dass hier vor etwa zwanzig Stunden der Mensch hinaufgegangen war, der Jakob getötet hatte.

Meine Klassenzimmertür und die Fenster waren weit geöffnet. Von nebenan, aus Jakobs Physiksaal, hörte ich Geräusche. Wer machte sich schon so früh hier zu schaffen? Auf dem Parkplatz hatte ich kein Auto gesehen. Ich schloss beherzt die Doppeltür auf und war dann beruhigt, als ich den Hausmeister am Fenster stehen sah, eine Rohrzange und einen schweren Hammer in den Händen.

Grigutt sah mich grimmig an und fragte gereizt: „Was tun Sie denn hier am schulfreien Samstag?“

„Das Gleiche könnte ich Sie fragen“, antwortete ich furchtlos und dachte dabei an Frau Goldensterns Äußerung, dass Grigutt im Grunde genommen ein Feigling sei und nur den starken Mann spiele.

Vielleicht hatte sie Recht, denn er zog nur die Augenbrauen nach oben, schüttelte dann verständnislos den Kopf und beugte sich wieder über einen Heizkörper, an dem er, mit leichten Hammerschlägen auf die Rohrzange, eine Schraube zu lockern versuchte. Als seine Bemühungen zu keinem Erfolg führten und er etwas ratlos sein Werkzeug anschaute, ging ich weiter und rief ihm im Weggehen zu: „Steins Frau hat mich gebeten, die Sachen ihres Mannes abzuholen.“

Grigutt brummte Unverständliches und klopfte weiter. Dass er sich auch in seiner Freizeit um Heizung, Wasserhähne und die elektrischen Anlagen der Schule kümmerte und sie fachmännisch wartete und reparierte, verlieh ihm nicht nur bei Dös, sondern auch bei der städtischen Schulverwaltung eine hohe Wertschätzung. Grigutts unbestrittene Begabung im Auffinden und in der Behebung von technischen Pannen ersparte der Stadt hohe Reparatur- und Wartungskosten. War es ihm deswegen gelungen, Frau Goldenstern nicht nur anzustellen, sondern ihr auch die notwendigen Aufenthaltspapiere zu besorgen?

Ich stutzte, als ich vor Jakobs Schreibtisch stand. Jemand hatte die Schublade geöffnet, sie aber nicht wieder ganz hineingeschoben, weil die Lasche einer Arzneimittelpackung sie verklemmt hatte. Ich steckte zwei Finger in die Öffnung des doppelten Bodens und zog ihn nach oben. Alle drei Ordner fehlten. Grigutt, dachte ich sofort. Das kann ja nur Grigutt gewesen sein. Nur er besaß Duplikate von sämtlichen Schlüsseln der Schule.

Jakobs Schuhe fielen mir ein, das Trinkglas und seine Brille. Waren die etwa auch verschwunden? Ich drehte mich auf dem Absatz um und lief viel zu schnell in meinen Vorbereitungsraum, schloss die Schranktür auf und nahm die Plastiktüte heraus. Gott sei Dank, seufzte ich. Es war noch alles drin.

Als ich Grigutt, wieder auf dem Weg zurück in Jakobs Zimmer, erneut passierte, fragte er: „Warum rennen Sie denn heute so? Gibt's was Besonderes?"

„Jemand hat Steins Schreibtisch geöffnet und einige seiner persönlichen Sachen entwendet", sagte ich und sah ihn lauernd an, ob er eine verdächtige Wirkung zeigte.

„Soso", brummte Grigutt und machte sich wieder an der eingerosteten Schraube zu schaffen. „Und jetzt soll ich Ihnen sagen, wer's getan hat? Stimmt's?"

„Es wäre mir sehr recht, wenn Sie es könnten", antwortete ich.

Er sah mich voller Verachtung an, kniete nieder und umschloss die Schraube erneut mit der Rohrzange. Er holte mit dem Hammer aus, hielt dann aber plötzlich inne und sagte drohend: „Sie haben vielleicht Nerven! Halten Sie sich ja aus dieser Sache heraus. Ich rate es Ihnen dringend. Sie könnten sich sonst derart Ihre Finger verbrennen, dass Sie Ihnen ein Leben lang wehtun." Dann schlug er krachend auf die Schraube ein.

Als ich stehenblieb, weil mich seine Antwort schockierte, hörte er mit dem Klopfen auf und sagte barsch: „Gehen Sie weiter! Ich habe zu tun!"
Ich ging ohne Eile. Warum versuchte er mich einzuschüchtern?
Wer hatte die Mappen geholt? Ich nahm mir vor, Wieben alles haarklein zu berichten. Dann musste Grigutt Rede und Antwort stehen. Und Gernhart würde sich ein Vergnügen daraus machen, ihn noch einmal in die Mangel zu nehmen.
Jakobs Physikbuch erinnerte mich wieder an den darin liegenden Zettel mit der Bitte, K. noch vor der Sitzung anzurufen. K. war zweifellos die Abkürzung für Kajetan. Da die Mitteilungen in den Mappen alle mit K. unterzeichnet gewesen waren, hatte K., also Kajetan, sie sich auch wieder geholt. Natürlich! Wer sonst? Aber warum hatte er das getan? Wer etwas vertuschen will, hat was auf dem Kerbholz, dachte ich mir. Ich überlegte weiter und nahm einfach einmal an, dass es zwischen Jakob und Kajetan so etwas wie eine stille Post gegeben hatte. Die Nachricht an Jakob musste dann in seinem Physikbuch liegen. Das war unverfänglich, weil er ja Physikunterricht erteilte. In welchem Buch und in welchem Fach musste dann die Antwort an Kajetan liegen? Wenn also Bücher die Funktion von Briefumschlägen und die Ablagefächer der Kolleginnen und Kollegen im Lehrerzimmer die Briefkästen gewesen waren, dann musste es ein Buch geben, das Jakob als Briefumschlag benutzt hatte. Dieses Buch musste zu Kajetans Lehrauftrag gehören, wenn K. Mitglied unseres Kollegiums war. Nur so war die Tarnung perfekt. Ich bückte mich und begann, Jakobs Schreibtischschrank, in dem er seine Unterrichtsbücher verwahrte, auszuräumen. Und da lag es auf einmal vor mir: *Musik in der Oberstufe*. Ich runzelte die Stirn. Jakob und Musik? Er hatte doch nie Musikunterricht erteilt, obwohl er sehr musikalisch gewesen war. Als ich das Buch aufschlug, wurde es mir für einen Moment schwarz vor den Augen. Auf dem Leihzettel stand der Name des Ausleihers. Ich setzte mich und schlug beide Hände vors Gesicht. Meine Augen weigerten sich, das Wort zur Kenntnis zu nehmen, das da stand: *Wiedemann*. Christina Wiedemann. Ich schüttelte das Buch. Ein Zettel fiel heraus. Darauf in Jakobs Hand-

schrift: „*Wir sehen uns nach der Sitzung im Volkspark bei den Wasserspielen. K.*“ Warum K, wenn doch Jakob den Zettel unterzeichnet hatte?
So hatte Anton Frank also doch recht gehabt. Zwischen Jakob und Christina Wiedemann hatte es ein Verhältnis gegeben, wovon niemand im Kollegium etwas wusste. Ich war schockiert.
Als ich schon drauf und dran war, sie anzurufen, ihre Nummer befand sich auf einer langen Liste von Telefonnummern aller Kolleginnen und Kollegen am Schwarzen Brett, stand Grigutt plötzlich hinter mir, in der rechten Hand den Hammer, in der linken die rostige Schraube. „Weiß man denn jetzt wenigstens, womit er sich umgebracht hat?“, fragte er unvermittelt.
Ich dachte, dass es besser sei, ihn in Sicherheit zu wiegen, und antwortete: „Er hat sich vergiftet.“
Grigutt nickte. Er sah auf einmal sehr zufrieden aus, besah sich die rostige Schraube interessiert von allen Seiten, als ob er jetzt überlegte, was er nun mit ihr anstellen sollte, und grunzte: „Ja, so weit kann's kommen. Ich habe immer gewusst, dass es mit dem kein gutes Ende nimmt.“ Dann schlich er auf seinen leisen Sohlen wieder davon, kniete erneut vor dem Heizkörper nieder und begann, mit einer Stahlbürste den Rost vom Gewinde herunterzukratzen.
Ich sah mir noch einmal die vielen Arzneimittelschachteln an, die Jakobs Schreibtischschublade nahezu ausfüllten, und überlegte, was wohl der dicke rote Punkt auf der Packung mit dem Heuschnupfenmittel zu bedeuten hatte. Dann schloss ich den Schreibtisch ab und ging grußlos an Grigutt vorbei. Es wurde Zeit, nach Tübingen zu fahren. Ich konnte es kaum noch erwarten, Jakobs Kleider in die Hand zu nehmen.

17 Erika hatte meine Ankunft im Gerichtsmedizinischen Institut so gut vorbereitet, dass man mir nach Vorlage meines Personalausweises Jakobs Sachen aushändigte. Ich überprüfte auf einer Liste die Übereinstimmung der dort aufgeführten Gegenstände und Geldbeträge mit den vor mir liegenden Dingen und quittierte sie. Hose, Jacke und Wäsche hatten Frauenhände schrankfertig zusammengelegt. Der mich bedienende Portier packte sie, wohl wissend, dass es sich um die Kleider eines Toten handelte, in weißem Packpapier zu einem Paket zusammen, verschnürte es und überreichte es mir mit einem pietätvollen Kopfnicken. Ich bedankte mich für die in meinen Augen überflüssige Arbeit und stürmte zum Haus hinaus, als hätte ich gestohlen. Ich konnte es kaum erwarten, Jakobs Hose und Jacke in Augenschein zu nehmen. Draußen bremste ich meinen Lauf abrupt, denn ich sah, wie ein städtischer Vollzugsbeamter vor meinem Wagen stand und meine Nummer notierte, um mir danach ein Knöllchen an die Windschutzscheibe zu heften.

„Scheiße!“, rief ich so laut, dass es der Mann hörte, sich umdrehte, stutzte, um mir dann mit einem verdutzten Gesicht auf Schwäbisch zuzurufen: „Ha no!“ Was so viel wie *Na, so etwas!* bedeutete.

Ich rief ärgerlich: „Ich war doch nur fünf Minuten drin.“

„Weiß ich wohl“, sagte er mit dem Gesicht eines Siegers. „Ich hab Sie ja auch hineingehen sehen!“

„Warum haben Sie mich denn nicht gewarnt? Im Übrigen ist hier heute, am Samstag, doch alles frei“, rief ich, „Platz für zehn Autos. Warum denn da ein Knöllchen?“

„Entscheidend ist“, sagte der uniformierte Mann ungerührt mit erhobenem Zeigefinger, „dass Sie keinen Parkschein gelöst haben.“

„Aber ich habe doch niemandem einen Platz weggenommen.“

„Vorschrift isch Vorschrift!“, grinste er. „So isch halt!“, fügte er verschmitzt hinzu.

„Ich weiß, wir sind in Deutschland“, rief ich wütend.

„Ha ja, mo denn sonscht?!“, entgegnete der Mann lachend. „Aber zerscht send mir z’Tübinga, ond Tübinga will au lebe! Des müsset Se verstehe! Au wenn Se vo Reitlinga send!“

Ich riss den Strafzettel von der Windschutzscheibe, bestieg grußlos mein Auto und wollte mich schon über das Paket hermachen, als jemand an mein Fenster klopfte. Es war wieder der Beamte. „Hallo“, rief er, „wenn Se hier stehebleibe wollet, brauchet Se ’n Parkschei!“
„Ich hab doch schon das Knöllchen“, rief ich verzweifelt.
Er sah mich erstaunt an: „Des ischt doch’n Stroafzettel und koi Parkschei, mei liaber Reitlinger! Ha no! So ebbes!”
Mir fehlte es sicherlich in diesem Augenblick am nötigen Humor, was natürlich auch an dem brisanten Paket lag, das ich soeben abgeholt hatte. Den schwäbischen Gruß konnte ich mir grad noch verkneifen. Ich drehte den Zündschlüssel herum und fuhr kopfschüttelnd weg. *Deutsch sein, heißt eine Sache um ihrer selbst willen tun,* schrie ich zornig zum Fenster hinaus. Aber das hörte der Vollzugsbeamte schon nicht mehr. Ich fuhr zum Bahnhof, parkte dort vor einer Parkuhr, die ich richtig bediente, nahm das Paket unter den Arm und hatte vor, es auf der einer Bank auszupacken. Nirgends war eine frei. Und alles nur wegen der Sonne, die es im Vergleich zum Vortag besonders gut meinte? Vom Anlagensee aus schwang sich ein Schwan mit kräftigen Flügelschlägen in die Luft, befeuchtete dabei Danneckers Nymphenpaar, flog eine lange Schleife, um dann wieder mit gespreizten Beinen auf dem Wasser aufzusetzen. Ich überquerte die Uhlandstraße und erreichte über den Indianersteg die Platanenallee. Auch dort waren alle Bänke besetzt. Das gibt’s ja nicht, dachte ich. Ratlos, mein Paket unterm Arm, stand ich da im Angesicht von Tübingens begehbarer Postkarte, der berühmten Neckarfront. Die leeren Augen unzähliger Fensterscheiben in den sich auftürmenden Giebeln und Dächern starrten mich teilnahmslos an. Im glitzernden Neckar schwammen die Stocherkähne wie große, tote Fische. Zwischen Trauerweiden der runde Hölderlinturm. Auf seine Wand von einem Verehrer gesprüht: *„Hölderlin isch ed färrughd g’wäh.“(Hölderlin ist nicht verrückt gewesen).* Warum auch? Auf der langen Mauerkrone am anderen Ufer des Neckars in der prallen Sonne sitzende und liegende junge Leute. Alles Studenten? Geruch von Moos, Gras, Blüten und Wasser. Das zartgrüne Laub der Platanen. Ich war viel zu warm angezogen. Endlich eine freie Bank für mich allein. Ich öffnete die

Paketschnur, schlug das Papier zur Seite und nahm die Wildlederjacke in die Hand. Ich stellte mich in die Sonne und drehte sie ein wenig hin und her. Ganz deutlich war jetzt ein dreckiger Glanz auf dem Rücken zu erkennen. Auch die Hose war am Hinterteil verschmutzt. Es bestand also kein Zweifel mehr darüber, dass Jakob über den Boden geschleift worden war. Wieben würde Augen machen, wenn ich ihm Jacke und Hose unter die Nase hielt. Ich legte beides wieder zusammen und entnahm einem Plastikbeutel Portmonee und Brieftasche. In der Geldbörse waren nur ein paar Geldscheine, Münzen und eine Scheckkarte, in der Brieftasche Ausweise und eine weiße Karte, auf der nur eine lange Zahl stand. Ich brauchte eine Weile, bis ich sie als eine Telefonnummer identifiziert hatte. Jakob hatte bei der Vorwahl einfach die Null weggelassen. Wenn ich die fehlende Null den Zahlen wieder voranstellte, ergab sich die Tübinger Vorwahlnummer 07071. Darauf musste ich erst einmal kommen. Ich steckte die Karte in meine Brieftasche, verschnürte das Paket wieder sorgfältig und ging zurück zu meinem Auto. Dem Handschuhfach entnahm ich mein Handy und tippte auf gut Glück die Ziffern von der weißen Karte hinein. Ich war bis zum Zerreißen gespannt. Wer würde sich melden? Das Amtszeichen. Endlos, dieses Amtszeichen! Fünfmal, zehnmal. „Verdammt noch mal!“, rief ich zornig. Ich wollte das Handy schon resigniert zurücklegen, als sich eine keuchende, tiefe Altstimme meldete: „Hier Wiedemann.“
Mir fiel vor Schreck das Handy aus der Hand. Also doch! Anton hatte Recht gehabt! Christina Wiedemann war Jakobs Geliebte? Das tat weh! Eifersucht plagte mich. Endlich schaltete sich mein kritischer Verstand wieder ein und ich dachte: Du bist doch selbst schuld, du verliebter Gockel! Dann sagte ich mir: Fahr hin! Fahr einfach hin und stelle sie zur Rede!
Ich stieg aus und lief zu einer Telefonzelle, wo ich im Tübinger Telefonverzeichnis Christinas vollständige Adresse fand. *Ich habe Jakobs Kleider aus der Pathologie geholt und bei dieser Gelegenheit gedacht, dass ich ...* usw. würde ich ihr sagen. Das klang glaubhaft.
Sindelfinger Straße? Nie gehört. Ich fragte einen Fußgänger, der sich auskannte und mir den Weg dorthin beschrieb.

18 Die Sindelfinger Straße. Eine ruhige, nur auf einer Straßenseite bebaute Sackgasse am äußersten Rand der Stadt. Schmucklose Häuser mit ausgebautem Dachgeschoss. Ringsum gepflegt wucherndes Gebüsch. Autostellplätze unter blühenden Bäumen. Außerhalb der Anlage die Gästeparkplätze. Ich war so aufgeregt, dass ich noch einen Augenblick sitzenblieb, um mich zu beruhigen.
Schließlich stieg ich aus und suchte nach der Hausnummer. Vermutlich hatten Kinder die Ziffern von einigen Emailleschildern mit Steinen heruntergeschossen, sodass ich rechnen musste. Endlich die richtige Nummer. Vor dem Hauseingang parkte ein weißer VW-Golf mit Tübinger Kennzeichen. Aha! Sechs Klingeltasten in zwei Reihen. Mein Zeigefinger glitt darüber hinweg und hielt ganz oben an. Ich stutzte: K. Wiedemann? Warum K.? Wohnte da auch ein Herr Wiedemann, von dem ich bisher nie gehört hatte? Hatte es nicht immer geheißen, sie sei unverheiratet? Vielleicht war Christina ihr zweiter oder dritter Vorname und der erste Karin oder Kerstin. Mein Herz fing wieder so an zu rasen, dass ich umkehrte und mich mit flatternden Nerven erneut in mein Auto setzte, um ruhiger zu werden. Schrieb sich Christina mit K? Gab es das auch? Dann also nicht mehr K wie Kajetan, sondern wie Kristina? Oder war Kristina am Ende Kajetan? Meine Gedanken schwirrten chaotisch durch den Kopf.
Endlich hatte ich mich wieder in der Hand. Ich begab mich erneut zur Haustür und drückte Kristinas Klingeltaste. Unmittelbar danach erklang aus dem Türlautsprecher ihre warme, tiefe Stimme: „Wer ist da?“
Ich antwortete: „Philipp Weinbrenner.“
„Du, Philipp?“
„Ja.“
Pause. Danach tönte es abweisend: „Eigentlich bin ich mitten im Wochenendputz.“
Es klang wie eine Ausrede. War sie nicht allein?
„Ich bleibe nicht lange.“
Wieder eine Pause. Dann zögernd: „Gut! Dann komm halt rauf!“
Der Summer ertönte. Die Tür öffnete sich. Ich hatte über die

Stockwerkstreppen hinweg Zeit, mir zu überlegen, wie ich sie unter diesen Umständen begrüßen sollte.
Kristina nahm mir die Mühe ab. Sie stand ziemlich verlegen in der Wohnungstür in schwarzen Leggings und einem dünnen, viel zu engen, gelben Top gekleidet, das ihren Bauch bis über den Rippenansatz und den halben Rücken unbedeckt ließ. Ein außergewöhnlich sinnlich erregender Eindruck. Wie schön sie ist, dachte ich wieder. Sie wirkte etwas betreten, so als ob sie sich in diesem Aufzug genierte oder aus irgendeinem Grunde mir gegenüber ein schlechtes Gewissen haben müsste. Oder kam ich wirklich nur ungelegen und sie gehörte zu jenen Frauen, die aggressiv werden, wenn man sie beim Wochenendputz stört? Sie winkte mich zu sich herein, schloss die Tür und nahm mich sofort fest in ihre Arme. Kristina umarmte mich? Das hatte ich nicht erwartet. Ich konnte mein Glück kaum fassen! Große Gefühle durchströmten mich. So oft hatte ich davon geträumt, diese Frau in meinen Armen zu halten, über die ich sogar Lea vergessen konnte. Und jetzt war es so weit? Meine Hände lagen auf der nackten Haut ihres Rückens, mein Gesicht an ihrem Gesicht. Ich vergaß für einen Augenblick den Anlass meines Besuches und genoss nur noch Christinas Nähe. Nur widerwillig gab ich nach, als sie sich aus meiner Umarmung zu lösen begann. Sie wischte sich ein paar Tränen aus dem Gesicht und sagte: „Ist es nicht schrecklich, Phil?"
Damit meinte sie sicher Jakobs Tod. Es klang etwas gekünstelt. Ich schluckte leer und nickte zustimmend. Ihre Mimik und Gestik wirkten unsicher. Oder unecht? War das dieselbe Christina, die mit mir in den Pausen unbekümmert schäkerte und flirtete? Oder genierte sie sich vielleicht nur wegen ihrer knappen Kleidung? So jedenfalls kannte ich sie nicht. Sie führte sich auf wie ein Mädchen bei ihrem ersten Rendezvous. Sie bat mich fast schüchtern in ihr Wohnzimmer, das zugleich auch ihr Arbeitszimmer war.
„Wohnst du alleine hier?", fragte ich sie.
Sie sah mich erstaunt an. „Ja. Warum fragst du?"
Ich sagte: „Auf der Klingeltaste steht K. Wiedemann:"
„Das bin ich."
Ich nickte. Also doch K. wie Kristina. Wie Kajetan?

„Nimm Platz, Phil, und entschuldige mich bitte einen Augenblick. Ich will mir nur mein Gesicht abwaschen. Ich sehe so verheult aus."

Ich setzte mich auf einen Stuhl an den Esstisch und blickte mich um. An der Wand hinter der Polstergruppe hing der gleiche Druck wie bei mir zu Hause: Picassos *Die Liebenden.* Der junge Mann ganz in Rot. Glühend vor Sehnsucht. Das bin ich, dachte ich. Der scheue Blick der Frau unter einem kühlen, grünen Kopfschleier geht ins Leere. Sie zögert noch. *Ich bitte um Bedenkzeit.* Aber ihr gelber Schoß brennt schon wie eine Fackel. Kristina? Ich schüttelte den Gedanken wieder ab. Er war mir zu kitschig. Mein Blick ging zu ihrem Schreibtisch und blieb an drei Mappen hängen, die dort übereinander lagen. Eine rote, eine grüne und eine gelbe Mappe. Ein Ruck ging durch meinen Körper. Jakobs Mappen auf Kristinas Schreibtisch? Ich stand auf, machte zwei hastige Schritte nach vorne und klappte die obere auf. Tatsächlich! Es war die mit dem von Hand geschriebenen Kürzel k. So entsetzt wie in diesem Augenblick war ich nur selten in meinem Leben gewesen. Eine plötzliche Ernüchterung überfiel mich wie ein Wettersturz. Daher also ihr seltsames Benehmen? War es nur schlechtes Gewissen? Hatte sie mithilfe von Jakobs Schlüsseln die Mappen an sich genommen? Ich setzte mich rasch wieder auf meinen Platz zurück und begann zum Schein in der Tageszeitung zu blättern, die noch ungelesen auf dem Tisch lag. Also k. wie Kristina und nicht wie Kajetan? Oder beides? Dann hatte sie den Kajetan-Brief geschrieben? War sie auch die Frau im blauen Lackmantel und lila Kopftuch gewesen, die Anton auf der Treppe zu Jakobs Klassenzimmer gesehen hatte? War sie der letzte Mensch gewesen, der Jakob lebend gesehen hatte? Dass sie ihn umgebracht haben könnte, wagte ich nicht zu denken. Wie ein Sturm rasten die Gedanken durch meinen Kopf.

Kristina kam zurück, in der Hand ein Tablett mit einer Flasche Fruchtsaft, zwei Gläsern und Knabberzeug. Ihr Top hatte sie immer noch an. Also doch keine keusche Scham wegen ihrer dürftigen Bekleidung? Ich konnte meine Nervosität kaum bändigen und versuchte, so gut es ging, Besuch zu spielen. Sie bat mich auf den kleinen Dachbalkon hinaus. Ich lob-

te, um mich abzulenken, mit betont bewunderndem Ausdruck in der Stimme die großartige Aussicht auf die sich vor unseren Augen ausbreitenden schwefelgelben Rapsfelder, die bunten Wiesen und die dahinter ansteigenden Hügel mit den weißen Tupfen einzeln stehender, blühender Wildkirschbäume in einem noch zartgrünen Wald.
„Ist das nicht der Spitzberg", fragte ich, Interesse heuchelnd, „und da drüben Schwärzloch?" Ich hatte dort als Student in einem einfachen Bauerngasthaus hin und wieder zusammen mit Jakob zu Schmalzbroten schwäbischen Apfelmost getrunken. Und über den Spitzberg waren wir einige Male zur Wurmlinger Kapelle gewandert. Bei dem Gedanken, dass Jakob es hier mit Kristina getrieben haben könnte, stieg ein starkes Gefühl der Abneigung in mir auf, das sich sowohl gegen Jakob als auch gegen Kristina richtete. Ich kam mir vor wie ein betrogener Liebhaber.
„Setz dich doch", bat sie.
Sie schenkte mir Saft ein und schob mir den Teller mit Kräckern und Nüssen herüber.
„Greif zu!"
Sie spielte ihre Rolle mit zunehmender Sicherheit. Aber ich hatte auch den Eindruck, dass es nur Theater war. Was versuchte sie damit zu verbergen? War es nur der Besitz der Mappen oder mehr? Ich nahm mir vor, es herauszufinden.
„Wie hast du mich gefunden, Phil?"
Sie nannte auch viel zu oft meinen Namen. Ich redete nicht lange um den heißen Brei herum und sagte: „In Jakobs Brieftasche entdeckte ich deine Telefonnummer. Der Rest war leicht."
Sie zuckte zusammen, als hätte ich sie geschlagen.
„Sein Tod hat dich sehr mitgenommen, nicht wahr?"
Sie nickte.
„Wie gut hast du ihn gekannt?"
Sie hob und senkte die Schultern ein paar Mal auf und ab, als wollte sie sagen, *das weiß ich auch nicht so genau.* Dann sah sie mich abweisend an und fragte: „Musst du das wissen?"
Als ich wie selbstverständlich nickte, fragte sie, nun schon feindselig: „Warum?"
„Ich war Jakobs bester Freund und wüsste gerne, wer ihn umgebracht hat."

„Umgebracht, sagst du? Sprichst du von Mord?"
Ich beschloss, ihr reinen Wein einzuschenken, und berichtete ihr, was Jakobs Obduktion ergeben hatte, erzählte ihr von der Schleifspur in seinem Klassenzimmer, von den Dreckspuren auf seiner Kleidung und den Fingerabdrücken auf seinen Schuhen. Und dass mir sein zunächst verschwundener Schlüsselbund kommentarlos in den Briefkasten geworfen worden war. Die aus seinem Schreibtisch verschwundenen Mappen erwähnte ich in einem Nebensatz. Es genügte dabei eine Bewegung meines Kopfes in Richtung ihres Schreibtisches, um Kristina erbleichen zu lassen. Sie schlug die Hände vors Gesicht.
„Hast du die Zettel gelesen?", fragte sie tonlos.
Als ich das bejahte, fragte sie: „Warum?"
„Jakob ist ermordet worden", sagte ich und sah sie forschend an.
„Du glaubst doch nicht etwa, dass ich es getan habe?" Sie hatte ihre Augen dabei weit aufgerissen.
„Du hast seine Schlüssel an dich genommen. Du hast dir die Mappen aus seinem Schreibtisch geholt. Warum?"
Sie weinte ein paar Tränen, wischte sie von den Wangen, stützte ihren Kopf in beide Hände, senkte ihren Blick und schloss die Augen. Sie überlegte lange. Dachte sie sich eine Ausrede aus? Dann sagte sie mit hörbarem Widerwillen in der Stimme: „Ich vermutete, dass die Zettel in seiner Schreibtischschublade lagen. Jakob bewahrte ja alles auf. Ich habe sie mir mithilfe seiner Schlüssel geholt, damit mir niemand einen Strick aus einer Sache drehen kann, mit der ich nichts zu tun habe. Ich will nicht ins Gerede kommen, Phil. Verstehst du das nicht? Ich will nicht in aller Öffentlichkeit vor Gericht aussagen müssen, dass ich seine Geliebte war. Ich habe in meiner Schule einen Ruf zu verlieren. Ich will vor allem nicht, dass meine Eltern von meiner Beziehung zu Jakob Stein erfahren. Dass ich alle drei Mappen mitgenommen habe, lag daran, dass ich es eilig hatte und das Licht schlecht war. Nur die rote gehört mir."
„Von wem stammen die Zettel in dem gelben und grünen Ordner?", fragte ich sie herausfordernd. „Die sind doch auch alle mit K. unterzeichnet."
„Nicht von mir."

„Wer ist Kajetan?"
„Kajetan? Wer soll das ein?"
In der einen Mappe liegt ein Brief, der mit Kajetan unterzeichnet ist. Ich würde ihn dir gerne vorlesen."
„Wenn es sein muss!" Sie sah ungeduldig auf die Uhr, als hätte sie es eilig.
Wenn es sein muss? Das klang ja, als kenne sie den Brief.
Ich las. Sie hörte den ersten Sätzen zunächst widerstrebend zu. Danach straffte sich ihr Gesicht jedoch zu höchster Aufmerksamkeit. Nach den letzten Worten *„dann bringe ich dich um"* schüttelte sie entsetzt den Kopf. Um ihren Mund herum begann es nervös zu zucken. Dann schrie sie mich plötzlich an: „Du willst doch nicht behaupten, dass ich Kajetan bin! Du spinnst doch!"
Sie weinte, fasste sich aber wieder schnell und rief: „Warte, ich zeige dir mein Klassenbuch. Da wirst du gleich sehen, dass ich das nicht geschrieben habe."
Sie zerrte aus ihrer Schultasche hastig das besagte Buch heraus und knallte es mir zornig auf den Tisch. Ich blätterte es auf und verglich ihre Schrift mit der von Kajetan. Da gab es in der Tat keinerlei Ähnlichkeiten. Sie sah mich vorwurfsvoll an. Ich reichte ihr das Buch zurück: „Verzeih, aber ich will ausschließen, dass du mit Jakobs Tod etwas zu tun hast."
Sie trumpfte auf und sagte: „Du kommst in meine Wohnung und verhörst mich. Was berechtigt dich eigentlich dazu? Ich sollte dich hinauswerfen!"
„Ich möchte nicht, dass dich die Polizei verhört. Daran liegt mir viel, Kristina."
Das Argument leuchtete ihr ein, denn sie schwieg jetzt kleinlaut. Schließlich nickte sie zustimmend und sah mich trotzig an: „Was willst du noch von mir wissen?"
„Die Wahrheit über dein Verhältnis zu Jakob."
„Ich hatte dich nicht für so neugierig gehalten."
„Ich sagte schon, dass Jakob mein Freund war und ich deshalb wissen möchte, wer ihn umgebracht hat."
„Wie oft soll ich es denn noch wiederholen, dass ich mit seinem Tod nichts zu tun habe?"
„Wenn die Polizei von deinem Einbruch in Jakobs Schreibtisch erfährt, wird sie sich für dich interessieren."

„Aber nur, wenn du mich verrätst."
„Es geht um Mord, Kristina!"
„Du bist ja verrückt, zu glauben, dass ich in irgendeiner Weise daran beteiligt sein könnte."
„Wenn du mir nichts verschweigst, was zur Aufklärung von Jakobs Todesursache führt, vergesse ich, dass du dir die Mappen unter den Nagel gerissen hast."
„Das ist Erpressung!"
„Du hast die Wahl!"
„Warum bist du so hart zu mir? Du enttäuschst mich!"
„Es ist besser so. Auch für dich."
Sie erhob sich von ihrem Stuhl, zündete sich wieder eine Zigarette an und ging mit gesenktem Blick auf und ab. „Gut", sagte sie nach einer Weile, „wenn du unbedingt darauf bestehst, werde ich dir von meinem Verhältnis mit Jakob erzählen, um deinen Verdacht, ich hätte etwas mit seinem Tod zu tun, zu entkräften. Du musst mir aber versprechen, alles für dich zu behalten. Kein Wort darüber zu Anton, zu Kolleginnen oder Kollegen oder gar zu seiner Frau. Kann ich mich darauf verlassen, dass auch die Polizei nichts erfährt, wenn ich dich überzeugen kann?"
„Versprochen." Ich versuchte ein dünnes Lächeln und zeigte ihr meine erhobene Schwurhand.
Sie erhob sich und sagte: „Entschuldige mich bitte einen Augenblick, Phil, ich will mir nur etwas anderes anziehen. Mich fröstelt. Macht es dir etwas aus, wenn wir nachher im Wohnzimmer weiterreden? Mir wäre das lieber. Wegen der Nachbarn, meine ich."
„Natürlich", antwortete ich. Sie räumte den Tisch ab und verschwand.
Ich blieb noch einen Augenblick sitzen und sah in die Landschaft hinaus. Es war später Vormittag. Die Sonne kroch von einem Wolkenloch ins andere hinein. Die Luft zwischen mir und Schwärzloch begann zu kochen. Ich sah Claude Monets Bild *Der Sommer* vor mir. Flirrendes Licht über blühenden Wiesen. Bäume wie brennende Fackeln. Der grüne Sonnenschirm. Kristina eine Mörderin? Das mochte ich nicht denken. Aber woran orientierte sich meine Vorstellung? Anfangs dachte ich, dass sie zu den Kolleginnen gehörte, die leicht zu

haben sind. Aber diesen Eindruck hatte ich längst korrigiert, nachdem sie meine Einladungen so oft ausgeschlagen hatte. „*Du sollst dir von Gott kein Bildnis noch irgendein Gleichnis machen*“, hatte meine Mutter mich immer wieder belehrt. Irgendwann hatte ich sie gefragt, ob das nur für Gott oder auch für Menschen gelte. Sie hatte lange überlegt und schließlich nachdenklich gesagt: „Ja, eigentlich gilt das auch für Menschen!“

War ich nicht auch nur in ein Bild von Kristina verliebt gewesen, das ich mir aus reinen Äußerlichkeiten und Nebensächlichkeiten, aus ihrem schönen Anblick und aus meinen Träumen und Wünschen zusammengebastelt hatte? Die letzte halbe Stunde hatte gezeigt, dass ich in Wirklichkeit nur die paar Dinge über sie wusste, die sie mir in der großen Pause vorgespielt hatte. Ich war gespannt auf ihre wahre Geschichte. Kristina, jetzt in einer tief ausgeschnittenen lilafarbenen Bluse gekleidet, der ihren dunklen Typ sehr schön unterstrich, bat mich ins Wohnzimmer. Sie hatte ihren Pferdeschwanz aufgebunden, sodass ihr kastanienbraunes Haar üppig auf die Schultern fiel. Dazu hatte sie sich Rouge auf Lippen und Wangen gelegt. Sie wirkte plötzlich entspannt und lächelte mich eine Spur zu süß an. Als sie sich zu mir nach vorne beugte, um mir ein Glas Saft einzuschenken, gewährte sie mir einen tiefen Einblick in ihren Blusenausschnitt. Sie trug keinen Büstenhalter. Warum dieser Aufwand, fragte ich mich? Die dünne Bluse war doch nicht wärmer als das Top, das sie vorher trug. Ich nahm mir vor, mich nicht kirre machen zu lassen. Der Eindruck, dass sie es darauf anlegte, verstärkte sich. Aber da hatte sie diesmal kein Glück! Meine Verliebtheit in sie war in den vergangenen Minuten auf den Nullpunkt gesunken und einer großen Neugier gewichen. Ich wollte nur noch ihre Geschichte hören.

Wir saßen einander in zwei roten Sesseln gegenüber. Zwischen uns war der Couchtisch.

„Wo soll ich anfangen?“, fragte sie mit ihrer rauchigen Altstimme. Sie wirkte nach den Veränderungen, die sie an ihrem Äußeren vorgenommen hatte, gelöst und entspannt. Oder hatte sie ein Medikament eingenommen? Es gab ja solche Stimmungsaufheller, die jemand in unglaublich kurzer Zeit in einen fröhlichen Menschen verwandeln konnten.

„Fang an, wo du willst“, antwortete ich und sah sie erwartungsvoll an.
Sie drückte eine Kippe in einen mit Sand gefüllten Aschenbecher aus und zündete sich eine neue Zigarette an. Sie zog, wie immer nach dem ersten Zug, den Rauch tief in sich hinein.
„Alles fing damit an“, begann sie zu erzählen, „dass ich nach einer Personalratssitzung zu ihm sagte, ich müsse mich jetzt noch auf ein paar Musikstunden vorbereiten, die mir gar keine Freude machten. Du weißt, Phil, welche Schwierigkeiten wir Musiklehrer haben. Die Schüler mögen keine Volkslieder, keinen Bach und Beethoven mehr. Sie hassen geradezu alles, was mit Klassik oder Folklore zu tun hat. Sie wollen nur noch die Musik hören, die sie sich auch zu Hause reinziehen. Ich frage mich so oft, warum wir überhaupt noch Musikunterricht erteilen? Vor dem Halbjahreszeugnis hat mir eine ganze Klasse einen Test verweigert. Sie haben die Fenster geöffnet und die Zettel einfach auf den Hof flattern lassen. Mehr aus Jux fragte ich also Jakob, ob er nicht ein paar Ideen parat habe, ich sei im Augenblick wie ausgebrannt. *„Natürlich“*, entgegnete er, *„ich brauche dazu nur ein Klavier.“* Ich war überrascht und dachte zunächst, dass er sich damit auf eine billige Weise Zutritt zu meiner Wohnung verschaffen wollte. Ich weiß nicht, warum ich ihn dann trotzdem mit mir nach Hause nahm. Vielleicht war es Neugier oder doch ein erotischer Kitzel? Jakob war nun einmal ein prachtvolles Mannsbild, nach dem sich so manche Kollegin schon die Finger geleckt hatte. Und ich spürte natürlich auch, dass er mich begehrte. Welche Frau findet das nicht aufregend? Entgegen meiner Erwartung hat er mich aber weder angemacht noch in versteckter Weise Appetit auf mich geäußert. Seine anfängliche Gleichgültigkeit mir gegenüber kam mir sogar unnatürlich vor. So schizophren kann man sein, Phil! Er zeigte mir zunächst in ganz bescheidener Weise, dass er ein ausgezeichneter Pianist war. Teile aus Beethoven-Sonaten spielte er auswendig und fehlerfrei. Danach begleitete er sich selbst eindrucksvoll bei Schubertliedern aus der Schönen Müllerin. Ich war sozusagen von den Socken. Mein ganzes Leben lang hatte ich von einem solch musikalischen Mann geträumt. Jetzt saß er neben mir. In kurzer Zeit hatte er drei großartige Musikstunden

skizziert. Ich habe sie so gehalten, wie er sie mir empfohlen hatte. Die Klassen waren plötzlich begeistert und ich lebte auf. Musikunterricht machte wieder Spaß. Danach habe ich sein Talent regelmäßig für mich arbeiten lassen. Er hat mir gezeigt, wie man mit Kindern auf musikalische Entdeckungsreisen gehen kann. „*Wagenschein im Unterricht*", nannte er das. Wagenschein war so ein Tübinger Pädagogik-Professor, bei dem er anscheinend studiert hat.
Ich nickte zustimmend: „Ich auch!"
„Und als ich ihm sagte, dass ich mit einer Deutschklasse Max Frischs Homo Faber lesen müsse, aber keinen rechten Zugang finde, hat er sich angeboten, das Buch mit mir zu diskutieren. Er erzählte mir, er habe es schon mehrmals gelesen und auch den Film gesehen, der irgendwann im Kino lief. Jakob hat vor allem die Rolle der Hanna so eigenwillig gedeutet, dass ich ihm zunächst nicht folgen mochte, weil mein Interpretationsband das nämlich ganz anders sah. Er hat mir anhand einiger Stellen zu zeigen versucht, dass sie in seinem Verständnis nicht die selbstlose, edle Liebende war, wie ich sie den Schülern immer vorgestellt hatte, sondern eher ein Egomane, die den Walter Faber am Gängelband geführt hatte. Erst im Gespräch über Jakobs Ehe, die ja nicht mehr die beste war, habe ich gemerkt, warum er die Hanna so sah und warum er Homo Faber mehrmals gelesen hatte. Es war sozusagen sein Thema. Er hatte offensichtlich im Charakter seiner Frau viele Züge entdeckt, die er in Hanna zu erkennen glaubte.
Sie sah mich an, als erwarte sie meinen Kommentar, und fragte mich dann: „Wusstest du, das seine Frau frigid ist?"
Ich schüttelte der Einfachheit halber den Kopf, obwohl ich ja Zeuge des Gesprächs zwischen ihr und Kommissar Wieben gewesen war, wo sich Erika als uninteressiert an ehelicher Liebe geäußert hatte. Kristina goss mir mein Glas wieder voll und schob mir zum wiederholten Male das Knabberzeug herüber. Ich aß und trank in einem fort, um meine Spannung abzureagieren.
Dafür entpuppte sie sich als Kettenraucherin. „Am Ende habe ich ihn verführt. Irgendwann war ich so weit, dass ich mit ihm ins Bett wollte. Wahrscheinlich hat Jakob damit gerechnet und, wie die Katze vor dem Mauseloch, nur auf diesen Au-

genblick gelauert. Wochenlang ging das nun schon so. Wir schwebten beide auf Wolke sieben, ohne uns davon in der Schule auch nur eine Spur anmerken zu lassen. Jakob hat mir sogar empfohlen, mich in der Pause liebevoll um dich zu kümmern, um so zu vermeiden, dass er und ich uns durch verräterische Blicke enttarnen könnten."
Diese Bemerkung traf mich wie ein Schlag in die Magengrube. Ich schluckte ein paar Mal leer. Wut stieg in mir auf. So war ich also von beiden missbraucht worden.
Sie bemerkte meine Reaktion, zog ihre Augenbrauen in einer hilflosen Miene nach oben, als ob sie sagen wollte: *Was blieb uns denn anderes übrig?* Dann erzählte sie weiter: „Nach etwa drei Wochen gab es einen Bruch in unserer Beziehung. Er wollte mir plötzlich keine Tipps für meinen Unterricht mehr geben. Stattdessen hat er mir die Bücher seines Lehrers Wagenschein in die Hand gedrückt und gesagt: *„Lies das, und du brauchst keine Tipps mehr."* Er sagte, wer genetisch, also nach der Methode Wagenschein, unterrichten wolle, müsse sein Wissen immer aus erster Hand beziehen. Die zweite habe das Original schon verfälscht. Dazu hat er mir Bücher der Maria Montessori herangeschleppt und mir Vorträge über den von ihr im Wesen des Kindes vermuteten *Inneren Lehrmeister* gehalten. Es war so entsetzlich, Phil, all dieses Zeug zu lesen. Ich habe das meiste gar nicht kapiert. Ich bin so konservativ ausgebildet worden, dass mir diese Gedanken völlig fremd sind. Als ich einmal auf einer Fortbildungsveranstaltung die Namen Wagenschein und Montessori erwähnte, fragte man mich: ‚*Wagenschein? Wer ist das? Und: Ist die Montessori nicht eher etwas für Kindergärten und Grundschulen?*'"
Sie erhob sich und ging rauchend im Zimmer unruhig auf und ab. Man merkte ihr an, wie ihr eine bestimmte Erinnerung wehtat. Dann setzte sie sich hinter ihren Schreibtisch und blätterte gedankenverloren in den bunten Schnellheftern. Sie atmete tief ein und aus und fuhr fort: „Ich merkte schließlich, dass Jakob vorhatte, einen anderen Menschen, eine andere Lehrerin aus mir zu machen. Aber genau das wollte ich nicht. Wer beabsichtigt, mich zu ändern, Phil, verliert mich. Ich will auch abends nicht zu Hause herumsitzen und mich durch pädagogische und didaktische Literatur hindurchquälen, wenn

ich mir zur selben Zeit in der Stadt etwas Schönes ansehen oder anhören kann. Ich will mein Leben genießen, so lange ich noch jung genug dazu bin. Allein Tübingen bietet so viel an Kultur, dass ich jeden Tag die Wahl zwischen mehreren Möglichkeiten habe. Ich lebe nur einmal, Phil. Und ich will nicht nur leben, um zu arbeiten. Ich will das Leben auch genießen. Ich habe schon genug zu tun, wenn ich mich nachmittags recht und schlecht auf meinen Unterricht vorbereite, wie es mir meine Ausbildung eben erlaubt. Wenn der Staat von uns Lehrern eine höhere Qualität des Unterrichts verlangt, muss er uns sorgfältiger ausbilden und vor allem sinnvoller fortbilden. Im Übrigen fehlt mir der Ehrgeiz, besser als meine Kolleginnen und Kollegen sein zu wollen. Ich vermute auch, dass Jakob sich nur deshalb so tief in den Unterricht hineingekniet hat, weil er sich damit auf eine legitime Weise von seiner Frau entfernen konnte. Ein normaler Lehrer grübelt in seiner Freizeit doch nicht an Gedanken herum, die sich eigentlich das Kultusministerium machen müsste. Oder soll ich mir auch noch dessen Kopf zerbrechen?"
„Natürlich nicht!", stimmte ich ihr zu.
„Jakob hat mich in wenigen Wochen derart in Zweifel gestürzt, dass ich langsam, aber stetig meine Identität als Lehrerin verlor. Glaub mir, Phil, ich war nicht mehr ich. Ich wurde immer abhängiger von ihm und bekam ein schlechtes Gewissen, wenn ich die Bücher und Aufsätze, die er mir brachte, nicht gleich las. Ich fühlte, wie ich langsam in seinem Denken aufging. Sein Urteil war mein Urteil, seine Verachtung für die Versager in unserem Beruf auch meine. Dabei hat er nicht einmal darauf bestanden, dass ich seinen Gedankengängen folgte. Er hat mich auch nie verlacht oder herabgesetzt, wenn ich etwas Falsches gedacht oder gesagt habe. Er hatte immer nur die besseren Argumente. So verlor ich nach und nach meine geistige Eigenständigkeit. Mir war, als hätte ich mich bei ihm einer Gehirnwäsche unterzogen. Bei allem, was ich dachte und tat, fragte ich mich zuletzt: Wie würde Jakob das jetzt machen? Verstehst du das, Phil?"
Ich seufzte laut: „Sehr gut sogar."
Irgendwann hat er gesagt, dass er sich scheiden lassen wolle, um mich heiraten zu können. Das hat mich lange beschäftigt. Weißt

du, mein Vater ist Arzt in einer kleinen Stadt auf der Schwäbischen Alb, wo noch jeder jeden kennt. Ich bin sehr altmodisch erzogen worden. Meine Eltern haben dazu noch eine äußerst konservative Sexualmoral. Sie würden es niemals akzeptieren, dass ihre Tochter einen geschiedenen Mann heiratet, der noch dazu nur ein Lehrer ist. Ich wollte meine Eltern auch nicht um Jakobs willen aufgeben. Und dann wieder doch. Ich kam mir so zerrissen vor. Meine Mutter träumt davon, Gott sei's geklagt, dass ich hier in Tübingen, wie sie damals auch, doch wenigstens einen Arzt, am liebsten aber einen Professor, finde. Mit nichts könnte ich ihr eine größere Freude machen, sagt sie immer wieder. Nicht umsonst haben meine Eltern mir hier und nicht in Reutlingen eine Wohnung gekauft. Ich hasse sie dafür, dass sie mir alles vorschreiben wollen. Aber ich komme auch nicht los von ihnen. Und zudem stehen heiratslustige Ärzte und Professoren ja nicht gerade irgendwo in der Stadt herum und warten nur auf mich. Es ist verrückt, Phil, so ein Doppelleben zu führen, eines für die Eltern, für die Kolleginnen und Kollegen und die Freunde auf der Alb und ein ganz anderes für mich allein. Ich habe überhaupt keine Lust, in frommer Erwartung eines Professors oder Arztes vor mich hinzuwelken und, wenn sich so im Warten auf Godot weder der eine noch der andere findet, irgendwann als alte schrullige Jungfer mein Leben zu beenden. Ich will jetzt leben, lieben und geliebt werden! Aber erklär das mal Eltern, die es sich zur Aufgabe gemacht haben, nur noch für ihr einziges Kind zu leben und zu arbeiten."
Sie zog hastig und nervös an ihrer Zigarette und nestelte dabei unentwegt in ihren Haaren herum.
„Ich bin dann in dieser Woche, hin- und herschwankend zwischen Eltern und Jakob, sozusagen aus dem fahrenden Zug gesprungen, indem ich ihm sagte, dass ich in meiner Beziehung zu ihm eine Atempause bräuchte. Als er mich fragte, welche Gründe ich hätte, antwortete ich ihm, ich hätte ihm gegenüber ein sehr starkes Gefühl der Unterlegenheit, mit dem ich auf die Dauer nicht leben möchte. Sie stöhnte: „Ich weiß heute, wie dumm und kurzsichtig das war. Aber ich wollte einfach nicht diesen Konflikt zwischen ihm und meinen Eltern eingestehen, in dem ich mich damals befand. Hinzu kam bei mir eine üble Laune nach einem Streit mit einem

Schüler. Natürlich war ich Jakob geistig nicht gewachsen. Er war ein paar Nummern zu groß für mich. Es fiel mir schwer, seine Überlegenheit immer wieder anzuerkennen. Widderfrauen sind so ehrgeizig, Phil, du glaubst es nicht."
Ich dachte dabei an Lea und nickte verständnisvoll.
„Mir fiel auf", fuhr sie fort, „dass er, nachdem wir uns geliebt hatten, immer ein völlig entspannter und fröhlicher Mann war, weit davon entfernt, mir Vorträge über Pädagogik zu halten und Tipps für den Unterricht zu geben. Dieser Zustand hielt aber immer nur vierundzwanzig Stunden an. Danach war er wieder der fanatische Lehrer, der nichts als Pädagogik im Kopf hatte."
„Wie hat er auf deine Ankündigung reagiert?", fragte ich.
„Ganz seltsam! Ich hatte mir vorgestellt, unser doch sehr intimes Verhältnis vorübergehend auf eine nur freundschaftliche Ebene zurückzuführen. Irgendwann hatte ich auch das Gefühl, nicht jeden Tag Sex haben zu müssen. Ich war nach wenigen Wochen davon so übersättigt, dass ich das Bedürfnis verspürte, auch damit eine Weile in Ruhe gelassen zu werden. Als ich ihn also bat, unsere Beziehung vorübergehend eine Weile ruhen zu lassen, ist er ungewöhnlich blass geworden, hat lange geschwiegen und mit seinen Blicken Löcher in den Fußboden gebohrt. Dann ist er aufgestanden, hat zum Spitzberg hinübergesehen, als suche er dort etwas, um mich danach, jedenfalls meinem Gefühl nach, abschätzig zu mustern. „Schade", hat er gesagt. Sonst nichts. Danach hat er sich mit einem flüchtigen Wangenkuss von mir verabschiedet und ist gegangen, als wäre zwischen uns nie etwas gewesen. Das hat mich sehr verletzt. Es war wie eine Demütigung. Er hat die Tür so leise hinter sich zugezogen, als verlasse er ein Sterbezimmer. Du weißt, wie kompliziert er sein konnte."
Ich schwieg. Tränen quollen erneut aus ihren Augen. Sie holte sich ein Taschentuch und setzte sich wieder, mir gegenüber, in den Sessel.
„Wann war das?", fragte ich.
„Am vergangenen Donnerstag um fünf."
„Drei Stunden später war der Elternabend, an dem Dös und der Schulrat ihn fertig zu machen versuchten."
„Ich weiß", sagte sie gequält. „Ich habe dir meine Geschichte ja auch nur erzählt, weil ich dir damit zeigen wollte, wie sehr

ich ihn geliebt habe und ich doch schon deshalb mit seinem Tod nichts zu tun haben kann. Ich bin doch keine Wahnsinnige."

Ich glaubte ihr alles, so schwer mir das auch fiel. Aber gab es in der Kriminologie nicht auch den Standardsatz, dass in der Gewaltkriminalität zwei Drittel aller Delikte Beziehungsdelikte sind? Ich hatte das erst vor kurzem in der Zeitung gelesen. Einerseits glaubte ich ihrer Geschichte, andererseits war mein Misstrauen ihr gegenüber eher größer geworden. Aber möglicherweise steckte dahinter auch nur blanke Eifersucht und Wut darüber, dass Jakob und sie mich betrogen hatten. Ich ließ mir aber nichts anmerken.

Sie zog nervös an ihrer Zigarette und fuhr fort: „Nachdem ich gestern Nachmittag vom Flur aus seine Frau aus Jakobs Physiksaal rufen hörte: *„Jetzt hast du es also doch getan!"*, dachte ich zunächst wirklich, er habe sich selbst umgebracht. Und ich habe bis zu deinem Bericht auch geglaubt, dass neben seinen Konflikten mit Dös und seiner Frau auch ich dafür eine Mitschuld trage, weil ihm vielleicht meine Bitte um eine Beziehungspause in den falschen Hals geraten war. Ach, Phil, schon wenige Stunden nach seinem befremdlichen Abschied am Donnerstagnachmittag hat mir alles, was ich ihm gesagt hatte, so unendlich leid getan, dass ich nur noch geheult habe. Gestern Vormittag habe ich ihn über unsere stille Post gebeten, mich vor der Sitzung anzurufen, weil ich mich bei ihm für meinen Ausbruch am Vortag entschuldigen wollte. Aber da ist mir sein Tod zuvorgekommen."

Ich nickte; diesen Zettel hatte ich in seinem Physikbuch gefunden.

Sie weinte wieder und sagte: „Wer tut so etwas und bringt einen Lehrer in seinem Klassenzimmer um?"

„Ich weiß es nicht."

Kristina legte ihren Kopf nach hinten auf die Sessellehne. Sie machte einen erschöpften Eindruck. Jetzt hatte ich also gehört, was ich wissen wollte. Ihre Erzählung hatte vieles erklärt. Und ich hatte in der vergangenen Stunde manches über sie erfahren, was nicht mehr in das Bild hineinpasste, das ich mir von ihr gemacht hatte. Sie war mir dabei nicht näher gekommen, sondern hatte sich mit jedem Satz weiter von mir entfernt. Am Ende hatte ich einen bitteren Geschmack auf der Zunge. Ein schales Gefühl machte sich in mir breit. Ich begriff noch nicht, dass ich allein darunter litt, dass die vor mir sitzende Kristina nicht zu dem Bild passte, das ich mir von ihr gemacht hatte. Es wollten mir beim besten Willen keine tröstenden Worte für sie einfallen. Ich hätte zum Beispiel sagen können: *Wir haben beide viel verloren.* Aber es kam mir einfach nicht über die Lippen. Ich war tief verstimmt.

Sie beugte sich wieder nach vorne, sodass es aussah, als wollten ihre Brüste aus der Bluse herausfallen. Machte sie das absichtlich? Meine Mutter hätte so etwas schamlos genannt. Sie reichte mir mit ausgestreckten Armen wie um Versöhnung bittend ihre Hände über den Tisch. Nur zögernd ergriff ich sie, erwiderte aber ihren Druck nicht. Ich kam ihr auch mit keinem verständnisvollen Blick entgegen.

„Du bist so abweisend, Phil. Warum? Glaubst du mir nicht?" Sie nahm ihre Hände plötzlich zurück, sprang auf, starrte mich einen Augenblick lang schreckerfüllt an und rief: „Ich sehe es dir an, dass du mir nicht glaubst, Phil! O Gott, ich sehe es! Ich sehe es! Er glaubt mir nicht." Dann stob sie weinend davon.

Als sie nach zehn Minuten noch nicht zurück war, bekam ich es mit der Angst zu tun. Wenn sie sich etwas antut, sitzt du hier und wartest, bis sie tot ist, redete ich mir ein. Ich erhob mich zögernd aus meinem Sessel und trat auf die Diele hinaus. In der Küche war sie nicht, denn die Tür stand weit offen. Sie konnte dann nur noch auf der Toilette, im Bad oder im Schlafzimmer sein. Ich hatte als Kind meinen Kummer auch immer auf der Toilette ausgeweint. Ich vermutete sie im Schlafzimmer. Da die Türen zur Toilette und zum Bad so eindeutige Messingschildchen trugen, dass eine Verwechslung mit anderen Räumen unmöglich war, klopfte ich an die Schlafzimmertür und rief: „Kristina!" Ich legte ein Ohr ans Holz und horchte. Nichts regte sich. Also doch auf der Toilette oder im Bad? Aber da konnte ich doch nicht anklopfen! Ich probierte es noch einmal an der Schlafzimmertür. Als sich nichts regte, drückte ich die Klinke herunter, lugte vorsichtig hinein und sah sie dann lang hingestreckt auf dem Bauch liegend leise weinend im Bett, das Gesicht in einem Kissen vergraben.

„Kristina!", rief ich.
Keine Antwort! Ich rief sie noch einmal. Als sie sich wieder nicht rührte, rüttelte ich sanft an ihrer Schulter. Sie lag da wie tot. Während ich überlegte, ob ich nicht lieber den Notarzt rufen sollte, drehte sie sich auf die rechte Seite, schlug die Augen auf und sah mich völlig verstört an. Ich verfluchte mich, dass ich ihr vorhin nicht entgegengekommen war, und verspürte auf einmal Reue, dem ein heftiges Mitleid folgte. Ich setzte mich auf die Bettkante.
„Beruhige dich doch", versuchte ich sie zu besänftigten. „Du hast so wenig Schuld an Jakobs Tod wie ich."
„Verschwinde!", sagte sie leise. „Bitte! Und bitte sofort!"
Ich erhob mich und verließ wortlos Kristinas Schlafzimmer. Als ich im Flur auf dem Treppenabsatz meinen Kopf nach oben zu ihrer Wohnungstür wendete, stand sie dort am Treppengeländer mit aufgelösten Haaren und verheultem Gesicht und rief: „Phil?"
Ich schaute hinauf und fragte zurück: „Ja?
Sie fragte mit zweifelnder Stimme: „Keine Polizei?"
Ich antwortete: „Keine Polizei!" Wozu auch? Kristina hatte mit dem Mord nichts zu tun! Ich hob die Hand zum Abschied, drehte mich auf dem Absatz um und verließ danach schnell das Haus.
Draußen im Auto rief ich Anton an und berichtete ihm, was ich von Erika über die Obduktion Jakobs gehört hatte. Ich weihte ihn auch in meinen Mordverdacht ein. Anton war entsetzt. Über meinen Besuch bei Kristina schwieg ich. Anton sagte mir, er habe am Vormittag in der Stadt die Elternvertreterin und deren Sohn, der Jakobs Schüler war, in der Stadt getroffen. Der Junge habe im Zusammenhang mit Jakobs Tod Andeutungen gemacht, über die er aber nichts Näheres sagen wollte. Ich solle doch einmal hinfahren und ihn anhören. Vielleicht gelänge es mir, ihn zum Reden zu bringen. Ich ließ mir die Adresse geben und verabschiedete mich von Anton, der mich dringend bat, ihn anzurufen, wenn ich Neues im Mordfall Jakob erfahren sollte.

19 Es war kurz nach zwei Uhr und noch Zeit genug, ein paar Lebensmittel einzukaufen. Im Supermarkt drängten sich die Menschen. Ich hastete durch die Gänge und bepackte meinen Einkaufswagen mit den notwendigen Dingen für das Wochenende: Gemüse, Milch, Käse, Wurst, Brot. Dazu zog ich ein halbes Dutzend Tafeln zartbittere Schokolade aus dem Regal. Seit ich von Kristina fortgegangen war, verspürte ich wieder diese Gier nach Schokolade, von der ich geradezu heimgesucht wurde, nachdem Lea mich verlassen hatte.

Als ich an der Kasse bezahlt hatte, bestellte ich mir im Marktcafé ein Stück Kirschtorte und ein Kännchen Kaffee. Auf ein richtiges Mittagessen hatte ich keinen Appetit. Ich verspürte eher eine Gier nach süßen Sachen. Und da lag ich mit der Torte richtig. Ich war gerade dabei, mir den letzten Bissen in den Mund zu schieben, um mir danach eine Tafel Schokolade aufzureißen, als mir jemand auf die Schulter tippte. Ich erschrak und drehte mich um. Dös stand vor mir, neben sich einen Einkaufswagen.

„Sie auch hier?", fragte ich erstaunt. Ich hatte keine Ahnung, wo Dös wohnte. Keiner im Kollegium wusste es. Wir hatten nur seine Telefonnummer. Es interessierte auch niemand, wo er zu Hause war. Den privaten Dös kannte keiner.

„Sagen Sie mal", begann er ohne Umschweife, „haben Sie mir die Presse wegen Jakob Stein auf den Hals geschickt?"

Ich schüttelte den Kopf: „Die Presse? Nein! Warum sollte ich?"

„Vier Leute von verschiedenen Zeitungen haben den ganzen Vormittag über versucht, mich auszuquetschen."

Sein Gesicht war ein einziger Vorwurf. Die kalten, grauen Augen versuchten, mich zu durchbohren. „Nur Sie wussten doch, dass ich Steins Kompaniechef und Grigutt sein Ausbilder war."

Ich schüttelte energisch den Kopf und sagte: „Die Polizei meldet meines Wissens nach jeden Mord und Totschlag und sonstige Delikte aus ihrem Bereich der zuständigen Presse. Kommissar Gernhart hat doch im Übrigen zur gleichen Zeit seinen Dienst in Ihrer Kompanie abgeleistet. Vielleicht war ja auch Frau Stein über diese Geschichte informiert. Oder fragen Sie

Grigutt. Möglicherweise war die Presse vorher bei ihm, sodass er geplaudert hat." Mir fiel sonst niemand mehr ein.
Dös bewegte hilflos seine Schultern und sagte: „Unsinn! Grigutt wird doch nicht so dumm sein!" Er war nicht nur müde, sondern auch nervös. Das machte ihn unsicher. Aber eben dadurch wirkte er auch menschlicher als sonst. Seine Hände, das hatte ich vorher noch nie bemerkt, zitterten.
„Darf ich mich einen Augenblick zu Ihnen setzen", bat er. „Es gibt sowieso nichts mehr zu trinken und zu essen. Die räumen ja schon zusammen."
Er zeigte auf den freien Stuhl mir gegenüber am Tisch.
Ich nickte zustimmend.
„Stellen Sie sich bitte meine Situation vor", sagte er bitter, „wenn am Montag früh die Zeitung im lokalen Teil mit der Schlagzeile aufwartet: *Schulleiter treibt Lehrer in den Tod.* Bewiesen wird es dann im folgenden Text anhand der aufgewärmten ollen Kamellen aus Steins Kommisszeit. Da kann ich gleich das Oberschulamt bitten, mich künftig in ihrer Behörde zum Aktenzählen anzustellen. Oder mich erschießen."
„Ach nein!", rief ich beruhigend. „Dazu kommt es schon nicht."
Dös sagte: „Ich habe in der vergangenen Nacht keine Minute geschlafen; ich bin immer wieder in mich gegangen und habe mich gefragt, was ich denn falsch gemacht haben könnte. Ich komme nicht darauf. Ich habe doch nur meine Pflicht getan, wie sie täglich tausend andere Beamte im Lande auch tun. Ich kann doch den Laden nicht einfach so laufen lassen, wie es jedem in den Kram passt. Es kann doch auch ein Lehrer nicht machen, was er will. Wozu gibt es denn Schulgesetze und Bildungspläne? Wir verlangen doch auch von unseren Schülern ein Stück Gehorsam und setzen ihnen damit Grenzen. Wenngleich Stein auch hier anderer Meinung war."
Ich entgegnete: „Jakob Stein hasste alles Autoritäre. Er mochte sich kein konfektioniertes Verhalten vorschreiben lassen. Er verstand Autorität immer als ein natürliches Vermögen, das aus der geistigen Überlegenheit kommt."
„Ja, ja!", begehrte Dös auf, „das sattsam bekannte Geschwafel der Achtundsechziger, wozu sich seltsamerweise auch Ihr Freund noch zählte, obwohl er dafür zehn Jahre zu jung war.

Diese Beatles-Generation aus Steinewerfern und Randalierern hat mehr kaputt gemacht als das, wovon sie sich kaputt gemacht fühlte. Was wurde von diesen Rabauken nicht alles in Frage gestellt? Sehen Sie doch, was sie angerichtet haben. Wo sie hinschauen, herrschen Chaos und Gewalt. Keine Gesellschaft der Welt kann sich auf die Dauer einen derartigen Autoritätsverlust leisten, ohne vor die Hunde zu gehen. Wir brauchen wieder Ideale, für die es sich zu leben und zu arbeiten lohnt, lieber Herr Kollege. So ist das!"

„Patriotismus zum Beispiel", warf ich ein. „Es ist süß und ehrenvoll fürs Vaterland ... und so weiter!"

„Papperlapapp", fuhr er mir über den Mund, „das ist doch reine Polemik. Wenn wir überleben wollen, müssen wir uns wieder auf die Tugenden besinnen, wie sie uns zum Beispiel in den Zehn Geboten begegnen. Anhand der Allmacht Gottes den Menschen die Notwendigkeit von Autoritäten begreiflich zu machen, das ist der Weg in die heilende Kraft von Ordnung und Disziplin."

Ich schüttelte den Kopf. Warum musste man den lieben Gott auch dort bemühen, wo er nichts verloren hatte. Ich sagte: „Schule darf nie wieder die Hörigkeit und den Obrigkeitsglauben früherer Zeiten beschwören, weil uns Lehrern sonst nichts einfällt. Wir sollten die Schüler vor allem zur Einsicht in die Notwendigkeit von Regeln und zu einem gegenseitigen verantwortungsvollen Umgang erziehen. Das schließt nicht aus, dass wir ihnen Grenzen setzen. Aber noch wichtiger wären Vorbilder. Dazu zähle ich in erster Linie diejenigen, die sich jeden Tag im Fernsehen als Elite in Staat, Wirtschaft und Gesellschaft präsentieren. Ich würde mir wünschen, dass diese Leute die Tugenden, die sie predigen, auch leben, anstatt ihre Stellung, wie so oft, dazu zu missbrauchen, sich selbst darzustellen und vor allem auf den eigenen Vorteil bedacht zu sein. Erziehung ist Vorbild und sonst nichts! Das ist der zwar vergessene, aber dennoch wahre Hauptsatz aller Pädagogik!"

„Linkes Gerede", empörte sich Dös, um dann mit erhobenem Zeigefinger, den Jakob so oft als Pestalozzifinger belächelt hatte, fortzufahren: „Da muss jemand mit einer festen Hand kommen, der glaubhaft vermitteln kann, wo's langgehen soll-

te. Diese feste Hand meine ich, wenn ich an Autorität denke. Nichts anderes."
Mir fielen dazu nur die Nazis ein mit ihrer Sehnsucht nach dem starken Führer. Dös hatte mir, wie schon so oft, gar nicht zugehört, sondern sich während meiner Ausführungen seine eigenen Gedanken zurechtgelegt. Aber das hatten viele Chefs so an sich. Da war er nicht allein.
Er sah auf die Uhr und rief erschrocken: „O Gott! Ich sollte ja schon längst zu Hause sein. Verzeihen Sie bitte, wenn ich mich so Knall auf Fall von Ihnen verabschiede. Aber es eilt wirklich."
Er gab mir die Hand und fragte im Weggehen: „Was werden Sie denn den Presseleuten über mich erzählen, wenn sie bei Ihnen vorsprechen?"
Ich hob die Schultern und sagte augenzwinkernd: „Da fällt mir sicher nichts ein."
Er lächelte über meine Frotzelei, was noch nie vorgekommen war. Dann schob er seinen Einkaufswagen davon. Ich sah ihm nach. Es stimmte, was Jakob schon immer gesagt hatte: Dös ging nicht wie andere Menschen. Nein. Er schritt. Aufrecht, die Schuhspitzen nach außen gesetzt und den Blick nach vorne gerichtet. Jeder Zoll ein Offizier, der Oberstleutnant i. R. Dös. Aus welch verzwickten Tiefen seiner Person nährte sich bloß so eine Lust, andere nach seiner Pfeife tanzen zu lassen und den Gutsherren zu spielen? Ich kam nicht dahinter.

20 In der Nähe des Stadtgartens stand das schöne alte Haus aus der Gründerzeit, in dem nach Antons Beschreibung der Junge aus Jakobs Klasse wohnte. Die schmiedeeiserne Gartentür klemmte. Erst als ich mit dem Knie nachhalf, sprang sie auf. In der reich verzierten Haustür mit ihrer geriffelten Leibung aus behauenem Sandstein suchte ich vergeblich nach einer Klingel. Stattdessen entdeckte ich ein Messingei, das an einem von oben herunter hängenden Zugkabel befestigt war. Ob das die Türglocke war? Ich zog zweimal kräftig daran und lauschte. Tatsächlich ertönte im Haus ein Bimmeln, und gleich danach kam auch schon jemand die Treppe herunter, öffnete die Tür und rief fröhlich: „Ah! Grüß Gott, Herr Weinbrenner!"

Ein etwa achtzehnjähriger junger Mann stand vor mir und lachte mich freundlich an.

„Grüß Gott", erwiderte ich und fragte ihn verwundert: „Woher kennen Sie mich?"

„Aus der Schule", antwortete der Junge. Ich war vor einigen Jahren Schüler in Steins Klasse, gleich nebenan." Dann senkte er den Blick und fuhr fort: „Wir haben schon gehört, dass er tot ist. Ich kann es gar nicht fassen."

Ich folgte ihm die Stufen hinauf, die bei jedem Schritt knarrten, so wie es sich eben für eine alte Treppe gehört.

Oben angekommen, öffnete er mir die Tür. Ich ging weiter und stand in einem einfach möblierten Wohnzimmer. Vor dem Fernseher hockte ein Mann auf dem Fußboden und starrte wie gebannt auf ein Fußballspiel. Der junge Mann legte den Finger auf den Mund, was so viel heißen sollte wie *Bitte Papa nicht stören!* „Meine Mutter kommt gleich", flüsterte er, bot mir am Esstisch einen Stuhl an und entfernte sich. Ein leckerer Apfelkuchen stach mir in die Augen. Das Wasser lief mir im Mund zusammen. Ich hoffte, dass man mir ein Stück anbieten würde.

Die Zimmerdecke aus reich verziertem Stuck und ein Jugendstilerker, in dessen farbigen Fenstern üppig wuchernde, bleiverglaste bunte Blüten, Ranken und Pflanzen die vier Jahreszeiten beschworen, nahmen meine Aufmerksamkeit so in Anspruch, dass ich eine freundliche, dunkelhaarige Frau nicht bemerkte, die das Zimmer inzwischen betreten hatte. Ich erschrak, als ich sie plötzlich vor mir sah. Sie gab mir die Hand und flüsterte, mit Rücksicht auf ihren Mann, mir zu: „Ich bin Frau Bayer. Grüß Gott, Herr Weinbrenner. Der Jochen ist noch auf dem Bolzplatz. Mein Großer holt ihn gerade. Darf ich Sie bitten, auf die Veranda zu kommen. Mein Mann sieht gerade Fußball. Wenn der VfB spielt, darf man ihn nicht stören. Kommen Sie."

Sie führte mich über einen Flur, in dem es nach Fichtennadelbad roch, in eine lange schmale Veranda.

„Nehmen Sie Platz", sagte Frau Bayer. „Ich brühe frischen Kaffee auf. Darf ich Ihnen auch ein Stück Kuchen anbieten?"

„Gerne!"

Die Veranda, in die sie mich geführt hatte, war auf den drei Außenseiten bunt verglast. Die Fenster zeigten ähnliche Jugendstilmotive wie die des Wohnzimmererkers. Rosenblätter fügten sich in verschiedenen Grüntönen zu einem zarten Laub zusammen, über dem rote und weiße, geschlossene, zur Hälfte geöffnete und voll erblühte Rosen schwebten. Ich schüttelte immer noch vor Bewunderung den Kopf, als meine Gastgeberin wieder zur Tür hereintrat. „Das ist ja noch schöner als im Wohnzimmer. Man sitzt hier wie in einem Museum", rief ich begeistert.

Sie antwortete mit Bitterkeit in der Stimme: „Das kann man wohl sagen. Vor allem, wenn ich an die zugigen Fenster, an die auf dem Verputz liegenden elektrischen Leitungen und an die altersschwachen Gasöfen denke und dass dieses Haus unter Denkmalschutz steht und unser Vermieter ohne behördliche Genehmigung keine Veränderungen vornehmen darf, haben Sie Recht." Ihre Hand wies auf die bunte Pracht: „Das ist sicher etwas für Kenner. Wir sind einfache Leute. Uns fehlt der Sinn für so etwas. Natürlich sieht das schön aus. Mir wäre jedoch eine Komfortwohnung in einem Neubau lieber als das hier. Aber bei den hohen Mieten zahlt man sich da ja dumm und dösig."

Sie schenkte mir Kaffee ein und legte mir ein Stück Apfelkuchen auf den Teller.

Da die Luft etwas stickig war, schob sie ein Fenster vorsichtig zur Seite. „Wir müssen ja so aufpassen, dass nichts kaputtgeht", sagte sie. Ich atmete den von draußen hereinströmen-

den Geruch von frischem Laub und Gartenerde in mich hinein.
„Sie können sich denken, warum ich gekommen bin", sagte ich.
Sie nickte. „Wir haben es von Herrn Frank erfahren. Ich begreife es noch gar nicht. Vorgestern habe ich Herrn Stein noch putzmunter beim Elternabend erlebt. Und heute ist er schon tot." Sie wischte sich ein paar Tränen aus den Augen. Dann fuhr sie fort: „Stein hat Jochen am Freitagvormittag mit einem Briefumschlag zu einer Lehrerin geschickt. Und die hat ... Ach was, das soll der Junge Ihnen lieber selber erzählen. Warten wir ab, bis er kommt."
Mit einem Briefumschlag zu einer Lehrerin? Kristina? Hatte sie mir doch etwas verschwiegen?
Ihr Mann trat ein, entschuldigte sich, dass er erst jetzt auftauchte. „Kenne ich", beschwichtigte ich ihn, „ich bin auch Fußball-Fan. Es ist ein Leiden."
Er fragte seine Frau: „Hast du denn Herrn Weinbrenner schon erzählt, was sich an unserem letzten Elternabend abgespielt hat?"
„Will ich grad", antwortete sie und begann: „Ich muss da ein bisschen ausholen. Vor vierzehn Tagen also hat mich Dös zu sich gebeten. Ich fürchtete schon, ich müsste wegen Jochen vorreiten. Dös gibt in seiner Klasse Religion und Englisch. Und mein Sohn ist nicht immer der Brävste, müssen Sie wissen. Es geht auch wohl manchmal recht laut zu im Unterricht. Aber es ging gar nicht um Jochen. Er hat sich zu meiner Verwunderung über Stein beklagt und über dessen laschen Umgang mit dem Lehrplan. Nun ist aber auch schon mein Großer zu Stein in die Klasse gegangen. Er und Jochen haben ihn immer sehr gelobt, während es über Dös nur Klagen gab. Als ich ihm das vorhielt, entgegnete er mir, es komme nicht darauf an, wie es einem Schüler bei einem Lehrer gefalle, sondern was und wie viel er bei ihm lerne. Und Stein sei mit dem Lehrstoff hoffnungslos im Rückstand. Als ich ihn erstaunt fragte, warum er das mit mir und nicht mit Stein bespreche, sagte er mir, er habe ihm seine Versäumnisse schon x-mal vorgehalten. Aber Stein sei völlig uneinsichtig. Er fühle sich jetzt verpflichtet, die Eltern darüber zu unterrichten, und wolle mich bitten,

sie zu einem Elternabend einzuladen, an dem er die Karten auf den Tisch legen wolle. Ich fragte ihn, wozu das gut sein solle. Entscheidend für mich sei, dass Stein bei meinem Sohn und auch bei anderen Schülern die Freude am Lernen geweckt habe. Wenn ich da an andere Eltern dächte, die nur noch über die Schule schimpften, dann hätten wir mit Stein doch geradezu das große Los gezogen. Dös hat bei diesen Worten das Gesicht verzogen, als habe er in eine Zitrone gebissen. Er hat mich dann mit der Bemerkung verabschiedet, er werde dann selbst die Eltern einladen, wenn ich das nicht für nötig hielte. Sagen Sie, Herr Weinbrenner, gehört sich das denn, dass ein Schulleiter sich bei Eltern über einen Lehrer beschwert? Ist der nicht selber Manns genug, seinen Laden in Ordnung zu halten? Ich habe ihm gesagt, dass sein Problem nicht mein Bier sei, und bin gegangen."

Sie goss mir noch eine Tasse Kaffee ein und bot mir ein zweites Stück Kuchen an, das ich dankbar entgegennahm. Dann fuhr sie fort: „Vierzehn Tage später war dann der Elternabend. Er fing ganz harmlos an. Dös und der Schulrat kennen sich anscheinend von früher her. Der Karl, Vater von einer Schülerin, hat uns das danach im Gasthaus beim Glas Bier erzählt. – Wie war das noch?", wandte sie sich an ihren Mann. „Erzähl du das mal."

Der lächelte boshaft und sagte: „Die kennen sich vom Bund her. Der Oberleutnant oder meinetwegen auch Hauptmann Dös war Kompaniechef und der Schulrat sein Zugführer, also Leutnant. Karl glaubt nun, dass Dös, der Schulrat und noch einer im Oberschulamt oder im Ministerium so etwas wie eine Seilschaft bilden, in der Dös, als der jetzt anscheinend ranghöchste Reserveoffizier, immer noch größten Respekt genießt. So hat ja an dem Elternabend auch Dös und nicht der Schulrat das große Wort geführt. Stein, der wie Karl in Dös' Kompanie war, war anscheinend ein schwieriger Soldat, der sich nicht alles gefallen ließ. Karl hat sich da nicht klar ausgedrückt, aber doch die Vermutung geäußert, es habe sich bei dieser Aktion gegen Stein vielleicht nur um einen Akt später Rache von Seiten seiner früheren Vorgesetzten gehandelt. So habe ich es verstanden. Was daran wahr ist, vermag ich nicht zu beurteilen."

Herr Bayer fuhr mit einer Hand liebevoll über das Haar seiner Frau und sagte: „Jetzt bist du wieder dran."
Wenn man eine ganze Hierarchie gegen sich hat, dachte ich, ist man auch nach der Jahrtausendwende als kleiner Lehrer machtlos gegenüber seiner Behörde. Jakob hatte so nur geringe Chancen gehabt, sich dauerhaft gegen Dös zu behaupten.
Sie lächelte ihm zu. Die beiden verstanden einander auch nach vielen Ehejahren offensichtlich immer noch gut. Das war wohltuend, weil es so selten war.
Sie strich sich mit der Hand eine dunkle Haarsträhne aus ihrem runden Gesicht. In den braunen Augen glühte ein zorniges Feuer, als sie fortfuhr: „Zunächst haben beide einander gelobt: *„Ein äußerst erfahrener Schulrat."* *„Einer unserer besten Schulleiter."* Und so weiter. Sie benutzten viele beeindruckende Fremdwörter aus ihrem Fachchinesisch, die ich nicht verstanden habe. Der Schulrat hat, während er über Lernziele sprach, dabei den Bildungsplan immer wie ein Weihrauchfass hin- und hergeschwenkt, mit Ehrfurcht im Blick diese und jene Seite aufgeschlagen und bedeutungsvoll mit dem Finger darauf verharrt, sodass man glauben konnte, es gebe nichts Heiligeres auf der Welt als einen staatlich verordneten Bildungsplan. Ein paar Eltern, die so etwas noch nie gehört und gesehen hatten, zeigten sich denn auch tief beeindruckt. Als Dös wieder das Wort ergriff und Steins Versäumnisse beim Namen nannte, begannen die Mütter und Väter, sich ziemlich erregt nach rechts und links und vorne und hinten zu unterhalten, sodass Dös neugierig fragte, ob man jetzt schon diskutieren wolle. Er hat dann, ohne unsere Antwort abzuwarten, vorgeschlagen, uns in Arbeitsgruppen aufzuteilen, um so die aufgezeigten Probleme in kleiner Runde vorzudiskutieren. Man könne auch an eine Wandzeitung denken, in der Art, dass wir unsere Meinungen auf große Blätter schreiben und sie daran heften sollten, links die negativen, rechts die positiven. Ich kam mir vor wie ein Schüler. Zum Glück ist dann eine Mutter aufgestanden und hat Dös recht spitz gefragt, ob er sich vorstellen könne, wie sich der Kopf eines Menschen anfühle, der den ganzen Tag hart gearbeitet habe. Sie rief erbost, dass man sie mit einem solchen Unsinn verschonen möge und doch bitte kurz und bündig sagen solle, was denn Sache sei.

Außerdem bitte sie darum, den Klassenlehrer zu den gegen ihn erhobenen Vorwürfen reden zu lassen. Die Frau erhielt viel Beifall, sodass Dös und der Schulrat zunächst einmal die Köpfe zusammengesteckt und miteinander getuschelt haben, bis sie schließlich verkündeten, dass Stein sich erst nach der Diskussion äußern dürfe. Darauf hat dann dieselbe Frau den beiden zugerufen, sie könne sich erst ein Urteil bilden, wenn sie auch den beschuldigten Lehrer gehört habe. Der Beifall war sehr stark. Dös und der Schulrat sahen sich danach gezwungen, Stein das Wort zu erteilen. Der begann ruhig und überlegt, ohne auf die Vorwürfe seiner Vorgesetzten einzugehen, uns an Beispielen zu erklären, wie seine Schüler bei ihm lernen und wie sich ihr Denken immer auf natürliche Weise aus dem Verstehen entwickelt. Bloßes Auswendiglernen sei für die geistige Entwicklung des jungen Menschen tödlich. Das sei die Art, wie man in Diktaturen zum Kadavergehorsam erziehe. Die Demokratie erfordere eine Schule, die zu Mündigkeit und Selbstständigkeit erziehe. Das brauche aber mehr Zeit als das herkömmliche Pauken. Seine Schüler lernten bei ihm Lösungswege und Zusammenhänge entdecken, die ihnen in anderen Lehrverfahren verborgen blieben. Als er uns zum Schluss aus dem Lehrplan noch ein paar Themen zum Musikunterricht seiner Klasse vorlas, haben einige von uns laut gelacht und gewusst, warum Stein die heutige Schule als nicht mehr zeitgemäß abqualifizierte. An dieser Stelle sind ihm zugleich Dös und sein Schulrat mit erhobenem Zeigefinger wütend ins Wort gefallen und haben ihm das Recht abgesprochen, gültige Lehrpläne ins Lächerliche zu ziehen. Dös hat noch hinzugefügt, dass Stein für eine solche Kritik auch der Sachverstand fehle. Worauf der ruhig erwiderte, er sei zwar nur ein kleiner Lehrer in einem großen Getriebe, aber deswegen noch lange kein pädagogischer Dummkopf. Dann gab ein Wort das andere, bis Stein schließlich ausrief: „*Ich höre geradezu den Kalk rieseln!*“ Danach verließ er das Klassenzimmer und verschwand im Nebenraum, um danach für den Rest des Abends nicht mehr aufzutauchen. Es kam zwischen uns und den beiden Herren zu einer hitzigen Diskussion, an deren Ende dann schließlich die Frage zur Abstimmung gebracht wurde, ob Stein die nach ihrer Ansicht nicht gründlich genug

behandelten Lektionen nachholen müsse oder nicht. Eine knappe Mehrheit hat schließlich dafür und damit gegen Stein gestimmt.
Das meiste kannte ich schon. Jakob hatte mir den Hergang am nächsten Morgen erzählt. Er war sehr verbittert und hat die beiden Herren als typische Korinthenkacker bezeichnet, deren Fähigkeiten allein darin bestünden, nur nachzuvollziehen, was ihnen von höherer Stelle aus vorgedacht wurde.
Die Tür öffnete sich. Jochen Bayer, der Junge aus Jakobs Klasse, trat ein, gab mir die Hand, nahm sich ein Stück Kuchen und schlang es hinunter. „Einen Moment noch", rief er mir mit vollem Mund zu, goss sich eine Tasse Kaffee ein und leerte sie einem einzigen Zug. Dann grinste er: „So, jetzt bin ich so weit."
„Deine Mutter sagte, du hättest mir etwas Wichtiges zu Steins Tod mitzuteilen", fragte ich ihn.
„Ich weiß nicht, ob es wichtig ist."
„Das wird sich zeigen", erwiderte ich.
Der Junge kaute zunächst auf seiner Unterlippe herum, als fragte er sich, ob ich denn dafür überhaupt zuständig sei. Dann begann er: „Herr Stein hatte gestern einen starken Heuschnupfen. Er war dauernd am Schniefen. Gegen neun Uhr hat er mich dann mit einem Zettel zu Frau Petri geschickt, das ist die Bio-Lehrerin", erklärte er seiner Mutter. „Sie hat den Zettel gelesen und ist dann mit ihm in ihren Vorbereitungsraum verschwunden. Danach hat sie mir einen verschlossenen Umschlag in die Hand gedrückt, den ich Herrn Stein gebracht habe."
Ein Blitz durchfuhr mich. Ludmilla Petri? Was hatte sie mit Jakob so Geheimnisvolles zu tun? „Weißt du, was drin war?", fragte ich den Jungen aufgeregt.
„Nein, nicht genau. Aber ich glaube, Tabletten."
„Tabletten? Wie kommst du darauf?"
Das Gesicht des Jungen lief glutrot an. Seine Augen richteten sich schuldbewusst nach unten. Dann gestand er, auf der Treppe den Zettel gelesen zu haben. „Er war ja bloß zusammengefaltet", sagte er zu seiner Entschuldigung.
Eine fieberhafte Neugier erfasste mich: „Was stand drauf?", fragte ich erregt.

Der Junge senkte seinen Blick wieder schamvoll nach unten und sagte: „Hast du irgendetwas gegen meinen Heuschnupfen?“
„Das war alles?“
Der Junge nickte.
„Hast du gesehen, ob dein Lehrer die Tabletten genommen hat?“
Der Junge schüttelte den Kopf.
Ludmilla und Jakob? Dieser Gedanke beunruhigte mich. Nicht nur, weil Ludmilla und ich uns einmal in London sehr nahe gekommen waren, sondern weil Jakob nicht nur nie mit mir über sie geredet, sondern auch jedes beginnende Gespräch über sie immer sofort abgebrochen hatte, sodass ich den Eindruck hatte, er achte sie nicht.
Ich erhob mich, bedankte mich bei dem Jungen für seine Auskunft und bei dem Ehepaar Bayer für die freundliche Aufnahme mit Kaffee und Kuchen. Wir verabschiedeten uns. Meine Gastgeberin begleitete mich. Auf der Treppe entdeckte ich beim Hinuntergehen ein schönes Jugendstilfenster mit weißen Schwänen auf himmelblauem Wasser. Darüber stand das Wort SALVE. Es war mir vorhin nicht aufgefallen. Als ich stehenblieb und es betrachtete, sagte Frau Bayer scherzhaft: „Wenn Sie wollen, können wir ja unsere Wohnungen tauschen.“
Ich lachte. Die natürliche, herzliche Art dieser Frau gefiel mir. Sie erinnerte mich ein wenig an Katharina Boff, die ich über die Ereignisse dieses Tages völlig vergessen hatte.
Ich gab Frau Bayer die Hand, lobte noch einmal Kaffee und Apfelkuchen und stieg ins Auto.
Ludmilla Petri! Sie wäre mir zuletzt eingefallen, wenn der Junge nicht diese Geschichte erzählt hätte. Ludmilla verbrachte ihre große Pause immer bei den Nichtrauchern. So hatte ich nie Gelegenheit gehabt, eventuelle Blickkontakte zwischen ihr und Jakob aufzufangen und zu deuten.
Auf der Straße war kaum Verkehr. Ich war sehr müde und fuhr deshalb mit Bedacht langsamer als sonst. Zwanzig Minuten hielt später ich den Wagen vor meiner Garage an. Ich nahm Jakobs Kleider aus dem Kofferraum und strebte meiner Haustür zu.

21

Als ich in meinem Stockwerk aus dem Fahrstuhl stieg, trat mein Nachbar Techner aus seiner Wohnungstür und berichtete mir, dass Leute von der Presse im Laufe des Tages mehrmals bei mir an der Tür geklingelt hätten, bis es ihm zu viel geworden sei und er sie energisch gebeten habe, nicht länger seine Wochenendruhe zu stören. Zudem habe er sie darauf verwiesen, dass ich ein unbescholtener Lehrer sei und er sich deshalb nicht denken könne, was ich mit der Presse zu tun haben könnte. Er schaute mich dabei fragend an.

Ich produzierte zunächst eine Menge unverständlicher Mienen und Gesten und antwortete dann launisch: „Vielleicht habe ich den Nobelpreis bekommen und weiß es bloß noch nicht."

Mein Nachbar schwenkte den Zeigefinger vor seinem Gesicht hin und her und sagte: „Auf den müssen Sie noch ein bisschen warten. Der wird erst im Herbst verliehen, Sie Schelm!"

Ich beschloss, ihm noch nichts von Jakobs Tod zu erzählen, und ließ ihn deshalb im Unklaren über die Motive der Presseleute. Wir verabschiedeten uns voneinander und wünschten uns wie immer gegenseitig ein angenehmes Wochenende.

Ich schloss meine Wohnung auf und ging zuerst in die Küche, um mir einen Tee aufzubrühen. Ich hatte schon wieder Durst. Dann setzte ich mich mit der Zeitung und der Post gemütlich in einen Sessel und atmete entspannt durch. Das Wochenende konnte beginnen.

Das Telefon läutete.

„Hier Ludmilla Petri", tönte es aus der Ohrmuschel.

„Ludmilla? Du? Das ist eine Überraschung."

„Warum?"

„Ich hatte mir vorgenommen, dich noch heute anzurufen. Jetzt bist du mir zuvorgekommen."

„Vor wenigen Stunden habe ich von Jakobs Tod erfahren", sagte sie mit belegter Stimme. „Man sagt, du wüsstest Genaueres über Umstände und Ursache."

Wer war man? Anton? Kristina? Dös oder Grigutt? Ich erzählte ihr, wo wir Jakob am Freitagnachmittag gefunden hatten und dass die Obduktion seiner Leiche den Verdacht auf eine Vergiftung bestätigt habe.

„Vergiftet?", fragte sie entsetzt: „Womit?"

„Morphin."

„Nein!“, schrie sie ins Telefon.
Ich erzählte ihr von den vielen Arzneimittelschachteln, die ich in seiner Schreibtischschublade gefunden hatte, und dass die dazugehörigen Medikamente zu meiner Verwunderung ausnahmslos aus einer Stuttgarter Apotheke stammten, von der Jakob mir nie etwas erzählt hatte. Dann erwähnte ich die Frau, die Anton Frank am Freitagmittag im dunkelblauen Lackmantel und lila Kopftuch auf dem Weg zu Jakobs Klassenzimmer beobachtet hatte.
Sie fragte, warum das jetzt noch jemanden interessiere, wo doch feststehe, dass er sich vergiftet habe.
Ich erwiderte ihr, ich fühlte mich, als Jakobs bester Freund, verpflichtet, den näheren Umständen seines Todes nachzugehen, so lange die Polizei nicht tätig war; ich könne nicht an einen Selbstmord glauben.
„Ach, Philipp“, sagte sie bittend, „warum lässt du nicht die Finger davon? Unter Umständen ziehst du Menschen in eine Sache hinein, mit der sie nichts zu tun haben. Jakob ist doch tot. Und wenn die Polizei von einem Selbstmord ausgeht, musst du doch nicht noch weiter nachbohren. Was soll denn das?“
Ich erzählte ihr nun von dem Jungen aus Jakobs Klasse, dem eine Kollegin in einem Umschlag irgendwelche Tabletten für seinen Lehrer mitgegeben hatte.
„Warum redest du so mysteriös von einer Lehrerin, wenn du doch weißt, dass ich es war?“
Ich schwieg betroffen und schämte mich meiner Geheimniskrämerei.
Nach einer Weile begann sie wieder zu reden und sagte: „Am Freitagmorgen vor dem Unterricht sind wir uns unten im Haus begegnet, Jakob und ich, beide schniefend und prustend. Da ich auch ein Allergiker bin, habe ich ihm ein homöopathisches Mittel empfohlen, das ich immer in meiner Handtasche habe und mir in ähnlichen Situationen stets schnell Erleichterung gebracht hatte. Ich habe ihm gesagt, er könne davon ein paar Tabletten haben, wenn er sie brauche. Er hat geantwortet, er käme notfalls darauf zurück. Ja, und dann hat er den Jungen mit dem Zettel geschickt. Daraufhin habe ich ihm ein paar Tabletten in einen Umschlag gesteckt. Philipp“, sagte sie dann

beschwörend, „davon kannst du eine ganze Packung auf einmal schlucken, ohne irgendwelche Beschwerden zu bekommen. Damit konnte er sich nicht vergiften. Und was die Frau im Lackmantel und im lila Kopftuch betrifft: Das war auch ich. Ich wollte wissen, ob ihm die Tabletten geholfen hatten. Aber ich kam nicht mehr dazu, ihn zu fragen. Grigutt war dabei, Jakobs Tür abzuschließen. Er sagte mir, dass da niemand mehr drin sei. Ich habe dann noch einen kleinen Schwatz mit dem Hausmeister gehalten und bin danach mit ihm zusammen die Treppe hinuntergegangen. Das war's."
Grigutt hatte gesagt, dass da niemand mehr im Klassenzimmer gewesen sei? Entweder hatte er gelogen oder er hatte Jakob übersehen. Das dritte *oder* wagte ich nicht zu denken.
Als ich ihr sagte, ich sei mit ihrer Erklärung zufrieden, entgegnete sie spitz: „Du verhörst mich, den Grigutt, Dös, Kristina und den Jungen aus Jakobs Klasse. Verzeih, Philipp, aber das geht einfach zu weit! Du bist doch nicht die Polizei!"
Ich stutzte bei all den Namen, die sie aufgezählt hatte. Wer hatte ihr davon erzählt?
„Verbrenn dir mal nicht die Finger, lieber Philipp", empfahl sie mir im Tonfall meiner immer besorgt gewesenen Mutter. Danach beendete sie das Gespräch grußlos. Hatte ich sie gekränkt?
Bedrückt legte ich den Hörer auf. Schuldgefühle breiteten sich in mir aus. Ludmilla war nicht irgendeine Kollegin. Mit ihr verband mich eine zwar nur sechs Tage dauernde Liebesgeschichte, dafür war sie aber umso heftiger und leidenschaftlicher gewesen. Sie hatte vor drei Jahren an Ostern, nach meiner Scheidung von Lea, in London auf dem Trafalgar Square begonnen. Ich habe damals einen Handschuh aufgehoben, den sie verloren hatte, war ihr hinterhergerannt, um sie in Englisch auf ihren Verlust aufmerksam zu machen. Sie hatte sich in gepflegtem Hochdeutsch bedankt und gesagt: „Ich glaube, wir kennen uns. Wohnen Sie nicht auch im Studentenwohnheim in Camden Town?"
Ich hatte das bejaht und musste mir aber eingestehen, dass sie mir noch nicht aufgefallen war. Vielleicht hatte ich, nach meiner Scheidung von Lea, keine Augen für andere Frauen gehabt. Zudem war Ludmilla nicht gerade eine Schönheit. Sie

gehörte zu den Frauen, die erst nach dem zweiten oder dritten Blick auffielen, auch wenn sie größer und schlanker war als der Durchschnitt ihrer Geschlechtsgenossinnen. Allein ihre grünen Mandelaugen und eine schön gezeichnete Nase über einem allerdings nur schmallippigen, aber freundlichen Mund gefielen mir ganz gut. Ich wäre trotzdem einfach weitergegangen, wenn sie nicht noch ein paar belanglose Sätze über das schlechte englische Wetter angefügt hätte, um mich danach direkt zu fragen, was für ein Programm ich mir für den Londonbesuch vorgenommen hatte. Als ich dann wahrheitsgemäß Konzert, Oper und Museenbesuch nannte, hatte sie gelacht und gesagt, das läge haargenau auf ihrer Wellenlänge, und etwas verschämt hatte sie dann noch angefügt, ob es mir etwas ausmache, wenn sie sich mir anschlösse. Ihr Gesicht war dabei dunkelrot angelaufen, was sie mir sympathisch machte. Vielleicht hatte ich mehr aus Höflichkeit als aus Neigung geantwortet: „Wenn Ihnen meine Gesellschaft nicht zu langweilig ist."

„So sehen Sie nicht aus", hatte sie entgegnet und sich kurzerhand bei mir eingehakt. Geradezu überfallartig hatte sie mich in Besitz genommen.

Was dann begann, gehört zu den aufregendsten Tagen meines Lebens. Im Greenpark begannen wir einander zu duzen. Auf dem Piccadilly Circus war sie mir um den Hals gefallen und hatte sich stürmisch für meine Begleitung bedankt. Am selben Abend haben wir uns im Coliseum Carmen angesehen. Vielleicht hatte es ihr Bizets Musik oder die erregende Handlung angetan, ich weiß es nicht. Sie hatte jedenfalls irgendwann während der Aufführung meine Hand gesucht und sie bis zum Ende der Vorstellung nicht mehr losgelassen. Eine Stunde später, als ich mich in unserem Quartier auf ihrem Flur verabschieden wollte, hat sie mich am Arm in ihr Zimmer gezogen und mich angefleht: „Bringst du mich ins Bett, Philipp?"

Am nächsten Morgen haben wir uns in Camden Town abgemeldet und in South Kensington ein Doppelzimmer gemietet. Die Tage vergingen wie im Fluge. Wir waren ständig unterwegs. Nationalgallery, British Museum, Westminster Abbey, Houses of Parliaments. Alles zu Fuß. Tower, Hydepark Corner, Saint Paul's Cathredal, Soho, Buckingham Palace und Al-

bert Hall. Wir haben nichts ausgelassen und waren immer einig in unseren Zielen.
Wir haben bei Harrods in der Brompton Road und bei Selfridges in der Oxford Street eingekauft, haben auf der Portobello Road in Antiquitäten und Trödel herumgestöbert und sinnlose Dinge erstanden, nur weil wir glücklich waren. Wir haben in der Royal Festival Hall Brahms erste Sinfonie, in Covent Garden Placido Domingo und in der Paul's Cathedral die Matthäuspassion gehört. Wir haben wenig geschlafen, weil wir uns viel geliebt haben. Beim Abflug in Heathrow gab es keine Tränen, kein Drama. Eine anscheinend glückliche Ludmilla sagte: „Es war wunderschön mit dir, Philipp. Du hörst bald von mir."
Ich habe vergeblich auf ihren Anruf oder einen Brief gewartet. Sie hat sich nicht gemeldet. Wir hatten uns in London nie über Privates unterhalten. Ich wusste nicht einmal, wo sie lebte. Am Ende dachte ich, sie sei verheiratet und ich war nur ihr Seitensprung gewesen. In Camden Town hatte ich mich schon gewundert, als sie sagte: „Du musst dich nicht vorsehen. Ich nehme die Pille." Zwei Jahre später, zu Beginn eines Schuljahres waren wir uns am Morgen des ersten Schultages plötzlich einander im Flur gegenübergestanden. Sie mit offenem Mund und kopfschüttelnd: „Was machst du denn hier?"
„Ich unterrichte hier."
„Ich neuerdings auch. O Gott!"
„Ich freue mich sehr, dass wir uns hier wiedersehen", hatte ich ihr wahrheitsgemäß gesagt.
„Ach ja, London", hatte sie erwidert, „es waren sehr schöne Tage. Können wir es dabei belassen?"
Ich habe zwar heftig geschluckt, aber nicht nach dem Warum gefragt und schließlich gesagt: „Wenn es sein muss?"
„Es muss", sagte sie mit großer Bestimmtheit. Sie fügte hinzu: „Kann ich mich darauf verlassen, dass du nicht plauderst?"
„Du kannst."
„Ich danke dir. Lass uns einfach gute Kollegen sein."
„Ja."
Dann erst hatte sie mir die Hand geschüttelt: „Grüß dich, Philipp. Du siehst gut erholt aus."
Da sie nicht rauchte, saß ich als Nichtraucher von diesem Tag

an in der großen Pause bei den Rauchern. Es hat Wochen gedauert, bis ich mich ein zweites Mal von Ludmilla erholt hatte. Zurzeit war sie nur eine Kollegin unter vielen. Den Ludmilla-Traum hatte ich endgültig ausgeträumt.
Das Telefon klingelte wieder, als ich gerade unter der Dusche stand. Ich hüllte mich schnell in ein Badetuch und rannte zu meinem Schreibtisch. „Hier Boff", meldete sich eine Frauenstimme. Ich stutzte einen Augenblick. Boff?
„Trine Boff", tönte es jetzt, wobei sie das Trine wie ein Gummiband dehnte.
Jetzt erst erkannte ich sie an ihrer Stimme. Ihren Namen hatte ich schon wieder vergessen. „Hallo, liebe Nachbarin!"
„Ich falle gleich mit der Tür ins Haus", sagte sie, „ich hätte Lust, heute Abend mir dir essen zu gehen. Was sagst du dazu?"
Ich überlegte einen Augenblick. Eigentlich wollte ich es mir mit meinen Zeitungen gemütlich machen. Es gab am Wochenende fast nichts Schöneres für mich als Zeitung lesen. Dann sagte ich zu.
„Um halb acht unten vorm Haus?", fragte sie.
„Passt", rief ich.
Sie lachte und sagte: „Ich freue mich."
„Ich auch."
Ich hatte jetzt noch viel Zeit, mir zu überlegen, wohin ich sie ausführen sollte.

22

Wir saßen an einem runden Tisch auf der Terrasse des Achalm-Höhenrestaurants. Blühende Kastanienbäume streckten ihre Äste nach uns aus. Ein warmer Abendwind streichelte mein Gesicht. Von den Nachbartischen drangen köstliche Düfte unbekannter Menüs herüber. Zweihundert Meter unter uns räkelte sich die Stadt Reutlingen im Licht der untergehenden Sonne, ein bunter Flickenteppich aus Häusern, Straßen und Grün. Feierabendstimmung. Der goldene Engel auf der Marienkirche glitzerte zu uns herüber. Wir blätterten lange in der umfangreichen Speisekarte und entschieden uns schließlich für das berühmte Achalmpfännle. Dazu bestellten wir uns einen französischen Rotwein. „Wenn schon, denn schon“, sagte Trine. Ihr festliches, kremfarbenes Kleid verlieh ihrem Aussehen eine kultivierte Eleganz. Sie war dezent geschminkt und wirkte jünger als am Abend zuvor. Man konnte sich mit ihr sehen lassen.
„Ich bin zum ersten Male hier“, sagte sie und ließ ihren Blick über die Bergkulisse der Schwäbischen Alb wandern. Mädchenfelsen, Urschelberg, die Pfullinger Unterhose und der Georgenberg lagen zum Greifen nahe. Die Sicht war klar.
„Seltsame Namen sind das“, sagte sie. „Warum Urschelberg?“
„Die Sage von dem Schiff im Berg erzählt, dass da unten tief im Innern der Alb die Urschel, eine gute Fee, in einem verwunschenen weißen Schloss wohnt. Die alten Pfullinger glaubten noch, sie würde Reichtum und Segen in die Stadt bringen, wenn sie, endlich erlöst von einem bösen Zauber, auf ihrem Schiff ins Tal hinunterfahren dürfe.“
„Erzähl weiter“, bat sie. Aber da kam schon der Kellner mit dem Wein. Wir tranken einander zu. Mir fiel es schwer, mich zu konzentrieren. Immer wieder schweiften meine Gedanken ab und rieben sich an den Ereignissen der vergangenen zwölf Stunden.
Nach dem Essen sagte Trine zu mir: „Du siehst zwischendurch immer wieder bedrückt aus. Was ist los mit dir?“
Dann erzählte ich ihr von Jakobs Tod. Als ich den Namen Grigutt erwähnte, unterbrach sie mich und verlangte eine Beschreibung seiner Person.
„Ja, das ist er. Gregor Grigutt heißt er, nicht wahr.“

Über ihrer Nasenwurzel bildeten sich senkrechte Zornesfalten. Überrascht fragte ich: „Du kennst ihn?"
„Ja", sagte sie, „dieses Schwein, entschuldige den Ausdruck, aber ich finde keinen passenderen, ist mir unvergesslich."
„Was hattest du mit Grigutt zu tun?"
Sie machte mit beiden Händen eine abwehrende Bewegung, als ob sie sagen wollte: Erlass es mir, das zu erzählen.
Als ich sie weiterhin erwartungsvoll anstarrte, überwand sie sich doch und begann: „Ich war fast ein halbes Jahr lang die Mieterin einer kleinen Wohnung, die ihm gehört und die sich neben seiner Behausung auf dem gleichen Flur befindet."
Ich schüttelte ungläubig den Kopf und dachte an die kleine Rumänin, die er zu seiner Hure machen wollte.
Trine erzählte weiter: „Das Haus liegt in unmittelbarer Nähe einer Bushaltestelle. Hauptsächlich deshalb habe ich mich für Grigutts Wohnung entschieden. Da brauchte ich kein Auto, wenn ich in die Stadt wollte. Die Zimmer waren hell und sonnig und hatten Einbauschränke. Es gab eine moderne Küche und einen kleinen Balkon. Ich brauchte also auch nicht viel zu investieren. Das war ein wichtiger Gesichtspunkt, der es mir leicht machte, mich für Grigutts Wohnung zu entscheiden. Anfangs ging ja auch alles gut, obwohl mir seine lüsternen Augen schon zu schaffen machten. Ich hatte immer das Gefühl, dass er mich mit seinen Blicken auszog, Stück für Stück, bis ich ganz nackt vor ihm stand. Zum Glück sahen wir uns selten. Eher zufällig ab und zu im Flur vielleicht oder im Treppenhaus. Es dauerte fast ein halbes Jahr, bis er eines Sonntagvormittags an meiner Tür klingelte. In der einen Hand trug er eine exotische Plastiktüte, in der anderen Hand die Heizkostenabrechnung. Naiv, wie ich war, habe ich ihn ins Wohnzimmer gebeten, anstatt ihn im Flur abzufertigen. Während er mir vorrechnete, wie sich der Gesamtbetrag der Rechnung zusammensetzte, fragte ich mich, was er wohl mit der Tüte im Sinn hatte. Als ich schließlich die Rechnung akzeptiert hatte, öffnete er sie, nahm einen bunt bedruckten Stoff heraus und entfaltete ihn zu einer zwei bis drei Meter langen und etwa einen Meter breiten Bahn. Als ich ihn erstaunt fragte, was das sei, erzählte er mir von Bangkok, wo er angeblich zweimal im Jahr Urlaub machte. Er habe von dort einen Sarong mitgebracht, von dem er glaube,

dass mir dieses exotische Kleidungsstück gefallen würde. Das käme ganz auf den Preis an, habe ich geantwortet. Danach sah er mich auf einmal so lüstern an, als ob ich frei verkäuflich wäre. „*Ich möchte Ihnen das Stück schenken*", sagte er gönnerhaft. Man müsse einer so angenehmen Mieterin wie mir auch einmal etwas Gutes tun. Ich sagte ihm ganz frech, dass er das am besten könne, wenn er mir seine hohe Miete etwas ermäßigen würde. Darüber könne man natürlich auch reden, antwortete er. Als ich ganz baff zurückfragte, warum und wieso jetzt auf einmal und nicht schon früher, zierte er sich zunächst wie ein aufgeblasener Gockel und sagte dann, ich könne sogar umsonst wohnen, wenn ich ihm ein- oder zweimal in der Woche eine Gefälligkeit erweisen würde. Ich sehe noch, wie er dabei seine Lippen leckte. Ich ahnte plötzlich, was er von mir wollte, und überlegte, wie ich mich am besten aus diesem unerfreulichen Gespräch zurückziehen könnte, ohne ihn zu verprellen. Ich reichte ihm den Sarong zurück und sagte, ich wolle ihn nicht, weil er mir nicht gefalle. Dann erhob ich mich und wünschte ihm einen schönen Sonntag. Er lächelte süffisant und kam auf mich zu. Ich dachte, dass er sich mit Handschlag verabschieden wollte. Er legte aber stattdessen seine Pranken auf meinen Hintern, zog mich auf seinen fetten Wanst und sagte, zitternd vor Geilheit: „*Mach doch keine Zicken, Mädchen, du bist doch auch alleine und brauchst es genauso wie ich auch.*" Ich bin fast zu Tode erschrocken und rief: „*Lassen Sie mich sofort los oder ich schreie so laut, dass alle Nachbarn es hören.*" Er zitterte vor Begierde, als hätte er den Verstand verloren, und entgegnete: „*Schrei nur, Mädchen, schrei! Das gefällt mir!*" Da spürte ich plötzlich eine riesige Kraft in mir. Ich riss mich los und knallte ihm links und rechts ein paar kräftige Ohrfeigen. Dann lief ich auf den Flur hinaus und schrie laut um Hilfe. Alle Türen öffneten sich. Es war ja zum Glück Sonntag. Entsetzte Gesichter starrten mich an. Grigutt stürmte an mir vorbei und verschwand hinter seiner Wohnungstür. Als mich eine ältere Frau fragte, was denn los sei, schrie ich: „*Der Grigutt wollte mich vergewaltigen.*" Die Frau musterte mich abschätzig und sagte: „*Dann haben Sie ihn dazu animiert. So wie Sie aussehen! Wir kennen Grigutt länger als Sie.*" Danach wurden auch die anderen Türen ganz schnell wieder geschlossen. Ich habe mir nach

diesem Abenteuer umgehend eine andere Wohnung gesucht und zum Glück auch schnell eine gefunden. Neben dir“, sagte sie und lachte mich an. Sie fuhr mir dabei ganz schnell zärtlich über meine Hände und sagte: „Ich glaube, wir gehen jetzt. Morgen muss ich früh aus den Federn. Wir haben ein Konzert in Konstanz. Es wird ein langer Tag.“
Als ich versuchte, meinen Kommentar zu Grigutt abzugeben, sagte sie: „Lass mal, sonst verderben wir uns mit dem Kerl noch den ganzen Abend.“
Sie bestand darauf, ihr Essen selbst zu bezahlen.
Wir liefen danach Hand in Hand noch eine halbe Stunde über die Achalmwiesen und fuhren dann nach Hause. Unten vor der Haustür fragte sie mich: „Sagst du mir nachher noch gute Nacht? Ich schließ die Terrassentür auf.“
Ich freute mich und drückte ihr die Hand für einen Augenblick ganz fest. Im Aufzug fuhren wir gesittet nach oben. Bevor Trine ausstieg, sagte ich: „Ich fahre noch einmal nach unten. Techners Überwachungsanlage ist sicher in Betrieb.“
Sie kicherte und sagte: „Gell, Mama und Papa müssen nicht unbedingt wissen, dass die Kinder miteinander essen waren. Ich mag die beiden Alten aber trotzdem gerne. Sie haben einen so anrührenden liebevollen Umgang miteinander, dass man neidisch werden könnte.“
Zehn Minuten später war ich bei ihr in der Wohnung. Sie nahm mich in die Arme und flüsterte: „Sag mir was Schönes!“
„Ich mag dich“, hauchte ich zurück.
„Mehr nicht als ‚*Ich mag dich*‘?“
„Bei uns im Schwabenländle ist das der höchstmögliche sprachliche Ausdruck einer Liebeserklärung. Wenn ein Schwabe einer Schwäbin sagt ‚*Ich liebe dich*‘, kriegt sie einen Lachanfall.“
„Ich bin aber eine Norddeutsche.“
„Wie sagt man bei euch in Hamburg, wenn ein Mann einer Frau seine Liebe gesteht oder umgekehrt?“
Sie flüsterte mir ins Ohr: „Ick hebb di leev.“
„Denn hebb ick di leev“, radebrechte ich zurück.
In dieser Nacht schlief ich das erste Mal bei ihr. Sie war kein Geysir wie Lea und keine Furie wie Ludmilla. Ich hatte aber das Gefühl, bei ihr gut aufgehoben zu sein.

23 Als ich gegen acht Uhr aufwachte, war Katharina Boff schon fort. Sie hatte sich so leise davongemacht, dass ich nichts bemerkt hatte. Vor dem Bett auf dem Fußboden lag ein großer, weißer Zettel, auf dem in einer ruhigen, klaren Handschrift nur zwei Wörter standen: „*Danke, Philipp!*" Das tat mir gut. Ich war wieder ein Mann. Ich reckte und streckte mich vor Wohlbehagen, schnupperte noch einmal in den Kissen nach Trines Parfüm, sprang dann mit einem Satz aus dem Bett und lief über die Terrasse in meine Wohnung zurück. Die Tür ließ ich offenstehen. Wozu noch abschließen, wenn die Dinge zwischen uns so lagen, wie sie jetzt waren?

Auf dem Weg ins Bad durch Leas Zimmer stockte plötzlich mein Schritt, als wäre ich von innen jäh gebremst worden. Ich ließ meinen Blick über die Fotografien meiner nackten Ex-Frau gleiten, schüttelte mich wie angeekelt und begann dann, wie in Ekstase die Bilder von der Wand zu reißen. Ich konnte sie nicht mehr sehen. Ich zerriss sie mit großem Behagen in kleine Stücke und warf sie in eine große Tüte zu den anderen Papierabfällen, die ich in der Küche sammelte. Wie im Rausch ging ich dann an Leas Schrank, riss ihre Kleider von der Stange und stopfte sie mitsamt ihrer übrigen Wäsche in große, blaue Plastiksäcke. In meinem Briefkasten hatte ich Tage zuvor einen Zettel gefunden, der mich auf eine in der kommenden Woche stattfindende Kleidersammlung aufmerksam machte. Das traf sich gut. Danach räumte ich ihren Schreibtisch aus, trennte den Papierkram von dem anderen Kleinzeug und packte es für die Entsorgung durch die Müllabfuhr zusammen. Ihre Parfüms, Lotions und Cremes, Lidschatten sowie Lippenstifte und Nagellack in verschiedenen Tönen warf ich in die Sondermülltüte. Dann suchte ich ihren Schmuck zusammen und legte ihn in eine große Schatulle. Ich beschloss, in der kommenden Woche den Juwelier, bei dem ich für Lea die meisten Sachen gekauft hatte, zu bitten, mir dafür ein Angebot zu unterbreiten. Ich atmete tief durch und war ganz und gar mit meinem Werk zufrieden. Nichts, außer ein paar Möbel, erinnerte mich noch an Lea. Ich war sie los. Für immer. Ich war frei. Endlich! Danke, Trine, sagte ich laut. Danke!

Ich hatte gerade eben auf meinem Stoppelbart mächtige weiße

Wolken aus Rasierschaum erzeugt, als mich der Anruf von Frau Goldenstern erreichte. Ihre Stimme klang müde und verzagt. Sie wäre gerne zu mir gekommen, sagte sie, aber Grigutt habe sie unter einem Vorwand in seine Wohnung gelockt und sie dort eingesperrt, während er zu seinem Reservistenstammtisch gefahren sei. Er habe ihr zuvor ein Tonband vorgespielt, auf dem meine und ihre Stimme ganz deutlich zu hören gewesen seien. Es habe sich dabei um unser Gespräch am Freitagabend in der Schule gehandelt. Grigutt habe ihr bedeutet, dass dieses Gespräch Konsequenzen habe, wozu auch gehöre, dass er sie einsperren und für den Rest des Sonntags nicht aus den Augen lassen wolle. „Dann ist er gegangen“, fuhr sie fort. „Er hat aber vergessen, die Kassette aus dem Rekorder herauszunehmen, sodass ich mir das ganze Band angehört habe. Sie glauben es nicht, aber da waren auch Steins Stimme zu hören und die Stimmen von ein paar Frauen, sicher Lehrerinnen. Kann es sein, dass Grigutt die ganze Schule verwanzt hat?“
Mir verschlug es zunächst die Sprache. Wusste Grigutt deshalb so viel, weil er uns abhörte? Aber warum? Und in wessen Auftrag? Ich nahm mir vor, das mit Wiebens Hilfe aufzuklären.
„Rufen Sie die Polizei an“, riet ich ihr. „Wir sind ein freies Land, in dem niemand das Recht hat, einen anderen nach Lust und Laune einzusperren.“
„Das kann ich nicht“, entgegnete sie. „Grigutt hat meine Papiere eingesperrt. Ich laufe hier doch unter falschem Namen. Goldenstern hat Grigutt erfunden. Ich heiße in Wirklichkeit Jirina Iljescu. Wenn die Polizei das erfährt, werde ich eingesperrt und mit Schimpf und Schande abgeschoben. Es muss noch einen anderen Weg geben. Wenn ich nur wüsste, wie sich sein Safe öffnen lässt, der sich hinter einem Bild im Wohnzimmer befindet. Ich überlege unentwegt, wie ich mir seinen Schlüsselbund aneignen könnte, an dem der Safe-Schlüssel hängt.“
Das wusste ich auch nicht.
Sie schwieg einen Augenblick und sagte dann ruhig, aber mit ungewohnt fester Stimme: „Ich werde schon einen Weg finden.“
Ich bot ihr an, vorübergehend bei mir zu wohnen. Oder vielleicht bei Trine Boff, was noch unauffälliger war. Trine würde gewiss mitspielen; dessen war ich mir sicher.

Frau Goldenstern ließ es offen. Ich gab ihr noch einmal meine Handy-Nummer und sagte ihr, dass sie mich den ganzen Tag erreichen könne, ganz gleich, wo ich mich befände.

Am Nachmittag fuhr ich auf meinem Mountainbike stundenlang bergauf und bergab durch den Schönbuch, bis ich, müde und verschwitzt, gegen siebzehn Uhr mein Rad im Garten von Schloss Einsiedel abstellte, um mir in der Wandergaststätte ein Kännchen Kaffee und ein Stück Kuchen zu bestellen.

Der Stamm des großen Weißdornbaums hinter dem Schloss war im vergangenen Jahr von einem Blitz gespalten worden. Es tat weh, das altehrwürdige Stück so leiden zu sehen. Ich setzte mich auf die Steinbank in seinen Schatten. Der betäubende Geruch des blühenden Weißdorns lag schwer in der Luft. Ich schlürfte genüsslich meinen Kaffee, als plötzlich in meiner Radtasche das Handy zu lärmen begann. Frau Goldenstern, alias Jirina Iljescu, meldete sich ganz aufgeregt und schrie: „Herr Weinbrenner! Ich bin frei! Ich bin frei! Ich stehe am Echterdinger Flughafen und fliege in einer halben Stunde mit der Lufthansa nach Bukarest. Ich bin ja so glücklich! Ich kann es noch gar nicht fassen."

„Ich gratuliere Ihnen", sagte ich verblüfft. „Aber warum hat Grigutt Sie denn auf einmal so ohne weiteres ziehen lassen?"

„Wir waren am Nachmittag mit dem Auto unterwegs", erzählte sie. Ihre Stimme überschlug sich, so aufgeregt war sie. „Er wollte mir das Schloss Lichtenstein zeigen, um danach irgendwo im Grünen zu picknicken. Unterwegs, in Pfullingen, hielt er neben einem Zigarettenautomaten sein Auto an. Als er bei laufendem Motor, ein paar Münzen in der Hand, ausstieg, witterte ich meine Chance. Ich rutschte blitzschnell auf den Fahrersitz hinüber, gab Gas und fuhr davon. Sein Gesicht hätte ich gerne gesehen. Er hat nämlich nicht gewusst, dass ich Auto fahren kann. Ich bin auf dem kürzesten Weg nach Hause gefahren, ohne Angst haben zu müssen, von ihm verfolgt zu werden. Er war nämlich in gewisser Weise hilflos, weil er seine Ledertasche, in der sich Geldbeutel, Papiere und seine Hausschlüssel befanden, im Ablagefach hatte liegen lassen. In seiner Wohnung angekommen, habe ich in großer Eile zuerst den Safe geöffnet, meine Papiere und ungefähr die Geldsumme an mich genommen, die er mir schuldete. Dann habe ich in meiner Wohnung

ein paar Sachen in die Reisetasche gestopft und bin wenige Minuten später mit Griguttѕ Auto zum Reutlinger Bahnhof gefahren. Ich habe es vor einer Parkuhr abgestellt. Dort fällt es spätestens am nächsten Morgen auf. Dann habe ich mich in einem Taxi zum Flughafen fahren lassen. Sie glauben ja nicht ..."
Es knackte in der Leitung. Das Gespräch war vermutlich in einem Münzfernsprecher nach Ende der Sprechzeit abrupt abgebrochen worden. Macht nichts, dachte ich. Sie ist Grigutt entwischt. Das genügte mir. Die kleine Rumänin hatte ihn aufs Kreuz gelegt. Welch eine Genugtuung! Ich fuhr wie verrückt vor Freude singend durch den Wald nach Hause.

24

Nach der Tagesschau fuhr ich in die Schule, um die Versuche für den Physikunterricht des folgenden Tages vorzubereiten.

Kurz nach halb neun stieg ich die Treppen zu meinem Stockwerk hinauf, vorbei an Pinnwänden mit Schülerarbeiten und Schaukästen, die neben ausgestopften Tieren auch Geräte aus dem Physikunterricht, wie die Magdeburger Halbkugeln und verschiedene Motorenmodelle, zeigten. Am Sonntagabend, nach der langsam abklingenden üblichen Wochenenddepression, hatte mir die Schulatmosphäre immer deshalb so gut getan, weil sie mir das Gefühl gab, irgendwo dazuzugehören. Nach langer Zeit war es diesmal anders. Katharina Boff hatte mein Lebensgefühl in unglaublicher Weise verändert. Vielleicht war dieser Sonntagabend ja der letzte, der mich im Schulhaus sah. Es fiel mir nicht schwer, mir auszumalen, wie ich ihn mit Trine sinnvoller verbringen konnte.

Ich begann, in meinem Klassenzimmer angekommen, aus den Schränken die Geräte für die Schülerversuche zusammenzusuchen. Der Unfall eines im Auto als Beifahrer seines Vaters nicht angeschnallten Schülers war Ausgangspunkt für eine eingehende Wiederholung des Beharrungsgesetzes. Als ich alles beisammen hatte und die dazu geplanten Versuche auch erfolgreich verlaufen waren, hörte ich von einem nahen Kirchturm die Glocke zehn Uhr schlagen. Eine gute Vorbereitung war schon der halbe Unterricht. Das hatte ich in über zwanzig Berufsjahren gelernt. Und deshalb kontrollierte ich alles noch einmal doppelt und dreifach. Jakob hatte mich deswegen oft als Sicherheitsfanatiker belächelt.

Jakob. Alles um mich herum erinnerte an ihn, so als ob jedes Ding seine Namen trüge. Es war unmöglich, hier nicht an ihn zu denken. Unsere Gespräche vor und nach dem Unterricht würden mir fehlen. Wo Jakob sonst mein Denken beschäftigt hatte, tat sich eine gähnende Leere auf. Er fehlte mir. Oder auch nicht? Es stellten sich viele Fragen, wenn ich an das Gespräch mit Kristina Wiedemann dachte. Beide hatten mich hinters Licht geführt, ein Gedanke, der meine Gefühle für Jakob zu zerreißen drohte. Ich überdachte die vergangenen zwei Tage. Meine Recherchen zu den Umständen seines Todes hatten zwar einiges ans Licht gebracht, auf das ich hätte stolz

sein können. Aber ich sah jetzt auch die Sackgasse, in die ich geraten war. Wer Jakob umgebracht hatte, ließ sich aus meinen bisherigen Erkenntnissen nicht einmal vermuten. Die entscheidenden Teile des Puzzles fehlten noch. Sie zu finden, dachte ich, war Sache der Kriminalpolizei. Ich nahm mir vor, am Montagmorgen in meinen beiden Hohlstunden Kommissar Wieben aufzusuchen, um ihm von meinen Nachforschungen zu berichten und ihm die Dinge zu bringen, die nach meiner Meinung eine gründliche Aufklärung notwendig machten. Draußen war es dunkel geworden. Die Stille um mich herum, die durch ein gelegentliches Knacken in den Sonnenschutzgittern vor den Fenstern umso eindrücklicher wurde, empfand ich zum ersten Mal als beängstigend. Das hatte wohl damit zu tun, dass Jakob am vergangenen Freitag, wenige Meter von mir entfernt, zwischen zwei Türen ums Leben gekommen war. Das sich abkühlende Metall des Sonnenschutzes zog sich zusammen und verursachte dabei diesen harten, mich jedes Mal aufs Neue erschreckenden Ton. Da war es wieder. Aber war da nicht auch ein anderes Geräusch? Ich lauschte angespannt in die lautlose Stille hinein. Ich hörte nur meinen Atem. Etwas unheimlich war mir schon zumute, wenn ich abends alleine im Schulhaus war. Ich dachte an meine Kinderzeit, an unser altes Haus mit den knarrenden Holztreppen und den morschen Dachbalken, die abends, wenn ich noch wach im Bett lag, laut knackten. Ich hatte manchmal vor Angst den Atem angehalten, weil ich glaubte, die Geräusche kämen aus meinem Zimmer. Ich war oft aufgestanden, um mich zu vergewissern, dass niemand unter meinem Bett lag.
Plötzlich fuhr ich zusammen und sprang auf, als hätte mich der Blitz getroffen. Was war das? Nebenan in Jakobs Klassenzimmer war ein Stuhl polternd auf den Boden gefallen. Ich stand atemlos und horchte. Spuk gab es nicht. Davon war ich als aufgeklärter Mensch überzeugt. Es war wieder ruhig, bis ich nebenan plötzlich eine Tür ins Schloss fallen hörte. Also doch! Mein Herz begann zu rasen. Ich war für einen Augenblick wie gelähmt und unfähig, einen vernünftigen Gedanken zu fassen. Bleib stehen und rühr dich nicht!, sagte ich mir; die Gefahr ist vorüber, wenn der Mensch, der sich in Jakobs Zimmer zu schaffen gemacht hatte, das Haus verlässt. Gegen mei-

ne Angst und gegen alle Vernunft nahm ich aber plötzlich instinktiv meinen Schlüsselbund in die Hand und rannte auf die Klassenzimmertür zu. Ich riss sie auf und knallte sie unbedacht zu. Es klang wie ein Schuss. Ich ging im dunklen Flur auf Zehenspitzen bis zum Treppenabsatz und hörte leichte Schritte die Stufen abwärts oder aufwärts gehen. Ich rief: „Wer ist da?" Da hörte ich auf einmal nichts mehr. Es war, als hätte die Treppe die Schritte verschluckt. Ich rief noch einmal, obwohl dies eigentlich eine unzulässige Frage war. Jede Lehrerin und jeder Lehrer konnte sich am Sonntagabend, so wie ich, frei im Schulhaus bewegen. Die überreizten Nerven, dachte ich. Es sind nur die Nerven. Aber der Mensch, der sich jetzt irgendwo über oder unter mir befand und sich vielleicht über mich lustig machte, konnte sich ja auch, wenn der Spaß zu Ende war, zu erkennen geben. Warum antwortete er nicht? Ich ging vorsichtig eine Treppe bis zum nächsten Absatz hinunter und wartete. Vielleicht wäre ich weitergegangen, wenn nicht Jakob am vergangenen Freitag hier im Schulhaus ums Leben gekommen wäre. Nackte Angst hinderte mich, weiterzugehen. Am Ende stand da unten nur ein Kollege, der mich narrte und plötzlich irgendwo hinter einem Pfeiler hervortrat und „Buuh!" rief. Warum brannte kein Licht im Flur? Hatte jemand die Sicherungen ausgeschaltet? Jetzt hörte ich die Schritte wieder. Mir wurde schlecht vor Angst. Wenn mich hier jemand über das Geländer acht Meter tief hinunterstürzte, würde das wie ein Unfall aussehen. Ich trat den Rückzug an und schlich mich wieder nach oben. Ich tastete mich an der Wand entlang. Verdammt noch mal, hier war doch immer der Lichtschalter gewesen, fluchte ich leise in mich hinein. Ich begann die Kontrolle über mich zu verlieren. Endlich fühlte ich das bekannte viereckige Plastikstück unter meinen Fingern. Die Flurbeleuchtung flammte auf. Also doch nicht die Sicherungen! Im selben Augenblick knallte jemand drei Stockwerke tiefer die Haustür zu und ich hörte, wie der Schlüssel im Schloss herumgedreht wurde. Ich atmete wie erlöst ein paar Mal tief ein und aus. Dann aber wollte ich doch wissen, wer mich geärgert hatte, und sprang, zwei Stufen auf einmal nehmend, die Treppe hinunter. Ich schloss die Haustür auf und rannte, meinem Gefühl folgend, mit langen Schritten über den

Schulhof dem Parkplatz entgegen. „Scheiße!“, fluchte ich. Zu spät! Ein helles Auto, vielleicht ein Golf, möglicherweise auch ein Polo, schoss ohne Licht mit Vollgas an mir vorbei auf die Ausfahrt zu, wo der Fahrer oder die Fahrerin zwangsläufig das Licht einschalten musste, um heil um die Ecke zu kommen. Für einen kurzen Augenblick sah ich das Kennzeichen aufleuchten. Nur den ersten Buchstaben und die letzten beiden Ziffern erkannte ich: S ... 99. Bei dem Rest hatte ich Zweifel. Am nächsten Morgen würde ich die auf dem Parkplatz abgestellten Wagen meiner Kolleginnen und Kollegen in Augenschein nehmen. Ich war sehr zornig über so ein ebenso kindisches wie unkollegiales Verhalten. Ich nahm mir vor, dieser Person ganz unverblümt ein paar Dinge zu sagen, die sie noch nie gehört hatte.

Ich ging zurück ins Schulhaus, schloss Jakobs Zimmer auf und sah mich um. Mir fiel nichts Verdächtiges auf. Dann öffnete ich die Schreibtischschublade und sah, dass alle Arzneimittelschachteln verschwunden waren. Vor wenigen Minuten hatte also jemand, dem es wichtig war, die Spur zu dieser ominösen Stuttgarter Apotheke zu verwischen, die Schachteln abgeholt. Warum? Stammte vielleicht auch das tödliche Morphin aus dieser Apotheke? War es der Apotheker selber gewesen, der sich hier ins Zeug gelegt hatte? Aber wie kam er an die Schlüssel? Außer Jakob und ich hatten nur noch Anton und Ludmilla Petri einen Schlüssel zu Jakobs Physiksaal. Anton hatte mit den Arzneimitteln gewiss nichts zu tun. Und Ludmilla Petri? Sie ging mir von jetzt an seltsamerweise nicht mehr aus dem Kopf. Sie hatte Jakob am Freitagvormittag Medikamente gegen seinen Heuschnupfen zukommen lassen. Sie war die Frau im blauen Regenmantel und lila Kopftuch gewesen. Aber was hatte sie mit dieser Apotheke zu tun?

Zu Hause habe ich mich lange schlaflos im Bett gewälzt. Irgendwann spät in der Nacht hörte ich aus der Wohnung nebenan Geräusche. Katharina Boff war heimgekommen. Gerne hätte ich sie für ein Weilchen in den Arm genommen. Aber auch in einer engen Beziehung gibt es Grenzen, die man nicht überschreiten sollte. Ich respektierte sie. Kurz danach bin ich eingeschlafen.

25 Am Montag wachte ich morgens gegen fünf Uhr aus einem quälenden Traum auf. Weil ich danach nicht mehr einschlafen konnte, hüllte ich mich in meinen Morgenmantel und trat auf die dunkle Terrasse hinaus. Ich legte mich in den Liegestuhl und deckte mich mit einer Wolldecke zu. Eine Amsel probierte tief unter mir in einem Baumwipfel zaghaft ein noch verschlafen klingendes Lied. Fern hinter der Schwäbischen Alb begann der Horizont zartrosa aufzuglimmen. Himmel und Erde lösten sich voneinander aus der Umklammerung der Nacht. Vor der schnell wachsenden Morgendämmerung zeigte sich die Horizontlinie der Berge als Scherenschnitt vor einem immer stärker werdenden Feuer, das hinter der Alb aufzuglühen begann. Die letzten Sterne verblassten. Irgendwann bin ich eingeschlafen. Als ich nach einiger Zeit aufwachte, schossen Sonnenstrahlen in den Zenith hinauf und färbten ihn purpurrot. Mich fröstelte; ich erhob mich aus dem Liegestuhl und legte mich wieder ins warme Bett. Ich bin dann noch einmal eingeschlafen, bis der Wecker um sieben Uhr der kurzen Nacht ein unbarmherziges Ende setzte.

Bevor ich zur Schule ging, blätterte ich die Zeitungen durch. Ich fand weder eine Todesanzeige noch einen Bericht oder eine Notiz im lokalen Teil über Jakobs Ableben. Dös musste sich also noch nicht erschießen. Ob man ihn einen Tag später von seinem Amt suspendieren und ihn im Oberschulamt mit Aktenzählen beschäftigen würde, wie er befürchtete, stand noch dahin.

Ich fuhr etwas früher in die Schule und parkte mein Auto so, dass ich von meinem Fahrersitz aus alle ankommenden Wagen in meinem Blick hatte. Bis kurz vor halb acht war weder ein weißer Polo noch ein Golf aufgetaucht. Vielleicht gab es den auch gar nicht im Kollegium. Mit dem zweiten Schellen der Schulglocke betrat ich das Schulhaus.

Vor dem Lehrerzimmer fing Dös mich ab und bat mich in sein Amtszimmer. Auf dem Weg dorthin jammerte er mir vor, dass sein Konrektor noch 14 Tage fehle, Ludmilla Petri sich auch krank gemeldet habe und zu allem Überfluss Grigutt noch nicht am Platz sei, was ihm als äußerst ungewöhnlich erscheine, da er sonst lange vor Unterrichtsbeginn da sei. Als wir sein

Zimmer betraten, klingelte das Telefon. Dös nahm ab und reichte mir den Hörer. „Kommissar Wieben", sagte er bedeutungsvoll.
Wieben bat mich, möglichst umgehend zu ihm ins Kommissariat zu kommen. Ich teilte Dös dies mit, der mich fragte: „Was will er denn schon wieder?" Als ich mit den Achseln zuckte, entließ er mich mit einem tiefen Seufzer, weil er nun jemand anders suchen musste, der die Vertretung für Ludmilla Petri übernehmen konnte. Philipp Weinbrenner hatte noch nie Widerstand geleistet, wenn es um die Übernahme von Vertretungsstunden gegangen war. Da ich nach der ersten Stunde zwei Hohlstunden hatte, war genug Zeit, nach Wieben auch noch die kranke Ludmilla Petri aufzusuchen. Ein unbestimmtes Gefühl drängte mich dazu. Ich ließ mir von der Sekretärin Ludmillas Adresse und Telefonnummer geben und machte mich auf den Weg. Auch jetzt war auf dem Schulparkplatz weder ein weißer Polo noch ein Golf mit einem Stuttgarter Kennzeichen zu sehen.
Kommissar Wiebens Arbeitszimmer lag ebenerdig mit dem Blick auf einen völlig verwilderten Garten. Der schwere Duft eines blühenden Pfeifenstrauchs strömte durch das offene Fenster herein. Ich hatte in meinem bisherigen Leben noch nie etwas mit der Kriminalpolizei zu tun gehabt.
Der Kommissar stürzte tatendurstig zur Tür herein, das Gesicht von der Sonne verbrannt. Gekleidet in leichter, beiger Hose und einem petrolfarbenen Blouson, unter dem er ein blaues Hemd trug, erinnerte er mich eher an einen Urlauber als an einen Kriminalkommissar. Mir gefiel diese so gar nicht amtlich wirkende Kleidung. Die kleine runde Drahtgestellbrille hing ihm, wie konnte es anders sein, auf den Nasenflügeln.
Ich legte meine Plastiktasche mit Jakobs Kleidern und den anderen Dingen auf seinen Schreibtisch. Er schüttelte den Kopf und sagte: „Bevor wir über den Fall Stein sprechen, muss ich Sie noch in einer anderen Sache hören. Ihr Hausmeister Grigutt war gestern Nachmittag auf dem Weg zu Ihnen. Der Taxifahrer, der ihn hinfahren sollte, hat der Polizei eine Mitteilung über ein Gespräch gegeben, das er mit Grigutt über Sie geführt hat. Grigutt hat Sie als einen gefährlichen Gangster

bezeichnet, der ihm etwas, was ihm gehörte, geraubt habe. Er hat dem Taxifahrer gesagt, dass er sein Eigentum zurückholen wolle. Von einem geraubten Auto war die Rede. Grigutt erreichte sein Ziel nicht, weil er im Taxi einen Herzinfarkt erlitt, an dem er noch auf dem Weg ins Krankenhaus verstarb."

Ich zuckte zusammen und verdrängte die Gefühle, die in mir aufstiegen. Grigutt war tot? Ich empfand keine Trauer.

„Die Sache ist kompliziert", fuhr Wieben fort. „Grigutt hat anscheinend keine Angehörigen. Ihr Schulleiter wird übrigens in den nächsten Minuten von der Stadtverwaltung über seinen Tod informiert. Und nun zurück zu Ihnen. Warum könnte Grigutt Sie als einen Gangster bezeichnet haben, der ihm sein Eigentum, was ja nur eine sehr abstrakte Umschreibung eines bestimmten Gegenstandes darstellt, entwendet habe? Haben Sie ihm sein Auto geklaut?"

„Warum sollte ich?", fragte ich ihn. Ich erzählte dann Wieben die Geschichte der Jirina Iljescu. Er hörte mir atemlos zu, schüttelte immer wieder ungläubig den Kopf und sagte, als ich meinen Bericht beendet hatte: „Es ist schon verrückt, was wir hier so jeden Tag erleben. Zurück zum Abhören: Wir haben da einen Spezialisten, der jede Wanze findet. Ich werde nachher mit Dös darüber sprechen und auch, wenn nötig, amtlich einen Verstoß gegen das Abhörgesetz feststellen lassen. Dafür trägt Dös, als Grigutts Weisungsbefugter, die volle Verantwortung. Das ist eine sehr schlimme Sache, zumal in einer Schule. Was soll ich sonst über Grigutt sagen als dies: Er ist tot. Und nun zu Stein. Was gibt es da noch für Probleme?"

Ich breitete die Kleider auf dem Tisch vor ihm aus und erzählte ihm von der Schleifspur in Jakobs Klassenzimmer. Das Gespräch mit Kristina, dem Jungen aus Jakobs Klasse und mein Erlebnis am Sonntagabend in der Schule verschwieg ich ihm noch. Ludmillas Aussage, sie habe Grigutt um zwölf Uhr aus Steins Klassenzimmer kommen sehen, vergaß ich.

Wieben besah sich alles genau, rief dann Gernhart zu sich und sagte: „Sollten diese Spuren echt sein, müssen wir im Fall Stein nachsitzen, mein lieber Gernhart."

Ich nickte heftig zustimmend. Als ich dann noch dem Kommissar von den am Vorabend aus Jakobs Schreibtisch verschwundenen Arzneimittelschachteln berichtete, ohne ihm

die Begleitumstände dazu zu erzählen, bildeten sich plötzlich rote Flecken in seinem Gesicht und er rückte unablässig nervös an seiner Brille herum. „Lassen Sie bitte alles hier, Herr Weinbrenner, und geben Sie mir Ihre Telefonnummer. Ich glaube, wir sehen uns heute noch einmal in dieser Angelegenheit.“ Er reichte mir hastig seine Hand und stürzte aufgeregt aus seinem Zimmer. Ich schrieb ihm auch meine Handy-Nummer auf und legte den Zettel auf seine Schreibunterlage.
Bevor ich mein Auto erreichte, lärmte mein Handy. Trine hatte Lust auf einen kleinen Schwatz, zumal sie glaubte, es sei jetzt ohnehin große Pause. Als ich ihr erzählte, wo ich war und dass ich mich auf dem Weg zu der Frau befand, die in einer noch nicht geklärten Weise mit Jakobs Tod zu tun haben könnte, eine Frau im blauen Lackmantel und lila Kopftuch, sagte sie: „Moment mal, aber eine Frau, die exakt so gekleidet war, habe ich am Freitag so gegen ein Uhr auch vor deiner Wohnung beobachtet.“
Ich hatte ihr von dem Einbruch bei mir nichts erzählt, um sie nicht unnötig zu beunruhigen. „Trine“, schrie ich wie von Sinnen, „ist das wahr?“
„Ja“, sagte sie, „sie kam aus dem Aufzug heraus und ich stieg ein.“ Sie beschrieb mir das Gesicht und die Haarfarbe der Frau. Ihre Beschreibung passte genau auf Ludmilla Petri. Ludmilla war Kajetan! Daran gab es jetzt für mich keinen Zweifel mehr. Ich verabschiedete mich rasch und versprach ihr, sie am Nachmittag zu einer Tasse Kaffee einzuladen.
„O ja“, rief sie, „dann bringe ich den Kuchen mit.“

26

Eine Viertelstunde später stand ich in Eningen vor dem Haus, in dem Ludmilla wohnte. Auf dem Gehsteig warteten sechs Restmülltonnen auf die Abfuhr. Ein kleiner Behälter trug den Namen Petri in krakeliger Schrift gelb auf grauem Grund. Wer weiß, dachte ich und öffnete den Deckel. Ich wunderte mich schon gar nicht mehr, als ich in einer halb gefüllten Tonne auf dem übrigen Abfall die Arzneimittelschachteln aus Jakobs Schreibtisch fand. Ich nahm drei Schachteln, darunter die mit dem großen, roten Punkt als Beweisstücke an mich und steckte sie in die Hosentasche. Dann ging ich zur Tür und drückte den Klingelknopf mit Ludmillas Namen. Als sich zunächst niemand meldete, ließ ich meinen Blick wie zufällig über die Straße gleiten. In einer Parkbucht entdeckte ich den weißen Golf mit dem Kennzeichen S-LP 999. Klarer konnte die Beweislage für Ludmillas Einbruch in Jakobs Schreibtischschublade nicht sein. Einen Augenblick lang überlegte ich, ob ich nicht lieber Wieben die ganze Sache überlassen sollte. Da ertönte plötzlich Ludmillas Stimme aus dem Türlautsprecher: „Ja?"
Ich meldete mich mit meinem Namen und hätte etwas drum gegeben, ihr Gesicht zu sehen.
„Ich bin krank. Was willst du?"
„Ich möchte dich etwas fragen."
„Tu das bitte, wenn ich wieder gesund bin." Danach legte sie den Hörer auf.
Ich ging zurück zu meinem Auto, nahm das Handy aus dem Handschuhfach und wählte ihre Nummer. Ich meldete mich sofort mit meinem Namen und sagte nur: „Du hast die Wahl zwischen mir und der Polizei. Bitte entscheide dich sofort."
Sie beschimpfte mich mit einem Ausdruck, den ich gerne überhört hätte. Aber vielleicht passte es zu Ludmilla. Sie konnte recht grob werden. Nach ein paar Schweigesekunden rief sie wütend: „In Gottes Namen! Komm herauf!"
Ich ging zurück zur Tür. Der Öffner schnarrte. Ich drückte die Klinke und stieg die Treppen zum Dachgeschoss hinauf. Ludmilla empfing mich mit einem abweisenden „Grüß dich". Sie trug einen abgetragenen, hellblauen Freizeitanzug, der über die Zeiten hinweg zu eng geworden war und ihre runden Formen unvorteilhaft betonte. Ludi, so rief man sie im Kolle-

gium, hatte in den vergangenen zwei Jahren an Gewicht zugelegt. War das Kummerspeck oder die Begleiterscheinung der Menopause? Als ich sie in London kennen lernte, hatte sie etwa Kleidergröße achtunddreißig. Die Haare waren, wie immer, wirr nach oben aufgebunden. Sie gab mir die Hand. Schön war sie auch in London nicht gewesen, aber doch wenigstens gepflegter als in letzter Zeit. Der feuchte Händedruck bestätigte, was ihr Gesicht widerspiegelte: Eine unbestimmte Angst, gepaart mit deutlichem Widerwillen gegen mich. An der Garderobe hing der blaue Lackmantel, daneben, über einem dicken Holzknopf, das lila Kopftuch. Die Beweislage war erdrückend.

Sie bat mich in ein aufgeräumtes Wohnzimmer, in dem der Fernseher lief. Sandra Maischberger stellte gerade ihren Interviewpartner vor. Ich nahm am Esstisch Platz. Ludmillas Hände zitterten und verrieten eine große Nervosität, ihre Blicke ein schlechtes Gewissen. Als ich mich für einen Augenblick von dem schönen und intelligenten Gesicht der Fernseh-Moderatorin einnehmen ließ, schaltete Ludmilla den Apparat aus. Dann setzte sie sich mir gegenüber an den Tisch. Sie rutschte auf ihrem Stuhl eine Weile unruhig hin und her, als suche sie einen Halt. Schließlich saß sie da, wie auf Abruf, so als ob sie sich nur für einen Augenblick ausruhte, um sich gleich danach zu irgendeiner Arbeit zu verabschieden.

„Was willst du?“, fragte sie mich in harschem Tonfall. Ludmilla vermochte in ihre Stimme eine unerbittliche Härte hineinzulegen.

Ich wollte nicht gleich mit der Tür ins Haus fallen und sagte: „Du siehst aus, als wäre dir etwas sehr nahe gegangen. Geht's dir nicht gut?“

„Hör bitte auf, an meiner Seele herumzufummeln.“ Der abweisende Ton passte zu ihrem Gesichtsausdruck.

„Gut“, sagte ich, „dann möchte ich dich ohne Schnörkel bitten, mir meinen Wohnungsschlüssel zurückzugeben.“

Als sie Anstalten machte, sich dumm zu stellen, fuhr ich fort: „Du bist vor meiner Wohnung auf der Fahrstuhlschwelle meiner Nachbarin begegnet, an die du dich sicher auch erinnerst. Sie konnte dich detailliert beschreiben.“

„Scheiße!“, sagte Ludmilla nur. Sie erhob sich von ihrem Stuhl

und verließ das Zimmer. Gleich danach kehrte sie mit dem gelben Schlüssel in der Hand zurück und legte ihn vor mir auf den Tisch. „Zufrieden?“, fragte sie. Sie war immer noch zu kurz angebunden und erweckte den Eindruck, dass sie sich mit ihrem abweisenden Ton im Recht fühlte.
Ich schüttelte den Kopf und legte ihr eine Kopie des Kajetan-Briefes auf den Tisch, der die Morddrohung gegen Jakob enthielt. Bevor sie darauf reagieren konnte, sagte ich: „Ich habe heute Morgen die Schrift mit deinen Einträgen in meinem Klassenbuch verglichen.“
Sie wurde kreidebleich und sagte wieder nur: „Scheiße!“
„Diesen Brief solltest du mir im Hinblick auf Jakobs Tod bitte interpretieren.“
Sie stand auf, rannte wieder in die Küche, ohne dort irgendetwas zu erledigen, kam wieder zurück und lief, unruhig wie ein Tiger in seinem Käfig, ein paar Schritte vor und ein paar zurück, im Wohnzimmer hin und her. Dann blieb sie stehen und fragte mit vor Wut zitternden Lippen: „Willst du mich ans Messer liefern?“
Ich entgegnete ihr: „Ich will nur die Wahrheit wissen. Nichts als die Wahrheit.“ Das klang zwar etwas pompös, aber verfehlte ihre Wirkung auf Ludmilla nicht.
Sie setzte sich und rief, indem sie jedes Wort betonte, viel zu laut für dieses kleine Zimmer: „Ich habe Jakob nicht umgebracht! Genügt dir das nicht?“
Ich wies mit der Hand auf den Brief.
„Quatsch“, sagte sie, „das habe ich so hingeschrieben, wie man so einen Satz manchmal auch im Gespräch flapsig dahinsagt, ohne auch nur im Traum daran zu denken, ihn auch zu realisieren. Das ist doch nur so eine Redensart. Die muss dir doch auch vertraut sein! Sagt oder denkt ihr Frommen nie so etwas?“ Das war eine Anspielung auf meine Bemerkung in der Saint Paul’s Cathedral, dass ich religiös erzogen worden sei. Es war meines Wissens die einzige private Bemerkung, die ich in London ihr gegenüber gemacht hatte.
„Warum nennst du dich Kajetan?“, fragte ich.
„Ach, Kajetan! Musst du das wissen?“
Als ich nickte, fuhr sie nur widerwillig fort: „Kajetan war unser gemeinsamer Deckname für den Fall, dass irgendjemand in

der Schule einmal einen unserer Zettel finden sollte, die wir uns über eine stille Post gegenseitig zuschoben. Jakob hatte diese Idee. Er war ein Donizetti-Fan und hatte deshalb dessen Vornamen Gaetano als gemeinsamen Code vorgeschlagen. Ich habe das dann auf Kajetan verkürzt. Wir hätten natürlich auch jeden anderen Namen nehmen können. Darauf kam es uns nicht an. So waren sowohl Jakob als auch ich Kajetan. Das hatten wir so abgesprochen.“ Sie wirkte nach diesem kurzen Bericht versöhnlicher als vorher.

Gut, dachte ich, das wäre abgehakt. Ich insistierte weiter: „Warum hast du dir auf diese unkollegiale Art den gewaltsamen Zutritt zu meiner Wohnung verschafft, um dir den braunen Umschlag zu holen?“

„Zum einen hättest du ihn mir nie freiwillig herausgerückt. Zum anderen trieb mich die Verzweiflung. Weißt du, Jakob und ich haben uns vor etwa drei Jahren nach den Osterferien bei einer Tagung in der Akademie Comburg kennen gelernt und uns danach viele Briefe geschrieben.“

Ich rechnete und stellte mit Betroffenheit fest, dass dies nur wenige Tage nach unserem gemeinsamen London-Trip gewesen war. Jetzt wunderte es mich nicht mehr, danach nichts mehr von Ludmilla gehört zu haben und dass sie mich bei unserer ersten Begegnung in der Schule gebeten hatte, London Episode sein zu lassen. Ich unterbrach sie und fragte: „Hast du Jakob je von unserem gemeinsamen London-Trip erzählt?“

„Wozu denn? Er hatte seine Geheimnisse, ich meine.“ Sie sah mich an, als hätte ich zu naiv gefragt. Mich beruhigte aber ihre Aussage. Dann fuhr sie fort: „Nachdem ich mit Jakob Schluss gemacht hatte, habe ich meine Briefe von ihm zurückverlangt. Er hat mir irgendwann in einer gefühlvollen Stunde erzählt, er habe sie alle aufbewahrt. Du weißt, Jakob war ein Sammler, der sich von nichts trennen konnte. Als ich sie zurückhaben wollte, sagte er, sie seien sein Eigentum und er wolle sie als Erinnerung an eine schöne Zeit behalten. Ein anderes Mal hat er mich mit seiner Absicht erschreckt, daraus irgendwann ein Buch zu machen. Du kannst dir vorstellen, wie ich alles daran setzte, um sie wieder in meinen Besitz zu bringen. Leider habe ich seine Briefe nicht aufgehoben, sonst hätte ich ein Druckmittel in der Hand gehabt. Als ich immer wieder auf Zurückgabe drängte, weil ich eine Entdeckung durch seine Frau fürchtete, die mit dem Bündel zu Dös, diesem Autokraten, rennen würde, um mir zu schaden, da teilte er mir recht förmlich mit, er habe sie dir in Verwahrung gegeben. Den Rest kennst du."

Ich dankte ihr mit einem Kopfnicken für ihre Erklärung und zog die Arzneimittelschachteln aus meiner Tasche, die ich ihr auf den Tisch legte.

„Auch das noch", stöhnte sie. „Warum hab ich Idiot die Dinger bloß in meinen Müllcontainer geworfen und nicht in den meiner Nachbarin?"

Ich sah ihr fest in die Augen, als wollte ich sie festnageln. Sie wich aber meinem Blick aus. Das schlechte Gewissen stand ihr ins Gesicht geschrieben.

„Ich habe mir dein Autokennzeichen gemerkt, als du gestern Abend an mir vorbei über den Parkplatz gerast bist und mich dabei schier über den Haufen gefahren hättest", sagte ich und sah, wie sie zusammenzuckte. „Da hätte dir die Mülltonne der Nachbarin auch nichts genutzt."

„Entschuldigung", sagte sie kleinlaut, „aber ich habe dich wirklich nicht gesehen. Unterstell mir doch nicht auch noch die Absicht, dich umzubringen!" Sie sah mich verzweifelt an, fuhr mit beiden Händen nervös durch die Haare und fragte: „Und jetzt? Willst du mich wegen der Medikamentenpackungen verpfeifen?"

„Mir ist der Zusammenhang zwischen deinem Interesse an diesen Schachteln und der Reisach-Apotheke in Stuttgart nicht klar."

„Ach Gott! Jetzt kommt das auch noch!", stöhnte sie wieder und ging erneut kopfschüttelnd im Zimmer auf und ab. Sie sah verzweifelt aus und machte den Eindruck, als wollte sie über diesen Punkt nichts herausrücken.

Erst als ich sie mit der Bemerkung aufschreckte: „Dafür wird sich die Polizei brennend interessieren, weil sie zwischen der Reisach-Apotheke und dem Morphin, an dem Jakob gestorben ist, einen Zusammenhang vermutet", setzte sie sich wieder hin, stöhnte wieder wie unter Schmerzen und starrte mit leerem Blick auf die Tischplatte, schüttelte dann mit einer verweigernden Miene den Kopf und rief: „Wenn das mein Vater erfährt, jagt er mich zum Teufel. Ich habe mir die Schachteln aus Jakobs Schreibtischschublade geholt, um mir und meinem Vater peinliche Verhöre zu ersparen. Kapierst du das nicht?“ Sie holte danach tief Luft, ehe sie weitersprach: „Die Reisach-Apotheke gehört meinem Vater. Ihre Lage ist nicht gerade berauschend. Wir haben eine Menge Konkurrenz. Papa ist froh über jeden Artikel, den er verkauft. Auch er handelt nach dem Prinzip *Kleinvieh macht auch Mist.* Da ich in Jakob bald den Hypochonder ausgemacht hatte, der vor allem unter einem Großverbrauch an Arzneimitteln litt, war es nur natürlich, ihm alle seine Tabletten und Tröpfchen, die er nach seiner Meinung brauchte, aus unserer Apotheke zu verkaufen, zumal ich ja bis vor kurzem noch zu Hause wohnte. Als Jakob vor einigen Wochen unter einer Trigeminusneuralgie litt und auch ein sehr starkes Schmerzmittel nicht mehr helfen wollte, bat er mich in seiner Verzweiflung um ein Betäubungsmittel. Da mein Vater gerade im Skiurlaub war und ich am Wochenende als frühere gelernte Apothekerin in der Apotheke aushalf, habe ich einer Blisterpackung Morphin einen Streifen entnommen und ihn in diese neutrale Verpackung gesteckt.“ Sie deutete auf die Schachtel mit dem großen roten Punkt. „Ich habe sie so gekennzeichnet, um Jakob davor zu warnen, den Inhalt gedankenlos mit dem auf der Schachtel angegebenen Heuschnupfenmittel zu verwechseln, das ja ursprünglich auch drin war. Ich habe ihm gesagt, wie viel Morphin er nehmen dürfe und er es sofort absetzen sollte, wenn er es nicht mehr braucht. Am Ende habe ich vergessen, den verbliebenen Rest zurückzuverlangen. Darin liegt meine Schuld.“ Sie vergrub ihr Gesicht in die Hände und begann laut zu weinen. Irgendwann richtete sie sich auf und sagte: „Es war ein Unfall, Philipp, glaub mir das doch. Es war ein Unfall. Er hat den roten Punkt auf der Schachtel nicht beachtet. Er hat geglaubt, ein Heuschnupfenmittel in der Hand zu haben, und hat, was weiß ich, drei oder vier Kapseln in kurzer Zeit nacheinander eingenommen. Ich war ein Idiot, sie ihm in dieser Schachtel zu geben. Wer weiß, was er am Freitagmorgen schon alles an Beruhigungsmitteln geschluckt hatte, ganz zu schweigen von den Schlafmitteln am Abend zuvor nach diesem verheerenden

Elternabend. Die Medikamente haben sich am Ende zusammen mit dem Morphin vermutlich zu diesem tödlichen Mix addiert, der ihn das Leben kostete."
„Möglicherweise würde er noch leben", sagte ich, „wenn ihn nicht jemand zwischen zwei Türen eingeschlossen hätte." Ich erzählte ihr, was die Putzfrau beobachtet hatte, und dass Jakobs Kleider Dreckspuren vom Fußboden enthielten. Sie sah mich mit entsetzten Augen an und fragte: „Wer macht so etwas, Philipp? Einen Lehrer zwischen zwei Türen ersticken lassen? In unserer Schule? Jakob ist erstickt, Philipp! Der ist erstickt! Glaub mir. Morphin plus Sauerstoffmangel bedeutet den sicheren Tod! Weißt du das nicht? Mein Gott!"
Ihre Reaktion war nicht gespielt, sie war ehrlich. So weit kannte ich Ludmilla. Ich fixierte sie in diesem Augenblick womöglich unnötig, vielleicht auch nur, weil ich von ihrem Gefühlsausbruch beeindruckt war.
Sie reagierte auf mich mit einem abschätzigen Blick und schüttelte immer wieder den Kopf, bis sie mich plötzlich anschrie: „Du schaust mich an, als ob ich Jakob umgebracht hätte! Du bist ja verrückt! Ich hätte ihn sogar retten können, wenn Grigutt mir nicht gesagt hätte, es sei niemand mehr in seinem Zimmer drin."
Dann fixierte sie mich, als wollte sie mich an der hinter mir befindlichen Wand festnageln. Plötzlich flog ein Schein wie eine Erleuchtung über ihr Gesicht. „Grigutt", rief sie, „der hat's getan. Ich weiß, wie er Jakob hasste. Grigutt hätte ihn doch sehen müssen. Wie konnte er sagen: ‚*Da ist niemand mehr drin?*'"
„Wenn Jakob nicht zu dieser Zeit schon zwischen den Türen gelegen hat", erwiderte ich. „Zudem verdunkelten Wolkenbrüche derart den Himmel, sodass es möglicherweise schwierig war, den auf dem Boden liegenden Jakob überhaupt zu sehen. Man kann Grigutt leider nicht mehr fragen", fügte ich hinzu. „Er ist tot!"
„Grigutt ist auch tot?", rief sie. Ein Entsetzen ganz anderer Art stand plötzlich in ihrem Gesicht.
Ich erzählte ihr, was Wieben mir berichtet hatte und am nächsten Tag sowieso die ganze Schule wissen würde.
Sie sah mich an und murmelte: „Was ist das bloß für eine Schule, Philipp, in die ich da geraten bin?"

Ich hätte jetzt gehen können, weil ich eigentlich alles erfahren hatte, um von Ludmillas Unschuld an Jakobs Tod überzeugt zu sein. Ich glaubte, was sie mir gesagt hatte. Mich plagte nur noch die Neugier. Ich fragte sie deshalb: „Warum hast du Jakob den Laufpass gegeben?"

„Ach, Philipp, ich bin manchmal so eine blöde Kuh! Du glaubst es nicht. Unser Verhältnis dauerte fast drei Jahre. Er hatte mir oft von seiner frigiden Frau erzählt und wie sie sich gegenseitig hassten und nur noch um der Kinder willen ihre Rollen spielten. Ich habe ihn immer wieder gedrängt, sich scheiden zu lassen. Als er das Anfang März im Hinblick auf seine beiden Kinder erneut kategorisch ablehnte, habe ich ihm quasi die Pistole auf die Brust gesetzt und gesagt: *„Du musst dich jetzt zwischen ihr und mir entscheiden oder es ist aus zwischen uns."* Ich habe es vor Eifersucht nicht mehr ausgehalten, wenn ich daran dachte, wie er vor seinen Kindern den Bilderbuch-Papa und -Ehemann spielte. Kannst du dir meine Samstage und Sonntage vorstellen, wo ich vor Einsamkeit geschrien und vor Wut geweint habe, wenn ich daran dachte, dass er Verwandtenbesuche machte oder Familienausflüge? Ich leide, wie viele Frauen in meinem Alter, leider auch an Torschlusspanik. Die Männer stehen bei mir schon lange nicht mehr Schlange. Dazu kommt, dass ich ein hässliches Entlein bin und bei weitem nicht so attraktiv wie Jakobs letzte Liebe. Ich wollte ihn haben auf Biegen und Brechen, nicht nur, weil er ein schöner Mann war. Wir hätten auch sonst gut zusammengepasst. Ich brauche eine feste Hand, Philipp, die mir ab und zu sagt: *„Bis hierher und nicht weiter."* Jemand, der mir ab und zu in den Hintern tritt. Jakob konnte das. Ich kann nämlich manchmal ein ganz schönes Luder sein. An einem Nachmittag im März, nachdem wir miteinander geschlafen hatten, kam es dann zum Krach. Ich war an diesem Tag nicht gut drauf. Ich denke, mir sind allein deshalb die Nerven durchgegangen. Ich habe ihn plötzlich angeschrien: *„Ich habe keine Lust mehr, nur dein Flittchen zu sein."* Weißt du, wie er darauf reagiert hat?"

Ich schüttelte zwar den Kopf, konnte es mir aber denken.

„Er hat sich wortlos angezogen und dann mit Tränen in den Augen gesagt: *„Das musst du auch nicht."* Danach ist er gegangen. Ich habe ihm dann diesen blödsinnigen Kajetan-Brief geschrieben, auf den er nicht mehr geantwortet hat. Warum hätte er das auch tun sollen? Jakob hasste Gefühlsausbrüche. Erst am vergangenen Freitagmorgen, als wir zur gleichen Zeit auf dem Parkplatz ankamen, hat er mich wieder wahrgenommen und ein freundliches Gespräch mit mir angefangen, sodass ich mir neue Hoffnungen gemacht habe, ihn wieder zurückzugewinnen. Sein Zettel mit der Bitte um ein Schnupfenmittel war wieder der erste nach vielen Wochen. Am Freitagvormittag begann in mir nach langen Wochen wieder etwas zu lächeln, ja, so ungefähr möchte ich es ausdrücken." Sie weinte erneut und fragte mich dann: „Glaubst du mir jetzt, dass ich ihn niemals hätte umbringen können?"

Ich nickte und sagte eher beiläufig: „Ich staune immer wieder, wie intelligent Jakob sein Doppelleben organisiert hat."

„Er brauchte dieses Doppelleben, Philipp, wenn er nicht draufgehen wollte. Er war zu jung und zu vital für ein Leben als Eunuche neben einer gefühlskalten Frau. Außerdem: Führen wir nicht alle ein Doppelleben, ein verborgenes für uns und eins für die anderen? Bist du nicht auch so ein Rollenspieler, hinter dem sich ein ganz anderer verbirgt als der, der du scheinst? Ich zum Beispiel habe dich völlig falsch eingeschätzt in London, wo du mir als viel zu nachgiebig und weich vorkamst. Du warst ja wie Knet in meiner Hand. Heute weiß ich, wie sehr ich mich damals von dem Kavalier in dir habe täuschen lassen. Wenn mir in London jemand gesagt hätte, du seiest so ein eisenharter Typ, wie du dich heute bei mir gezeigt hast, hätte ich geantwortet: ‚*Du spinnst.*' Oder denk an die autoritäre Schulleiter-Rolle, die der aufgeblasene Dös spielt. Ich wüsste gerne, wie der im Bett ist. Oder denk an die Wiedemann. Ich will sie gar nicht verurteilen, sie hat bei Jakob auch nichts anderes gesucht als ich. Habe ich denn die Rolle einer einsamen Lehrerin nicht auch perfekt gespielt, all die Jahre hindurch? Habe ich nicht auch dich erfolgreich getäuscht? Spiel jetzt nicht den Moralapostel, Philipp Weinbrenner. Der schöne Schein, den wir immer an anderen wahrnehmen, ist nicht ihr Leben. Das ist oft beschissener, als unsere Phantasie es sich vorstellen kann. Wie glücklich warst du denn in den vergangenen zwei Jahren?"

Sie warf mir harte Brocken hin. Ich war mir der Naivität meines bisherigen Lebens durchaus bewusst. Unter dem Einfluss meiner Mutter war ich zu einem gutgläubigen und gutmütigen Mann herangewachsen, der immer nur das Positive in seinen Mitmenschen gesucht und gesehen hatte und dabei so oft auf die Nase gefallen war. Ich begriff langsam, dass die Verhältnisse nicht so waren, wie ich sie durch die von meiner Erziehung getönte Brille wahrgenommen hatte. Mein immer offenes Visier war eine Blöße gewesen, in die andere viel zu oft hineingeschlagen hatten. Auch Jakob zuweilen. Meine Tante, die weltoffener gewesen war als meine Mutter, hatte mich oft nicht nur einen Träumer, sondern auch ein Dummerle genannt, weil ich ausgeplaudert hatte, was andere Kinder schon als notwendig zu bewahrendes Geheimnis erkannt hatten. Aber wie hätte ich mich denn wehren sollen gegen eine Mutter, die mir beigebracht hatte, mich gegenüber anderen angesichts eines Gottes, der ohnehin alles sieht, immer offen und ehrlich zu offenbaren?

„Ach, Philipp, warum habe ich dich damals bloß sausen lassen?“

Ich zuckte zusammen, weil ich fürchtete, sie würde vielleicht noch dieses oder jenes Kompliment nachschieben, um mich gefügig zu machen. Ich war ein Leben lang auf diese Tour hereingefallen.

„Ich bin manchmal ein rüdes Stück, Philipp, ich weiß.“

Ich schwieg dazu.

Sie fuhr fort: „Willst du denn als einsamer Hagestolz enden?“

Ich schüttelte den Kopf: „Das glaube ich nicht.“

„Wenn ich das Rad der Zeit doch drei Jahre zurückdrehen könnte auf Ostern in London am Trafalgar Square!“ Sie seufzte.

Ich schwieg und sah zu dem Berg hinüber, wo der Sage nach tief im Kalkgestein der Schwäbischen Alb die Urschel in einem weißen Schloss auf ihre Erlösung wartete. Wer erlöste Ludmilla? Ich hätte ihr sagen können, dass ich es satt hatte, immer nur der Lückenbüßer, die zweite Wahl oder das fünfte Rad am Wagen zu sein. Ich wollte endlich selbst darüber entscheiden, wer für mich gut war, und mich nicht mehr von irgendjemandem übertölpeln und in eine Entscheidung drän-

gen zu lassen. Ich erinnerte mich dabei an meine Mutter, Jakob, Lea, Ludmilla oder die schöne Kristina. Ich antwortete nicht und sah auf die Uhr. Trine Boff fiel mir ein, die mir so ganz anders zu sein schien als Ludmilla, Lea und Kristina. Es war fünf Minuten vor zehn Uhr. „Ich muss gehen“, sagte ich, „in zwanzig Minuten beginnt mein Unterricht.“ Ich erhob mich aus meinem Stuhl und reichte ihr die Hand. Im selben Augenblick klingelte das Handy in meiner Jackentasche. Wieben war am Apparat. Er sagte ganz trocken, als sei es das Alltäglichste, was er mir mitzuteilen hatte: „Der Fall Stein ist geklärt. Kommen Sie bitte sofort aufs Kommissariat. Ende.“
Der Fall Stein ist geklärt? Wieben wusste, wer Jakob umgebracht hatte? Mich überlief es kalt.
„Wer war das“, fragte Ludmilla.
Ich antwortete: „Die Polizei. Kommissar Wieben sagte mir, dass der Fall Stein geklärt sei.“
Ludmilla ließ sich wie betäubt auf ihren Stuhl zurücksinken, aus dem sie sich soeben erhoben hatte, und schüttelte wie geistesabwesend den Kopf. Dann lächelte sie und murmelte gedankenverloren: „Geklärt? Und ich Idiot habe dir meine Geheimnisse ausgeplaudert. Sie atmete zweimal tief ein und aus und sagte dann: „Geh bitte!“
Ich entschuldigte mich für meinen Auftritt und sagte: „Ich wollte Gewissheit haben, dass du mit Jakobs Tod nichts zu tun hast.“ Beschwichtigend fügte ich hinzu: „Daran liegt mir viel, Ludmilla.“
Sie lächelte dünn, schüttelte verständnislos den Kopf und sagte: „Geh jetzt! Mir reicht’s!“
Sie verzichtete darauf, meine ihr zum Abschied gereichte Hand zu nehmen, und drehte mir stattdessen voller Verachtung den Rücken zu. Da war eine unnötige Demütigung. Ich hatte plötzlich einen Kloß im Hals und setzte schuldbewusst noch einmal zu einer Bitte um Entschuldigung an, brach aber mitten im Satz ab. Ludmilla war in diesem Zustand nicht ansprechbar. Wortlos verließ ich ihre Wohnung, setzte mich in mein Auto und war sehr gespannt, was Kommissar Wieben mir zu sagen hatte.

27 Wieben saß mit ernstem Gesicht hinter seinem Schreibtisch. Er bat mich, auf einem Stuhl ihm gegenüber Platz zu nehmen. Ich setzte mich, spürte mein Herz bis zum Hals hinauf klopfen und war konzentriert auf die eine Frage: Wer hatte Jakob ermordet?
Der kleine Kommissar blätterte in einer Mappe, entnahm ihr zwei Bogen beschriebenes Papier und legte sie vor sich hin. Dann sah er mich an, als wolle er mir die Leviten lesen, schob seine Brille auf die Nasenwurzel und begann leise zu sprechen: „Lieber Herr Weinbrenner, Sie hatten leider Recht mit Ihrer Vermutung. Ihr Freund und Kollege Jakob Stein ist nicht freiwillig aus dem Leben gegangen.“ Danach nahm er etwas irritiert ein Blatt nach dem anderen in die Hand, legte sie kopfschüttelnd zur Seite und entnahm der Mappe zwei andere Blätter.
Ich rückte aufgeregt auf meinem Stuhl hin und her. Warum spannte er mich so auf die Folter?
„Ohne die Mithilfe Ihrer Schüler wären wir allerdings trotz der Beweise, die an Steins Kleidern und Schuhen klebten, genauso klug wie am Freitagabend.“
„Meiner Schüler?“, fragte ich ungeduldig.
„So ist es. Lesen Sie bitte dieses Vernehmungsprotokoll, das wir vorhin aufgenommen haben.“ Er schob die vor ihm liegenden Blätter zu mir herüber.
Als ich ihn ungläubig ansah, sagte er: „So lesen Sie doch!“
Ich las zunächst, dass es sich um die Aussagen zweier Schüler handelte, die sie in Anwesenheit ihrer Eltern und deren Rechtsanwälte gemacht hatten. Mir wurde übel und ich bat Wieben um ein Glas Wasser, das er mir auch sogleich hinstellte. Ich trank es gierig aus und las weiter: „Wir wurden am Freitag, zu Beginn des Sportunterrichts, in der letzten Stunde von unserem Klassenlehrer, Herrn Weinbrenner, gebeten, aus seinem Klassenzimmer zwei Stoppuhren zu holen, die er auf seinem Schreibtisch vergessen hatte. Wir rannten, weil es regnete, sehr schnell von der Turnhalle zum Spezialtrakt hinüber und dann die Treppen hinauf in unseren Unterrichtsraum. Die Doppeltüren zu Herrn Steins Klassenzimmer waren weit geöffnet. Diesem Umstand hatten wir es zu verdanken, dass wir plötzlich ein leises Stöhnen von nebenan hörten. Wir gingen dem Laut nach

und fanden den Lehrer Stein auf dem Fußboden vor seinem Experimentiertisch liegen. Er lag auf dem Rücken, neben sich eine kleine Schnapsflasche, einen so genannten Flachmann. Wir waren beide der Überzeugung, Stein habe sich betrunken und wolle hier seinen Rausch ausschlafen. Weil er uns gestern in der Pause heftig zurechtgewiesen hatte, beschlossen wir, die Gelegenheit beim Schopf zu fassen und es ihm heimzuzahlen. Wir wollten, dass Herr Weinbrenner ihn nach der Sportstunde in diesem betrunkenen Zustand finden sollte. Wir wollten ihn damit als Alkoholiker bloßstellen. Er sollte sich damit vor Herrn Weinbrenner blamieren. Wir schleiften den schlafenden Herrn Stein durchs Klassenzimmer und den nebenan befindlichen Vorbereitungsraum, schlossen die an dieses Zimmer grenzende Doppeltür ab und setzten den Herrn Stein so in die entstandene Ecke, dass Herr Weinbrenner ihn sehen musste, wenn er sein Vorbereitungszimmer betrat, denn die zu seinem Klassenzimmer gelegene Tür hatten wir weit geöffnet. Es war unmöglich, den Schlafenden zu übersehen. Dann kippten wir das daneben befindliche Fenster, weil wir dachten, dem Betrunkenen täte die frische Luft gut. Wir verließen danach das Klassenzimmer und gingen in die Turnhalle zurück.“ Ich hatte noch nicht zu Ende gelesen, als es mir plötzlich schwindlig wurde und ich mich mit beiden Händen am Tisch festhielt, um nicht vom Stuhl zu kippen. Vor meinem inneren Auge lief auf einmal ein Film ab, den ich nie mehr vergessen werde: Ich sah mich nach der Sportstunde auf mein Klassenzimmer zugehen und die Tür öffnen, wobei ich plötzlich einen gewaltigen Luftzug verspürte und unmittelbar danach von meinem Vorbereitungsraum her das Knallen einer zuschlagenden Tür hörte. Ich sah mich, wie ich in das Schloss dieser auf meiner Seite gelegenen, vom Luftzug zugeschlagenen Tür den Schlüssel hineinschob und ihn umdrehte. Ich ließ das Papier sinken und blickte dem Kommissar entsetzt ins Gesicht, das langsam zu verschwimmen begann. Ich hatte unwissentlich Jakobs Tod herbeigeführt. Ich hatte ihn getötet! Mir wurde schwarz vor den Augen, und ich kippte vom Stuhl auf den Fußboden. Hier hörte meine Erinnerung auf.

Als ich das erste Mal aufwachte, hatte ich das Gefühl, geträumt zu haben, und schlief danach gleich wieder ein. Beim zweiten Mal spürte ich einen starken Schmerz in der rechten Schulter. Dann sah ich in meiner Armbeuge die Kanüle und das Infusionsgerät hoch über meinem Kopf, aus dem eine Flüssigkeit in meinen Körper tropfte. Was war mit mir passiert? Eine Schwester kam und ging. Wahrscheinlich bin ich erneut eingeschlafen, denn als ich wieder aufwachte, sah ich Wieben am Tisch sitzen und in einer Zeitung blättern. Träumte ich? Ich räusperte mich. Tatsächlich blickte Wieben auf und kam, einen Stuhl in der Hand, auf mich zu. Er setzte sich neben mein Bett und lächelte mich an: „Da sind Sie ja wieder", sagte er.

Als ich ihn fragte, warum ich hier liege, antwortete er: „Sie haben beim Lesen der Vernehmungsprotokolle Ihrer beiden Schüler plötzlich das Bewusstsein verloren und sind dabei vom Stuhl gekippt. Der Rettungswagen hat Sie hierher, in die Klinik, gebracht. Es sei nichts Schlimmes, hat mir der Arzt vorhin gesagt. Man hat Ihnen ein starkes Beruhigungsmittel gespritzt und eine Glukoselösung in die Venen tropfen lassen, worauf Sie dann irgendwann vom Zustand der Bewusstlosigkeit in einen erholsamen Schlaf hinübergeglitten sind. Da wir keine Angehörigen ausfindig machen konnten, haben wir aus den verschiedenen Telefonnummern, die wir in Ihrer Brieftasche gefunden haben, auf gut Glück eine ausgewählt und angerufen. Eine junge Dame hat versprochen, Ihnen im Laufe des Nachmittags einen Krankenbesuch zu machen."

„Wie heißt sie?", fragte ich. Ich wollte doch wenigstens wissen, auf wen ich mich einstellen musste.

Wieben grinste: „Keine Ahnung, Gernhart hat das besorgt."

Ich überlegte, wer nachher zur Tür hereintreten würde, Katharina Boff, Kristina Wiedemann oder gar Ludmilla Petri?

„Lieber Herr Weinbrenner", begann der Kommissar zu reden, „Sie haben offensichtlich beim Lesen des Protokolls an einer bestimmten Stelle den falschen Schluss gezogen. Darum würde ich Ihnen gerne, um einem erneuten Absturz Ihrer Festplatte vorzubeugen, den Rest noch zur Kenntnis bringen", sagte er.

Mir wurde schon wieder schwindlig, weil mir der Text, den ich am Vormittag gelesen hatte, plötzlich Wort für Wort wieder vor Augen stand. „Lassen Sie nur", flüsterte ich, „ich werde damit leben müssen, Jakob Steins Tod verursacht zu haben."

„Denkste", entgegnete Wieben, „und deshalb habe ich mich entschlossen, bei Ihnen zu sein, wenn Sie aufwachen, um diesen Irrtum auszuräumen."

„Ich habe ihn aber wirklich eingeschlossen, das ist kein Irrtum."

„Ruhe", befahl Wieben in gespieltem Befehlston. Er lächelte dann und sagt: „Ich lese Ihnen das Protokoll jetzt ganz langsam vor."

Ich hörte zu und quälte mich noch einmal mit der Vorstellung, dass Jakob nur deshalb ums Leben gekommen war, weil ich die Tür zugeschlossen hatte: Schließlich begann der Teil des Protokolls, den ich wegen meiner Ohnmacht nicht mehr zur Kenntnis genommen hatte. Wieben las betont langsam und deutlich die Aussage der beiden Jungen zu Ende. Ich hörte gespannt, wie noch nie in meinem Leben, was die Schüler zu Protokoll gegeben hatten: „Wir haben nach dem Turnen so lange gewartet, bis Herr Weinbrenner das Schulhaus verließ. Als wir sahen, dass er alleine war, fragten wir uns, ob er Stein überhaupt bemerkt hatte. Wir sind deshalb durch die offene Haustür nach oben gegangen, weil wir uns davon überzeugen wollten, dass Stein wirklich nicht mehr da war. Oben angekommen, haben wir den Hausmeister gesehen, der sich auch im Haus aufhielt. Weil wir uns von ihm nicht erwischen lassen wollten, haben wir uns im Flur hinter einem Schrank versteckt. Wir sahen Herrn Grigutt zu Herrn Weinbrenners Zimmer hineingehen und etwas später aus Steins Zimmer herauskommen. Da er dafür ja die Doppeltüren zwischen den beiden Klassenzimmern benutzen musste, glaubten wir, Herr Stein sei längst aus seinem Rausch aufgewacht und habe das Schulhaus verlassen. Als Herr Grigutt in einem angrenzenden Biologieraum verschwand, haben wir uns davongeschlichen. Zu Hause angekommen, haben wir versucht, uns Herrn Weinbrenner telefonisch mitzuteilen. Weil wir uns aber nicht einig waren, was wir ihm sagen sollten, haben wir es aufgegeben."

Ich richtete mich im Bett auf und starrte Wieben ins Gesicht.

„Ist das auch wahr, was Sie mir da vorgelesen haben?"

Wieben nickte. Ich ließ mich in die Kissen zurückfallen und

schloss die Augen. Erst nach einer Weile murmelte ich: „Also doch Grigutt, dieses Schwein! Er hat Jakob Stein zwischen den Türen gefunden und hat ihn liegen lassen, wohl wissend, dass er dort sterben würde."
„Dem ist nichts mehr hinzuzufügen", sagte Wieben und fuhr dann aber doch fort: „Ob dies nun eine unterlassene Hilfeleistung oder ein bewusst herbeigeführter Tod, also Mord, war, ist angesichts der Tatsache, dass Grigutt nicht mehr lebt, leider nur noch eine theoretische Frage."
Er sah auf die Uhr und sagte: „Der Arzt meinte vorhin, Sie dürften nach dem Aufwachen wahrscheinlich nach Hause gehen. Er will Sie allerdings vorher noch einmal sehen." Wieben gab mir die Hand und verabschiedete sich. In der Tür drehte er sich um und sagte: „Der angekündigte Besuch ist übrigens eingetroffen. Soll ich ihn hereinlassen?"
„Aber sofort!"
„Sie dürfen kommen", rief er in den Flur hinein. Er schob seine Nickelbrille auf die Nasenwurzel, nickte mir noch einmal freundlich zu und verschwand.
Ich richtete mich auf und blickte gespannt zur Tür. Zuerst sah ich nur einen riesigen gelben Rosenstrauß, dann dahinter das lachende Gesicht von Trine Boff. Sie kam auf mich zu, legte die Rosen beiseite und küsste mich auf den Mund.
„Wie geht es dir, Phil?"
Ich nahm sie in meine Arme und genoss das Gefühl, geliebt zu werden. Dann antwortete ich: „Es könnte nicht besser sein."